Christine Drews

KILLERJAGD

Thriller

BASTEI LÜBBE
TASCHENBUCH

BASTEI LÜBBE TASCHENBUCH
Band 17 085

Dieser Titel ist auch als E-Book erschienen

MIX
Papier aus verantwortungsvollen Quellen
FSC® C014496

Originalausgabe

Lektorat: Bettina Steinhage
Textredaktion: Lisa Bitzer
Titelillustration: © Plainpictur/C&P; © FinePic®, München
Umschlaggestaltung:
Pauline Schimmelpenninck Büro für Gestaltung, Berlin
Satz: Urban SatzKonzept, Düsseldorf
Gesetzt aus der Caslon
Druck und Verarbeitung: GGP Media GmbH, Pößneck
Printed in Germany
ISBN 978-3-404-17085-2

5 4 3 2 1

Für Anke und Peter

PROLOG

Eine Flüssigkeit lief ihr den Rücken hinunter, strich über jeden einzelnen Wirbel, bis das dünne Rinnsal von der großen Wunde gestoppt wurde, die sich über ihrem Gesäß befand. War es Schweiß oder Blut, was ihr vom Nacken rann? Sie konnte es nicht sagen, glaubte aber, dass es Schweiß war, da sie ihren Nacken bisher in Ruhe gelassen hatten. Ihr Unterleib hatte sie bis jetzt am meisten interessiert. Natürlich. Wie hätte es auch anders sein können. Sie hatten sie geschlagen, von vorn und von hinten, und sie mit allen möglichen Gegenständen malträtiert. Seit einer Weile strömte unaufhörlich Blut aus ihrem Schoß, und sie war sich sicher, dass sie schwere innere Verletzungen hatte.

Doch nun hatten sie schon ein paar Minuten von ihr gelassen – ob es endlich vorbei war? Sie versuchte, die Augen zu öffnen und einen Blick in den Raum zu werfen. Sie konnte kaum etwas erkennen. Ihr Gesicht war so geschwollen, dass ihr Blickfeld stark eingeschränkt war.

Um sie herum sah es aus wie in einer Schlachterei. Boden und Wände waren weiß gekachelt, bis hoch an die Decke. Und überall sah sie Blut, ihr Blut – und sein Blut. Die Eisenketten, an denen sie hingen, waren rostig und schimmerten in rötlichem Braun. Wie viele hatten vor ihnen hier gehangen? Wie viele verzweifelte Schreie waren gegen die gekachelten Wände gebrüllt und von niemandem gehört worden?

Alles um sie herum roch nach Blut, Schweiß, Tränen und

Angst. Und nach Tod. Ja, es roch nach Tod. Sie hätte nie gedacht, dass der Tod einen solchen Geruch hatte, irgendwie süßlich und doch unerträglich schwer. Was waren das für Menschen gewesen, die vor ihr hier hatten sterben müssen? Männer, Frauen, Junge, Alte?

Würde auch sie hier sterben?

Wirklich?

Vielleicht ließen sie sie ja doch laufen. Vielleicht hatte sie in diesem Augenblick das Schlimmste bereits hinter sich, und sie würden zur Besinnung kommen und sie gehen lassen. Jedenfalls konnte sie keinen der Peiniger mehr im Raum ausmachen.

Ein kleiner Hoffnungsschimmer keimte in ihr auf. Vielleicht würde sie bald wieder zu Hause sein, würde sich von den Verletzungen erholen können und versuchen, ein einigermaßen normales Leben zu führen. Sie alle drei zusammen.

Plötzlich öffnete sich die schwere Eisentür in der Wand gegenüber, langsam und quietschend wurde sie aufgeschoben. Ihr Herz stockte, als sie sah, wer durch die Tür in den Raum kam.

Alle Hoffnung war mit einem Schlag verschwunden.

Nein, das könnt ihr mir nicht antun, dachte sie. Bitte nicht!

Sie versuchte, etwas zu sagen, aber sie brachte keinen Ton mehr über die Lippen.

1

Er saß in der überdachten Bushaltestelle, dicht an die Wand gedrängt, auf der hintersten Ecke der schmalen Holzbank. Die Überwachungskameras, die selbst in diesem ländlichen Vorort von London an jeder Straßenecke hingen, konnten ihn nicht erfassen. Trotzdem zog John sein Basecap noch tiefer in die Stirn.

Das Anwesen lag auf der anderen Straßenseite. Fast drei Wochen hatte er es beobachtet, bis er wusste, wie er die Straße überqueren und über die Mauer springen konnte, ohne in den Blickwinkel der Überwachungskameras zu geraten. Was für eine beschissene Geldverschwendung dieses CCTV doch war. Er war der beste Beweis dafür, dass dieser Kamerawahnsinn nichts brachte.

In diesem Moment hörte er den dröhnenden Motor der Müllabfuhr. Noch knapp zwanzig Sekunden, dann würde der Wagen um die Ecke biegen. Weitere zwei Minuten brauchten die Männer für das Leeren der Mülltonnen, bis sie an der Bushaltestelle ankamen. Die St. George Street war eine Sackgasse und endete in einem Wendehammer, sodass die Müllmänner zuerst nur die Tonnen auf der linken Seite der Straße leerten. Zwischen dreizehn und siebzehn Minuten dauerten die Frühstückspausen, die sie in dem großzügigen Wendekreis machten, bevor sie die Straße zurückfuhren und sich die Tonnen auf der rechten Seite vornahmen. Sie benötigten weitere dreieinhalb Minuten, bis sie wieder an der Bushaltestelle ankamen. Maximal zwanzig Minuten hatte er, um seinen Plan in die Tat umzusetzen. Dann würde sich Johns Zeitfenster wieder schließen.

Als er den weichen Rasen auf der anderen Seite der Mauer unter seinen Füßen spürte, hörte er, dass der Wagen der Müllabfuhr weiterfuhr. Alles lief genau nach Plan. Wie immer.

Der Vorgarten war makellos – perfekt gepflegter Golfrasen und akkurat geschnittene Buchsbäumchen. Natürlich, der alte Sack musste einen Gärtner haben. Hatte er ihn übersehen? Wann kam er? Hoffentlich nicht heute. Sonst hätte John mehr zu tun als geplant.

Er lief um das Haus herum und brauchte nur einen Moment, um die alte Hintertür zu öffnen. Vermutlich ein ausgeleierter Profilzylinder, dachte er kurz, als er sie leise aufschob.

John trat in die Küche. Schmutziges Frühstücksgeschirr lag aufeinandergestapelt in der Spüle, neben der ein paar Kräuter in ihren Töpfen vor sich hinwelkten. Es roch nach Kaffee und Baked Beans, eine widerliche Mischung, wie er fand.

Dank seiner Spezialsohlen konnte er fast lautlos über den grauen Steinfußboden zum Wohnbereich gehen. Sein Messer, das in einer ledernen Scheide in der Innenseite seiner Jacke steckte, zog er schon in der Diele hervor. Er mochte das Messer. Es durchtrennte mühelos alles, was ihm in den Weg kam, und hinterließ eine Menge Arbeit für die Spurensicherung. Normalerweise bluteten seine Opfer völlig aus, Kleidung, Fußboden, Möbel – alles war danach durchtränkt. Jedes Staubkorn wurde von der Spurensicherung untersucht, in der Hoffnung, etwas DNA von ihm aufzuspüren. Doch natürlich fanden sie nie etwas, schließlich wusste er, wie man die Waffe richtig benutzte. Im Laufe der Jahre hatte er den Umgang mit der Klinge perfektioniert, er machte sich noch nicht mal mehr die Finger schmutzig.

John blickte durch die offene Tür ins Wohnzimmer. Da saß er. Er hatte ihm den Rücken zugewandt, die Schultern waren eingefallen und der kahle Kopf leicht nach vorn gebeugt. Ein Greis im Rollstuhl, dessen Tage ohnehin gezählt waren.

In fünf Minuten bin ich hier wieder weg, dachte John und machte einen Schritt in das Wohnzimmer. Der Dielenboden knarzte, und im selben Moment hob der Greis den Kopf.

»John …?«

Verdammt!

Hatte er ihn draußen gesehen? Auf der Straße? Vor dem Fenster? Ausgeschlossen. Aber wie hatte er ihn erkennen können? Der alte Mann konnte unmöglich wissen, wie er heute aussah. Vielleicht hieß sein Pfleger ja auch John? Oder der Gärtner?

Mit zittrigen Händen umfasste der Alte die Räder seines Rollstuhls und drehte ihn langsam um. Er verzog den Mund zu einer Art Lächeln.

»Ich habe dich schon erwartet.«

Für einen Moment stand John regungslos da. So hatte er das nicht geplant. Er hatte erwartet, einen dementen alten Opa anzutreffen und ihn so schnell ins Jenseits zu befördern, dass der es gar nicht kapieren würde. Und jetzt sprach ihn der Mann mit klarer Stimme und wachen Augen an. Irgendwas lief hier schief.

Habe ich noch alles unter Kontrolle?

»Woher kennen Sie mich?«, fragte er.

»Kennen … kennen ist zu viel gesagt. Du warst damals doch erst drei …«

John nickte langsam. Ja, drei Jahre alt war er gewesen, als er zu dem wurde, der er heute war. Er konnte sich an den Alten nicht erinnern – jedenfalls nicht direkt. Aber er wusste, dass er dabei gewesen war.

»Setz dich doch, John.«

Mit dem Messer in der Hand und ohne eine Miene zu verziehen, nahm er auf dem Sofa mit den vielen kleinen Satinkissen darauf Platz, die akkurat aufgereiht und mit verschiedensten Tiermotiven verziert waren. Er hatte von dem Greis nichts zu befürchten, das wusste er. John hatte es schon mit ganz anderen Leuten aufgenommen.

»Haben Sie mich im Vorgarten gesehen?«

Der Alte schüttelte den Kopf. »Nein. Ich warte schon seit anderthalb Jahren auf dich. Seitdem Steve ...«

Die Stimme des Mannes stockte, und John sah, wie er schlucken musste, sich räusperte und Mühe hatte, die Fassung zu wahren. Seine Unterlippe begann zu zittern, und etwas Speichel lief ihm aus dem Mund. Er schien es gar nicht zu bemerken.

»Haben Sie die Polizei informiert?« John musterte das Gesicht des Alten, suchte es nach einem Merkmal ab, irgendetwas, an das er sich erinnern konnte. Die Augen, die Nase – aber er fand nichts.

»Nein, John, nein. Du hast nichts zu befürchten. Ich bin froh, dass du da bist.«

Das hatte noch keiner zu ihm gesagt. Wollte der Alte ihn vielleicht in ein Gespräch verwickeln? Eine persönliche Beziehung aufbauen, in der Hoffnung, so seinem Schicksal zu entkommen?

»All die Jahre habe ich die Schuld gespürt«, sagte der Alte einen Augenblick später. »Auch wenn wir uns damals nicht im wortwörtlichen Sinn die Hände schmutzig gemacht haben, unsere Seelen haben wir tief beschmutzt. Ich habe große Schuld auf mich geladen, John. Und ich bin bereit, dafür zu büßen.«

John nickte langsam und sah auf die Uhr. Er war schon viel zu lange hier.

»Nur noch eines«, sagte der Alte. »Ich will nichts entschuldigen, aber ... Ich will es dir erklären. Es waren damals andere Zeiten. Der Kalte Krieg ... Wir konnten nicht so, wie wir wollten.«

»Das sagen alle Feiglinge. Mit etwas Courage hätten Sie es verhindern können, das wissen Sie genau.«

Der Alte sah ihn müde und traurig an.

»Wird es wehtun?«, fragte er mit zittriger Stimme, als sich John vom Sofa erhob und an den Rollstuhl herantrat.

»Ein bisschen«, antwortete er ruhig.

Dann packte er das Kinn des alten Mannes und zog den Kopf nach hinten. Er ließ blitzschnell die scharfe Klinge durch das faltige Fleisch fahren und achtete sorgsam darauf, dass das herumspritzende Blut seine Kleidung nicht beschmutzte.

2

Rachel Hyatt parkte ihren dunkelgrünen Land Rover hinter einem Streifenwagen, der vor dem Anwesen in der St. George Street Nr. 74 stand. Ein weiterer Polizeiwagen war vor der Garage abgestellt worden, der schwarze Kastenwagen der Spurensicherung drängte sich dicht dahinter. Rachel stieg aus und atmete tief durch. Die Nacht war anstrengend gewesen. Noah hatte ins Bett gepinkelt, und sie hatte die Bettwäsche wechseln, den Jungen abtrocknen und frisch anziehen müssen. Kein Grund zur Sorge, hatte sie sich gesagt, einem Vierjährigen konnte so was durchaus mal passieren. Aber den Schlaf hatte ihr die nächtliche Aktion trotzdem geraubt. Ihre tägliche Laufrunde war deshalb etwas kürzer ausgefallen als sonst, obwohl sie es eigentlich nicht mochte, wenn sich etwas in ihrer Morgenroutine änderte.

Sie stand vor dem grau verputzten Landhaus und blickte, ein Gähnen unterdrückend, an ihm hoch. Die Fassade war mit Efeu bewachsen, der sich seinen Weg zwischen den kleinen Sprossenfenstern bis zum Dachgiebel gebahnt hatte. Aus dem Schornstein stieg dünner Rauch auf. Es war recht warm für November, der Wetterbericht hatte für heute vierzehn Grad angekündigt, sodass für die Jahreszeit wenig geheizt wurde.

Das zweigeschossige Haus sah ordentlich aus und war von einem großen und sehr gepflegten Garten umgeben. Im Vergleich zu den anderen Villen, die in der Nachbarschaft standen, wirkte das Anwesen fast bescheiden. In Richmond ist das

Geld zu Hause, hatte ihr Vater früher immer gesagt, wenn sie mit der Familie einen Ausflug zum Royal Botanic Garden gemacht hatten, und damit hatte er definitiv recht gehabt.

Rachel strich ihren dunkelbraunen Pferdeschwanz glatt, ging die drei Stufen hoch und betrat das Haus von Sir Ian MacKenzie.

»Nehmen Sie sich mal die Küche vor, vielleicht hatte der Täter die Tatwaffe von dort«, hörte sie eine tiefe Stimme sagen.

Bob ist also schon da, dachte sie und stellte sich auf eine mürrische Begrüßung ein. An Tatorten war ihr Kollege eigentlich immer schlecht gelaunt.

Sie ging an einem jungen Mann in der weißen Uniform eines Pflegedienstes vorbei, der totenbleich auf einem antiken Sessel im Flur saß. Dann betrat sie das Wohnzimmer.

»Hallo, Bob«, sagte Rachel und lächelte.

Detective Superintendent Bob Hall hatte die Statur eines Bären. Sein Kopf war kahl, die wenigen Haare, die ihm noch geblieben waren, rasierte er sich jeden Morgen ab. Ansonsten konnte er sich über mangelnden Haarwuchs nicht beklagen. Sein Gesicht war von einem gepflegten Vollbart bedeckt, dunkle Brusthaare lugten aus dem Hemdkragen hervor, und auch seine Arme waren mit dichtem Pelz besetzt. Man konnte fast meinen, die starke Körperbehaarung wäre eine Art Ausgleich für die Glatze, die er schon in jungen Jahren bekommen hatte.

Mit grimmiger Miene sah er Rachel an. »Was zur Hölle willst du denn hier?«, stöhnte er, bevor er seine Lippen zu einem schiefen Grinsen verzog.

Rachel ignorierte seine Bemerkung und stellte sich neben ihn. »Wow«, sagte sie leise, als sie den Tatort betrachtete.

Trotz des grotesk verzerrten Gesichts hatte sie Sir Ian sofort erkannt. Sie war oft genug an seinem Porträt vorbeigelaufen, das in einem Flur des MI6 hing. Sir Ian war eine angesehene Persönlichkeit, erst vor knapp einem Jahr hatte ihn die Queen für seine Verdienste zum Ritter geschlagen.

Und jetzt saß er mit gefalteten Händen in einem Rollstuhl. Sein Kopf war fast abgetrennt. Er schien nur noch von einer Sehne an der linken Seite gehalten zu werden und ragte unnatürlich schief nach hinten. Rachel konnte von ihrer Position aus in den aufklaffenden Schlund blicken. Mit nüchternem Interesse stellte sie fest, dass sie Luft- und Speiseröhre sehen konnte. Selbst die Halswirbel waren freigelegt.

Entweder war die Tatwaffe unglaublich scharf, oder der Täter ist mit enormer Kraft vorgegangen, dachte sie. Oder beides.

Sir Ians Kleidung war von Blut durchtränkt, ebenso der Teppich, auf dem der Rollstuhl stand. Ein blutiger Flokati war der Albtraum jeder Spurensicherung, und Rachel bemerkte, wie genervt ihre beiden Kollegen in den weißen Schutzanzügen aussahen. Für sie begann eine Sisyphusarbeit.

»Hat der Chef dich geschickt?«, fragte Bob und riss sie aus ihren Beobachtungen.

Rachel nickte. »Ja. MacKenzie war schließlich nicht irgendwer.«

»Was soll das heißen? Dass ich mit prominenten Toten nicht allein klarkomme?«

Sie verkniff sich eine Bemerkung. Bobs Empfindlichkeiten konnten manchmal ganz schön nerven.

»Nein, natürlich nicht. Aber der Chef war der Meinung, dass ein Profiler in diesem Fall wichtig sein könnte. Einfach als Signal, dass wir alles tun, um den Mord schnellstens aufzuklären. Sonst mischt sich nachher noch der MI6 ein.«

Die Antwort schien Bob zu beruhigen. Jedenfalls brummte er nur noch etwas Unverständliches in seinen Bart und wandte sich dann an Stephen Miller, den älteren der beiden Kollegen von der Spurensicherung.

Rachel wusste, dass Bob sie und ihre Arbeit schätzte. Aber sie stammten einfach aus zwei unterschiedlichen Welten. Bob Hall war ein hemdsärmeliger Mann aus einfachen Verhältnissen. Er hatte die klassische Polizeikarriere hinter sich, irgendwann mal als Bobby angefangen und sich zum Superintendent hochgearbeitet. Rachel dagegen stammte aus einer Akademikerfamilie, hatte in Oxford Psychologie studiert und veröffentlichte regelmäßig Artikel in Fachzeitschriften, in denen sie über ihre Arbeit als Profilerin berichtete. Ihre Herangehensweise an einen Fall – und eigentlich auch an das alltägliche Leben – war eine gänzlich andere als Bobs. Außerdem glaubte sie, dass er es ihr immer noch übel nahm, dass sie bei der letzten Schießprüfung einen Hauch besser abgeschnitten hatte als er. Eine Frau, die ihn ausgerechnet am Schießstand besiegte, war für einen Macho wie Bob nur schwer zu verkraften.

Er drehte sich wieder zu ihr. »Also: Paul Henderson war heute Morgen von halb sieben bis etwa Viertel nach acht hier, hat Sir Ian gewaschen, angezogen und ihm Frühstück gemacht. Als er das Haus verließ, lebte der alte Mann noch. Um zwölf Uhr kam er wieder, um ihm das Mittagessen zu bringen, aber da war Sir Ian schon tot.«

»Henderson ist der Mann im Flur?«

Bob nickte. »Ja. Ein Pfleger. Er kommt seit einem halben Jahr dreimal täglich. Steht ein bisschen unter Schock, der Kleine. Ich bin froh, dass er uns nicht auf die Leiche gekotzt hat. Oder auf den Flokati.«

»Was ist mit der Tatwaffe?«

»Verschwunden. Es sieht nicht so aus, als stamme sie aus der Küche des Opfers. Jedenfalls haben die Kollegen dort keinerlei Spuren entdeckt.«

»Es war also kein Einbrecher, der sich spontan ein Messer aus der Küche geschnappt hat.«

»Definitiv nicht. Zumal nichts geklaut wurde. Jedenfalls wurde nichts durchsucht, und es scheint auch nichts zu fehlen. Also, ein klassischer Einbruch war das nicht.«

Rachel wandte sich an Stephen, der gerade konzentriert die Schnittstelle am Hals der Leiche untersuchte.

»Was könnte das für ein Messer gewesen sein?«, fragte sie.

»Auf den ersten Blick würde ich sagen, es war eine Clip-Point-Klinge, wahrscheinlich mit Zähnen«, sagte Stephen nachdenklich, ohne von der Leiche aufzusehen. »Ein Kampfmesser, wird bevorzugt in der Army benutzt. Diese ausgefransten Stellen könnten ein Hinweis darauf sein.«

Rachel sah ihn fragend an, was Stephen, auch wenn er sie nur aus dem Augenwinkel sehen konnte, zu bemerken schien.

»So eine Clip-Point-Klinge ist vorne glatt und extrem scharf«, erklärte er. »Häufig sind sie dann weiter unten gezackt wie eine Säge. Daher die ausgefransten Stellen hier an der Haut.« Er zeigte auf eine blutige Stelle am Hals des Toten. »Aber die Obduktion wird das genauer bestimmen können.«

»Ist es schwierig, an so ein Messer heranzukommen?«

»Nein. Die meisten Soldaten haben so eins, außerdem gibt es die in jedem Army-Shop. Das Internet dürfte auch voll davon sein. Jäger benutzen es auch manchmal. Es eignet sich halt sehr gut zum Zerlegen, wie man sieht.«

»Kannst du den Todeszeitpunkt eingrenzen?«

»Nun ja … Der Mann ist kalt und ausgeblutet«, überlegte Stephen. »Und das war er schon, als der Pfleger ihn um zwölf Uhr fand. Wenn der Kopf fast abgetrennt ist, die Halsschlagader also durchgeschnitten wurde, sprudelt das Blut normalerweise fontänenartig aus der Wunde, nach ein paar Minuten hat sich das dann erledigt. Wir haben hier eine Raumtemperatur von vielleicht zwanzig Grad. Bis ein Körper so ausgekühlt ist wie dieser ... Also ich würde tippen, dass er zwischen zehn und elf Uhr gestorben ist. Aber das ist nur eine Schätzung.«

Rachel sah auf, als der blasse Pfleger in der Wohnzimmertür erschien. Nervös kratzte er an einem Pickel herum, der rot auf seiner Wange leuchtete.

»Brauchen Sie mich noch?«, fragte er und sah dabei so elend aus, dass sie augenblicklich Mitleid mit ihm bekam. »Ich fühl mich nicht gut.«

»Ja, wir brauchen Sie noch. Aber es dauert nicht lange, es ist nur eine kleine Sache«, sagte Bob. »Danach können Sie gehen. Schauen Sie sich bitte noch einmal ganz aufmerksam im Zimmer um. Ist hier irgendetwas anders als heute Morgen?«

Paul Henderson sah ihn ungläubig an. »Soll das ein Witz sein?«

»Abgesehen von dem armen Sir Ian«, warf Rachel schnell ein. »Mein Kollege dachte eher an Details bei der Einrichtung. Fehlt ein Bild oder ein wertvoller Gegenstand, sind Möbel verrückt worden – so etwas. Jede Kleinigkeit könnte wichtig sein.«

Henderson nickte verstehend und sah sich aufmerksam um. Rachel beobachtete, wie sein Blick an den Wänden rauf- und runterfuhr, über die massive Schrankwand aus dunklem Holz glitt, die Landschaftsporträts neben der Sitzecke passierte und schließlich beim Sofa hängen blieb.

»Die Kissen«, sagte er nachdenklich und zeigte auf die Zierkissen, die verknautscht auf dem Polster lagen. »Seine verstorbene Frau hat sie gesammelt. Er mochte sie eigentlich nicht, hat sie aber ihr zu Ehren behalten. Wenn man sich daraufsetzt, verknittern sie sofort. Sir Ian hatte gestern Abend seine Kunstbände darauf ausgebreitet. Ich hab sie heute Morgen weggeräumt und dann die Kissen aufgeschüttelt und wieder ordentlich hingestellt.«

»Und jetzt sind sie wieder verknautscht«, stellte Rachel fest.

»Ja. Aber Sir Ian konnte ohne fremde Hilfe den Rollstuhl nicht verlassen.«

»Vielleicht hat er wieder irgendwelche Bücher darauf abgestellt?«, überlegte Bob.

»Oder unser Mörder hat es sich dort gemütlich gemacht«, sagte Rachel und wandte sich an die Spurensicherung. »Bitte das Sofa und die Zierkissen nach fremder DNA untersuchen.«

Die Kollegen nickten, und sie wandte sich wieder dem Pfleger zu.

»Sir Ian war verwitwet. Wissen Sie sonst noch etwas über seine Familienverhältnisse?«

»Kinder hatte er keine«, antwortete der Pfleger. »Soweit ich weiß, gibt es noch einen Neffen in Frankreich. Aber das war's dann auch. In der ganzen Zeit, in der ich für ihn gearbeitet habe, hat er jedenfalls nie Besuch bekommen.«

»Na, das hat sich heute ja geändert«, sagte Bob zynisch.

Rachel stieß ihm in die Seite und bedankte sich schnell bei Henderson. »Wenn Ihnen noch irgendetwas einfällt, rufen Sie uns an«, sagte sie und begleitete ihn zur Tür.

Die Bestatter trugen gerade den hellen Zinksarg ins Haus, als Rachel in ihren Wagen stieg.

»Nimmst du mich mit?«, fragte Bob. »Ich habe keine Lust, mit Greg zurückzufahren.« Er zeigte auf den Streifenwagen, der vor der Garage parkte. »Die ganze Karre stinkt nach Zwiebelringen.« Ohne eine Antwort abzuwarten, ließ er sich auf den Beifahrersitz fallen.

Eigentlich waren es nur gut zehn Meilen von Richmond nach Westminster, wo sich das zwanzigstöckige Gebäude des New Scotland Yard befand. Aber es war ungewöhnlich viel los auf den Straßen, und so dauerte es nicht lange, und sie standen im Stau.

»Wie kann man einen alten und wehrlosen Mann nur auf so eine brutale Art und Weise umbringen?«, überlegte Rachel und tippte nachdenklich mit dem Daumen auf das Lenkrad. »Ein einfacher Schlag auf den Hinterkopf hätte es doch auch getan.«

»Vielleicht wollte der Täter auf Nummer sicher gehen?«

»Auf Nummer sicher ist er definitiv gegangen, das stimmt. Aber der Kopf war fast abgetrennt. Und das bei einem wehrlosen Opfer. Dieses Ausmaß an Gewalt wäre nicht nötig gewesen. Es spricht für ein sehr starkes Motiv.«

»Glaubst du, Sir Ian hatte eine persönliche Beziehung zum Täter?«

Rachel zuckte mit den Schultern. »Ja. Möglich. Vielleicht hat ihn der Täter gehasst, vielleicht wollte er ihm etwas heimzahlen. Er hat nichts durchwühlt oder mitgenommen. Aber er hat sich aufs Sofa gesetzt und vielleicht mit ihm gesprochen, bevor er ihn umgebracht hat.«

»Oder er hat ihm beim Sterben zugesehen.«

Rachel schüttelte den Kopf. »Unwahrscheinlich. Der Flokati war voller Blut. Wenn er ihm die Kehle durchgeschnitten und sich dann wieder aufs Sofa gesetzt hätte, hätte er durchs Blut waten müssen.«

»Oder sie.«

»Wie bitte?«

»Es könnte doch genauso gut eine Täterin gewesen sein«, sagte Bob. »Einen alten, schwachen Mann im Rollstuhl kann schließlich auch eine Frau abschlachten.«

»Theoretisch ja, kommt aber in der Praxis fast nie vor. Frauen töten in der Regel anders und benutzen nicht so ein Rambo-Messer, um damit Köpfe abzuschneiden. Nein, ich bin mir ziemlich sicher, dass wir es mit einem männlichen Täter zu tun haben.«

Es kam etwas Bewegung in den Stau, und sie konnten ein paar Hundert Meter fahren, bevor sie erneut anhalten mussten.

»Wir sollten jeden freien Mann in die Ermittlungen einbeziehen«, sagte Bob.

»Ja. Wir brauchen unter anderem ein Team, das die CCTV-Aufzeichnungen auswertet. Wer könnte das übernehmen?«

»Die üblichen Verdächtigen, würde ich sagen«, erwiderte Bob.

»Es handelt sich um maximal vier Stunden Material, das dürfte schnell geschafft sein. Außerdem möchte ich wissen, wo dieser Neffe gerade steckt, ob er wirklich in Frankreich ist oder sich womöglich in London rumtreibt«, sagte Rachel und reihte sich auf der rechten Spur in Richtung Themse ein. »Weißt du, ob es hier in der Gegend in letzter Zeit ähnliche Taten gab?«

»Hab ich nicht auf dem Schirm, lässt sich aber leicht rausfinden. Denkst du an irgendeine Einbrecherbande?«

»Möglich. Auch wenn auf den ersten Blick nichts fehlt, könnte Sir Ian seinem Mörder ja noch etwas gegeben haben. Eine PIN oder einen Zugangscode.«

»Stimmt. Der Pfleger dürfte schließlich nicht alles im Haus kennen, und einige der Wertsachen lagerten vielleicht in einem versteckten Tresor«, pflichtete Bob ihr bei. »Sobald die Spurensicherung fertig ist, schicke ich ein Team, das das Haus auseinandernimmt.«

»Zusätzlich muss sich jemand die Nachbarschaft und den

Freundeskreis vornehmen«, sagte Rachel. »Und dann werde ich wohl meine Kontakte zum MI6 reaktivieren.«

»Sir Ian ist seit fast fünfundzwanzig Jahren pensioniert. Ich kann mir nicht vorstellen, dass sein Tod irgendetwas mit seiner Arbeit für den Auslandsgeheimdienst zu tun hat.«

»Beim MI6 weiß man das nie.«

»War er nicht Leiter der Abteilung Nahost?«

»Ja. Aber weißt du, woran er konkret gearbeitet hat, bevor er pensioniert wurde?«, wollte Rachel wissen.

Bob schüttelte den Kopf.

»Vielleicht hat er ja noch jemanden hinter Gitter gebracht, der jetzt wieder freigekommen ist oder so. Wenn wir nicht in alle Richtungen ermitteln, wird uns die Presse auseinandernehmen.«

»Das wird sie so oder so«, seufzte Bob und wies auf zwei Männer, die vorm Eingang von Scotland Yard standen. Einer hatte einen Fotoapparat in der Hand. »Das ist Chris Featherstone vom *Mirror*. Ich hasse den Kerl.«

Rachel lenkte den Wagen in eine für Mitarbeiter reservierte Parkbucht und stieg aus. Chris Featherstone kam sofort auf sie zu, während der Fotograf an seiner Seite scheinbar wahllos Fotos von Bob und ihr machte.

Rachels Kollege hielt sich abwehrend die Hand vor die Augen. »Chris, pfeif den Affen zurück! Was soll denn das?«

»Stimmt es, dass ein hochrangiges Mitglied des britischen Geheimdiensts Opfer eines vermutlich islamistischen Anschlags geworden ist?« Chris Featherstone feuerte seine Worte ab wie ein Maschinengewehr.

»Was für ein Bullshit, wer erzählt denn so was?« Bob ging kopfschüttelnd Richtung Eingang.

»Einfach wegzulaufen ist auch eine Antwort!«, rief Featherstone ihm drohend hinterher. »Ich weiß definitiv, dass ein

MI6-Agent draufgegangen ist! Wenn du mir nicht sagst, wie es gelaufen ist, schreibe ich das auf, was ich mir zusammenreime!«

»Leck mich.« Bob war durch die Drehtür verschwunden.

»Es wird im Laufe des Tages eine Pressekonferenz geben«, sagte Rachel freundlich. »Dort werden Sie alle Informationen bekommen.«

»Und Sie sind …?« Featherstone sah sie abschätzend an.

Ohne ihm zu antworten, schlüpfte Rachel durch die Drehtür ins Innere des Gebäudes.

Zwei Stunden später fand das erste Meeting der Ermittlungsgruppe statt. Bob hatte zwölf Leute zusammengetrommelt, die sie in Teams einteilen wollten. Die Pressekonferenz war für den frühen Abend angesetzt worden, bis dahin wollten sie zumindest eine Strategie präsentieren können.

»Noch besser wäre es, wenn wir dann schon die CCTV-Bilder ausgewertet haben«, sagte Bob. »Mit ein bisschen Glück haben wir damit ein Fahndungsfoto, das wir direkt an die Presse rausgeben können. Charly und Luc, ihr kümmert euch bitte darum. Die Bilder sind bereits bestellt und müssten jeden Moment auf dem Server sein. Drei Überwachungskameras kommen infrage. Konzentriert euch zunächst auf die Zeit von zehn bis elf Uhr, wenn da nichts ist, ausweiten von neun Uhr dreißig bis elf Uhr dreißig.«

Charly Benson und Luc Maladry gehörten zu den Jüngsten im Team. Es traf immer die Grünschnäbel, wenn es an die CCTV-Auswertungen ging. Der Job war unbeliebt, die Bilder häufig in schlechter Qualität und die Aufklärungsquote niedrig. Und sobald es regnete, sah man sowieso nur noch Regenschirme.

»Ich habe in den letzten anderthalb Stunden versucht, ein Profil des Opfers zu entwerfen«, sagte Rachel, die neben Bob an der Magnettafel stand. »Wie wir wissen, ist das Opfer in der Regel der Schlüssel zum Täter, selbst wenn es sich um scheinbar zufällig ausgewählte Personen handelt. Unser Opfer ist ein hoch angesehenes Mitglied unserer Gesellschaft. Er war fast vierzig Jahre für den MI6 tätig, zuletzt leitete er die Abteilung, die für die Nahost-Angelegenheiten zuständig war.«

Rachel heftete ein Foto von Sir Ian an die Tafel, das den Mann zu seiner aktiven Zeit zeigte. Neben ihm war eine Reihe anderer Persönlichkeiten zu sehen.

»Dieses Foto stammt aus dem Jahr 1989 und wurde auf der Feier zu seiner Pensionierung aufgenommen.«

»Margaret Thatcher. Wow!« Charly Benson nickte anerkennend, als er die Frau neben Sir Ian erkannte.

»Ja. Mit der war er übrigens auch privat befreundet. Ihr versteht also, in welcher Liga unser Opfer spielte.«

Sie heftete ein Foto vom ermordeten Sir Ian daneben. Ein Raunen ging durch den Raum.

»Sir Ian ist auf äußerst brutale Weise ermordet worden«, fuhr Rachel fort. »Ein Mann, der erst vor einem Jahr zum Ritter geschlagen wurde, der seine todkranke Frau aufopferungsvoll gepflegt hat und respektiert wurde. Er und seine Frau verkehrten in den höchsten gesellschaftlichen Kreisen, bis sie vor sieben Jahren an Krebs starb. Glaubt man der Yellow Press, war ihre Ehe vorbildlich, Affären sind nicht bekannt, genauso wenig wie außereheliche Kinder.«

»Sir Ian erlitt zwei Jahre nach dem Tod seiner Frau einen Schlaganfall und war seitdem an den Rollstuhl gefesselt«, ergänzte Bob.

»Richtig. Er lebte die letzten Jahre sehr zurückgezogen, spendete aber immer wieder große Summen für diverse wohltätige Zwecke. Gibt man seinen Namen in die Suchmaschinen ein, so finden sich ausschließlich positive Artikel.«

Jonathan Snyder, ein übergewichtiger Kollege mit fettigen Haaren, meldete sich zu Wort.

»Sorry, Rachel, aber da kann doch was nicht stimmen. Es hört sich fast so an, als wäre der Mann ein Heiliger gewesen. Aber er ist doch kein Zufallsopfer, oder?«

»Nein, es spricht nichts dafür. Bei Zufallsopfern handelt es sich in der Regel um Sexualdelikte – oder sie wurden willkürlich von Tätern ausgesucht, die einzig und allein ihre krankhafte Mordlust befriedigen wollen.«

»Ein achtundachtzigjähriger wehrloser Mann eignet sich nicht besonders gut, um Machtfantasien zu befriedigen«, stimmte Snyder ihr zu.

»Zumal es keinerlei Abwehrspuren gibt. Im Moment würde ich von einer persönlichen Beziehung zwischen Opfer und Täter ausgehen, da es nicht ausgeschlossen ist, dass es vor der Tat zu einem Gespräch zwischen den beiden kam.«

»Vielleicht war der angesehene Sir Ian ja ein verfickter Kinderschänder«, warf Snyder ein. »Und eines seiner Opfer hat sich nun gerächt.«

»Mit solchen Theorien müssen wir vorsichtig sein«, mahnte Rachel.

»Intern werden wir natürlich auch in diese Richtung ermitteln«, pflichtete Bob dem Kollegen bei, »aber weder ist das unsere wichtigste Spur noch Teil unserer Strategie, die wir auf der PK nachher bekannt geben werden. Ihr wisst alle, wie die Presse reagiert, wenn sexueller Missbrauch ins Gespräch kommt. Das haben wir bei der BBC gesehen. Und wenn so was in einem Atemzug mit einer Persönlichkeit wie Sir Ian genannt wird, haben wir hier schnell die Kacke am Dampfen.«

»Snyder und Carole, ihr kümmert euch bitte um die Auswertung der Nachbarschaftsbefragungen«, sagte Rachel. »Greg und Sebastian haben heute Mittag damit begonnen, aber kaum jemanden angetroffen. Gegen Abend dürftet ihr mehr Glück haben, wenn die Leute von der Arbeit kommen. Vielleicht hat ja jemand etwas Ungewöhnliches bemerkt, als er heute Morgen das Haus verlassen hat.«

Carole Spitman war im Gegensatz zu Snyder eine zierliche Person. Aber Rachel wusste, dass ihr Durchsetzungswille seinesgleichen suchte. Carole zählte zu den Besten in ihrer Abteilung.

»Thomas und Harry nehmen sich das Anwesen von Sir Ian vor«, fuhr Bob fort. »Ich möchte, dass ihr euch alles genau anschaut. Den Garten, den Keller, den Dachboden – jeder Quadratzentimeter wird auf links gedreht.«

Harry Casper nickte zufrieden. Er war bekannt dafür, solche Aufgaben mit Begeisterung zu erledigen, während sein älterer Kollege Thomas Matlock zu den ewigen Bedenkenträgern gehörte.

»Es ist doch schon dunkel«, warf er ein.

»Ich hab ja auch nicht gesagt, dass ihr alles heute erledigen müsst. Seht zu, dass ihr gleich noch in den Wohnbereich kommt, mit dem Rest fangt ihr dann morgen an.«

»Suchen wir etwas Bestimmtes?«, fragte Thomas.

»Nichts, was wir im Moment benennen könnten«, antwortete Bob. »Vielleicht finden sich in den privaten Unterlagen Hinweise auf etwas, womit Sir Ian erpresst worden ist. Kompromittierende Fotos, geheime Konten, Wettschulden – es könnte alles möglich sein. Was auch immer euch komisch vorkommt, will ich sehen.«

»Okay. Verstanden.«

»Der Rest kümmert sich um Sir Ian«, sagte Rachel. »Jemand

muss mit seinem Neffen sprechen, außerdem will ich alles über seine Arbeit und sein Privatleben wissen. Eine halbe Stunde vor der PK treffen wir uns hier zum letzten Update. Wenn irgendjemand vorher etwas hat, bitte sofort bei uns melden. Mit ein bisschen Glück haben wir die Sache schnell aufgeklärt.«

3

Wie immer kaufte er in der Buchhandlung am Bahnhof Kings Cross sämtliche Tageszeitungen, die über den Großraum London berichteten. Seit seinem ersten Mal hatte sich dieses Ritual als sehr nützlich erwiesen. Normalerweise interessierte sich John nicht für das aktuelle Tagesgeschehen, aber am Morgen danach war es hilfreich für ihn, wenn er wusste, was Millionen andere über seine Tat zu lesen bekamen. Er betrat das Starbucks auf der anderen Straßenseite und bestellte einen doppelten Espresso. Dann suchte er einen Sessel in der hintersten Ecke des Lokals und begann mit seiner Lektüre.

In jeder Zeitung wurde darüber berichtet. Die *Times* hatte ihren Schwerpunkt auf den Nachruf gelegt, die *Daily Mail* witterte einen neuen Jack the Ripper, und der *Mirror* hatte es groß auf dem Titel. »Welches Monster tötete den ehrwürdigen Sir Ian?«, stand dort in überdimensional großen Buchstaben geschrieben. Aufmerksam las John den Artikel. In der für das Schmierblatt typischen Art wurde völlig übertrieben. Sir Ian sei »abgeschlachtet worden«, Wände und Decken wären »mit Blut bespritzt« gewesen, und den Kopf des Mannes habe man angeblich hinter dem Sofa gefunden.

Was für ein Schwachsinn, dachte John und wollte die Zeitung schon zur Seite legen, als sein Blick an einem Foto hängen blieb. Darauf waren eine Frau und ein Mann zu sehen, die vor dem Gebäude von Scotland Yard aus einem Auto stiegen. Darunter stand:

Profilerin Rachel Hyatt und Superintendent Bob Hall leiten die Ermittlungen in diesem Fall. In der Pressekonferenz beschrieb die Psychologin den Täter als sehr professionell und mit hoher krimineller Energie ausgestattet. Die Auswertung der Überwachungskameras habe ergeben, dass der Mörder genau den Zeitpunkt abgewartet habe, in dem der Eingang des Hauses von einem Wagen der städtischen Müllabfuhr verdeckt wurde, sagte Hyatt. Obwohl eine CCTV-Kamera direkt gegenüber des Hauses hängt, konnte der Mörder daher ungesehen das Anwesen betreten. Der Täter müsse das Haus eine ganze Zeit lang beobachtet haben, da er ansonsten niemals so präzise habe vorgehen können, ist sich die Profilerin sicher. Eine Opfer-Täter-Beziehung sei daher wahrscheinlich. Zahlreiche Indizien am Tatort hätten ihr darüber hinaus genügend Anhaltspunkte geliefert, um ein Täterprofil zu erstellen, sagte Hyatt weiter. In den nächsten Tagen werde sie das Profil veröffentlichen. Sachdienliche Hinweise nimmt jede Polizeidienststelle entgegen.

Bluffte sie? Er hatte doch keine Spuren hinterlassen – oder etwa doch? Nein, natürlich zog sie für die Presse eine Show ab. Die Bullen sagten doch immer, dass sie eine heiße Spur hatten, auch wenn sie gar nichts wussten. John sah sich das Foto von dieser Rachel Hyatt genau an. Es kann nicht schaden, die Frau ein wenig unter die Lupe zu nehmen, dachte er und verließ das Café.

Von Kings Cross konnte er zu Fuß zur British Library gehen. Er besaß weder Handy noch Computer – für einen Mann wie ihn viel zu riskant. Er mochte die Library, zumal er lieber in einer öffentlichen Bibliothek als in einem Internetcafé recherchierte. In der Masse der Studenten fühlte er sich sicher, auch wenn er mittlerweile deutlich über dem Altersdurchschnitt lag. Aber in dem öffentlichen Saal, in dem jedem Londoner zahllose Computer gegen eine geringe Gebühr zur Verfügung standen, fiel er nicht auf. Neben den Studenten tummelten sich hier auch jede Menge Touristen.

Er wartete, bis der Rechner frei wurde, an den er sich immer setzte. Er stand hinter einer Säule, die ihn vor den Überwachungskameras verbarg. John gab Rachel Hyatts Namen in die Suchmaschine ein und war überrascht, wie viele Treffer er auf Anhieb bekam. Besonders in psychologischen und forensischen Fachzeitschriften schien die Profilerin, oder vielmehr Dr. Hyatt, wie er nun sah, regelmäßig zu veröffentlichen. Er klickte einen Artikel an und las:

> ... Wenn ein Täter häufiger mordet, wird meistens von einem Lust- beziehungsweise Sexualmörder ausgegangen, der von dranghaften Spannungszuständen angetrieben wird, seine Opfer dehumanisiert und instrumentalisiert, um sexuelle oder emotionale Bedürfnisse ausleben zu können. Meine Forschungen haben aber gezeigt, dass nur 22,9 % der Mehrfachmörder dem stereotypen Persönlichkeits- und Verhaltensprofil des »echten« Triebtäters entsprechen. Das Bild des multiplen Mörders muss daher neu gezeichnet werden, zu viele Facetten wurden zu lange übersehen ...

Es folgte eine Einteilung in verschiedene Kategorien. Rachel Hyatt hatte unterschiedliche Mördertypen charakterisiert, vom multiplen Raubmörder bis hin zum seriellen Beziehungsmörder.

John fand sich in keiner Kategorie wieder.

Dennoch war ihm sofort bewusst, welche Gefahr von dieser Frau ausging. Ihr Spezialgebiet waren Serientäter. Und auch wenn er sich niemals auf eine Stufe mit irgendwelchen vergewaltigenden Bestien stellen würde – gemordet hatte er trotzdem. Nicht nur einmal.

Er suchte das Internet weiter nach Rachel Hyatt ab. Wo wohnte sie wohl? Es konnte nicht schaden, ihre Adresse zu kennen. Auf der Seite von Scotland Yard fand er ein Foto mit einer kurzen Vita von ihr. Persönliche Angaben fehlten. Im Telefonbuch war sie ebenfalls nicht verzeichnet, und auch sonst mangelte es an jeglichen persönlichen Informationen im Netz. Sie schien keine Facebook-Seite zu haben, twitterte nicht und hielt sich auch sonst nicht viel online auf.

Immerhin fand er zahlreiche offizielle Porträtfotos, die neben ihren Artikeln standen oder auf den offiziellen Seiten von Scotland Yard auftauchten. Daneben gab es noch einige Presseberichte, wie der aus dem *Mirror*. Aber es war nichts dabei, woraus er auf ihre Privatadresse schließen konnte.

Doch dann wurde er fündig. Es war ein kurzer Artikel aus einem Stadtteil-Blättchen. Das Foto neben dem Text zeigte sie mit drei anderen Frauen an einem Kuchenstand. Darunter prangte die Zeile:

Rachel Hyatt, Vanessa Storm und Susan Mill übernahmen den Kuchenverkauf und konnten am Ende des Tages 195 £ für die Kasse des Queen-Elizabeth-Kindergartens beisteuern.

Na also, dachte John und klickte sich zur Homepage des Kindergartens durch. Er hatte gehofft, dort eine öffentliche Adressliste aller Mitglieder zu finden, aber die gab es nicht.

Er prägte sich die Adresse des Kindergartens ein. Die

Bringzeiten waren morgens von sieben bis neun Uhr – Hyatt würde vermutlich von dort direkt zu Scotland Yard fahren. Daher war es wohl besser, wenn er den Kindergarten nachmittags observierte. Aber wenn das Kind dann von jemand anderem abgeholt würde?

Ein wohlig warmes Gefühl breitete sich in seinem Inneren aus. Er musste Rachel Hyatt einmal mit ihrem Kind sehen. Wenn er erst mal wusste, wie ihr Sohn oder ihre Tochter aussah, war der Rest ein Kinderspiel.

4

Das morgendliche Meeting war gerade zu Ende. Die Flut an Hinweisen, die seit der Pressekonferenz aus der Bevölkerung bei ihnen eingetroffen war, musste ausgewertet werden. Charly und Luc kümmerten sich nun darum, nachdem sie die Sichtung der CCTV-Aufzeichnungen gestern schon abgeschlossen hatten. Rachel tat es fast ein bisschen leid, dass die jungen Kollegen wieder eine der unbeliebten Aufgaben übernehmen mussten, zumal erfahrungsgemäß neunzig Prozent der Hinweise für die Mülltonne waren.

Rachel saß an dem Schreibtisch, an dem sie immer war, wenn sie für Bob und seine Abteilung arbeitete. Es war wichtig, dass sie während der Ermittlungen in einem Büro saßen und sich jederzeit austauschen konnten. Deshalb hatte sie ihren regulären Arbeitsplatz vorläufig verlassen und war vom 15. in den 19. Stock gezogen.

Sie starrte auf den Bildschirm und versuchte sich zu konzentrieren, während sie mit einer Strähne aus ihrem dunklen Pferdeschwanz spielte.

»Vielleicht ist es einfach noch zu früh, um ein Täterprofil zu erstellen«, sagte Bob, als sie laut seufzte.

Er saß ihr gegenüber und las die ersten Befragungen durch, die die Kollegen in der Nachbarschaft von Sir Ian gemacht hatten. »Wir haben noch nicht viel.«

»Das kann man so nicht sagen«, widersprach sie ihm. »Was wir vor allem haben, sind Ausschlusskriterien. Wir können mit ziemlicher Sicherheit sagen, was unser Täter *nicht* ist.«

Bob lehnte sich zurück und sah sie aufmerksam an. »Schieß los!«

»Wir können davon ausgehen, dass unser Täter nicht weiblich ist und dass die Tat keine sexuellen Motive hatte. Er dürfte außerdem nicht kleiner als eins siebzig sein, sonst hätte er es nicht schaffen können, in der kurzen Zeit, in der die Müllabfuhr die Kameras verdeckte, über die Mauer zu springen. Allzu unsportlich durfte er dafür auch nicht sein. Ein zwei Meter großer Riese ist er aber auch nicht, sonst hätten die Überwachungskameras ihn vorher erwischen müssen – falls unsere Theorie stimmt und er sich wirklich in dem Haltestellenhäuschen versteckt hielt.«

Bob nickte. »Also ein männlicher Täter, vermutlich zwischen eins siebzig und eins neunzig, von sportlicher Statur. Was noch?«

»Der Mörder scheint nichts aus dem Haus entwendet zu haben, obwohl viele Wertsachen herumstanden. Also ist er vermutlich gut situiert. Jedenfalls scheint er keine finanziellen Sorgen zu haben«, fuhr Rachel fort. »Außerdem hat er sehr präzise getötet, er stand vermutlich weder unter Drogen, noch war er betrunken, sonst hätte er den Schnitt kaum so sauber durchführen können.«

»Hm. Das trifft auf eine ganze Menge Leute zu. Gibt es überhaupt keine Auffälligkeiten?«

»Doch. Die Tat war emotionslos, kaltblütig und pragmatisch«, überlegte sie weiter. »Und das steht im Widerspruch zu der Unterhaltung, die er vielleicht vor dem Mord mit Sir Ian geführt hat.«

»Stimmt. So persönlich kann die Beziehung trotzdem nicht gewesen sein, die er zu seinem Opfer hatte.«

»Jedenfalls nicht, wenn wir von einer klassischen Täter-

Opfer-Beziehung ausgehen«, sagte Rachel. »Wenn Snyder zum Beispiel mit seiner Kinderschändertheorie recht hätte und der Täter früher ein Opfer von Sir Ian gewesen wäre, dann wäre der Mord meiner Meinung nach anders abgelaufen. Vielleicht hätte er den alten Mann totgeprügelt oder ihm den Schädel eingeschlagen, irgendetwas, das sein eigenes Leid mit der Tat förmlich ausgelöscht hätte. Aber ihm so abgebrüht die Kehle durchzuschneiden ... Nein, das ist schon sehr ungewöhnlich für jemanden, der doch eigentlich emotional aufgewühlt sein müsste, wenn er seinem früheren Vergewaltiger gegenübersitzt.«

»Wäre mir nur recht, wenn der alte Sir kein Kinderficker war«, sagte Bob lakonisch. »Spart uns einen Haufen Ärger.«

Es klopfte, und im selben Moment ging die Tür auf.

»Ich hab da vielleicht was«, sagte Carole Spitman, die mit einem Umschlag in der Hand ins Zimmer kam. »Nichts Weltbewegendes, aber es ist mir doch aufgefallen.«

»Wir sind ganz Ohr.«

»Alle Nachbarn, die wir bisher befragt haben, haben ausgesagt, dass Sir Ian in den letzten Jahren viele Schicksalsschläge und Todesfälle verkraften musste.«

»Ja, sein Schlaganfall, der Tod seiner Frau ...«, zählte Bob auf.

»Das dachte ich zuerst auch«, unterbrach ihn Carole. »Aber sowohl Mrs. Everstone, die Nachbarin zur Linken, als auch das Ehepaar Richard, dessen Grundstück an den hinteren Garten grenzt, meinten, dass Sir Ian in den letzten Jahren überdurchschnittlich oft auf Beerdigungen war.«

Rachel zuckte mit den Schultern. »Ab einem gewissen Alter geht das doch den meisten so. Sir Ian war immerhin achtundachtzig Jahre alt, da dürfte er eine Vielzahl seiner Freunde überlebt haben.«

»Schon klar«, nickte Carole. »Aber ich habe trotzdem Thomas und Harry danach gefragt. Bis auf Keller und Dachboden haben sie das Haus inzwischen durchsucht, und ich wollte wissen, ob sie vielleicht Traueranzeigen gefunden haben. Ähnlich wie Geburtsanzeigen bewahren viele Leute so was doch auf, besonders wenn es sich um die Todesnachricht eines Freundes handelt. Langer Rede kurzer Sinn: Sir Ian hat sie tatsächlich gesammelt.«

Carole reichte Bob den dicken Umschlag, und er zog einen ganzen Haufen Todesanzeigen heraus.

»Du hast schon recht«, fuhr sie fort, »viele sind von irgendwelchen uralten Leuten, mit denen unser Opfer befreundet war. Aber schaut euch diese hier mal an.«

Zielsicher fischte Carole vier Anzeigen heraus und reihte sie nebeneinander auf. Geburts- und Sterbedaten waren groß in der Mitte jeder Anzeige platziert, sodass Rachel das jeweilige Alter der Toten schnell ausrechnen konnte:

Catherine Bailey, 44 Jahre
Cedric Montgomery, 61 Jahre
Frank Waldmann, 53 Jahre
Steve Turpin, 59 Jahre

Einen Zusammenhang zu ihrem Fall konnte sie dennoch nicht erkennen.

»Auch jüngere Leute sterben doch hin und wieder«, sagte sie mit einem Schulterzucken. »Und so jung waren die ja auch nicht mehr. Worauf willst du hinaus?«

»Hier.«, Carole zeigte auf den Text der Traueranzeige von Catherine Bailey. »Hier steht: ›brutal aus dem Leben gerissen‹.« Sie nahm die nächste Anzeige »Und hier: ›... ist uns einfach genommen worden‹.« Dann zeigte sie auf die letzten beiden Karten. »Äh, ah ja, hier, ›des Lebens beraubt worden‹ und ›gewaltsam aus unserer Mitte gerissen‹. Wonach hört sich das alles für euch an?«

Sie hat recht, dachte Rachel und sah sich die Traueranzeigen genauer an. Wenn Menschen unerwartet früh starben, so waren in der Regel Krankheiten oder Unfälle daran schuld. In den allermeisten Fällen fanden sich die Todesursachen dann in den Traueranzeigen wieder, es wurde auf den langen Kampf des Verstorbenen mit seiner Krankheit verwiesen oder um Spenden für eine Krebsstiftung gebeten, anstatt Kränze zur Beerdigung zu bringen.

»Die Leute sind alle in den letzten fünf Jahren gestorben«, fuhr Carole fort. »Ein bisschen merkwürdig ist das doch schon, oder? Soll ich der Sache nachgehen?«

»Ja«, sagte Rachel. »Check die vier. Woran sind sie gestorben? Was haben sie früher gemacht? Gibt es noch Angehörige? Du kennst das ja. Gute Arbeit, Carole.«

»Danke.« Sie lächelte Rachel zu und verließ das Büro.

Am späten Nachmittag hatten sie ein Meeting mit Luc und Charly anberaumt. Auch wenn sie die meisten Hinweise aus der Bevölkerung in der Regel nicht weiterbrachten, so war ein sorgfältiger Umgang damit doch äußerst wichtig.

Rachel konnte sich an einen Fall erinnern, der schon Jahre zurücklag und bei dem die Hinweise aus Zeit- und Personalmangel alles andere als sorgfältig ausgewertet worden waren. Dummerweise hatte der Mörder der Polizei damals selbst Tipps gegeben, die aber leider nicht erkannt worden waren. Der Aufschrei in Presse und Bevölkerung war enorm gewesen. Nach dem Desaster damals hatte der Chef die Order rausgegeben, alle Hinweise mit besonderer Sorgfalt zu bearbeiten.

»Erwartungsgemäß ist es schwierig«, begann Charly. »Die meisten wollen einen arabisch aussehenden Mann vor dem Anwesen gesehen haben.«

»Das ist ja inzwischen schon fast ein Naturgesetz«, stöhnte Bob. »Wenn irgendwo etwas passiert, sehen die Leute immer einen zweiten Mohammed Atta. Selbst wenn es ein stinknormaler Raubmord war.«

Luc nickte. »Ja. Es gibt trotzdem einige Hinweise, die wir ernster nehmen sollten. Der Müllwagenfahrer hat sich gemeldet.«

»Hat er unseren Mann gesehen?«

»Nicht direkt. Das Müllauto hält immer vor dem Bushaltestellenhäuschen, und der Fahrer verlässt den Wagen, um seinen Kollegen zu helfen, die Tonnen aus der langen Einfahrt zu holen, die zu dem Haus hinter der Bushaltestelle führt. Beim Verlassen der Kabine hat der Fahrer einen Mann gesehen. Er kann ihn nicht beschreiben, weil er nur einen flüchtigen Blick auf ihn geworfen hat.«

»Aber zum Glück trug der Typ die gleichen Treter wie der Sohn des Fahrers«, ergänzte Charly.

»Türkisfarbige Kletterschuhe der Marke Climbix. Der Fahrer war sich ganz sicher, weil er sie seinem sechzehnjährigen Sohn am Vortag zum Geburtstag geschenkt hatte und die Dinger wohl recht teuer sind.«

»Das Modell ist erst seit wenigen Wochen auf dem Markt. Eine Sonderedition, die man nicht überall kriegt. Mit den Schuhen kann man sich lautlos fortbewegen wie eine Katze«, sagte Charly, »und natürlich klettern. Der Fahrer glaubt, dass der Mann ansonsten dunkel gekleidet war, weshalb ihm die Schuhe auch besonders aufgefallen sind.«

»Okay«, sagte Rachel. »Das beweist uns vor allen Dingen, dass der Täter sehr gut vorbereitet war. Versucht herauszufinden, wo es diese Schuhe gibt. Vielleicht haben wir Glück, und es sind nicht zu viele Geschäfte.«

»Noch ein weiterer Hinweis aus der Bevölkerung könnte was bringen«, fuhr Luc vor. »Im Bus der Linie 9, die am Haus von Sir Ian vorbeifährt, saß eine ältere Dame. Sie sagt, sie hätte einen dunkel aussehenden Mann im Bushaltestellenhäuschen sitzen sehen.«

»Die Lady behauptet, ihn sich ganz genau angeschaut zu haben«, fuhr Charly fort, »weil sie darauf gewartet hat, dass er in den Bus einsteigt. Aber er hat keine Anstalten gemacht, und sie hat sich geärgert, dass der Bus wegen dem Mann warten musste. So einen vergisst man natürlich nicht«, sagte er grinsend.

»Gut. Bestellt die Frau her, wir werden versuchen, mit ihr eine Phantomzeichnung zu machen.«

»Schon geschehen. Sie kommt morgen früh vorbei.«

»Sehr gut. Vielleicht bekommt unser Mörder dann ja ein Gesicht.«

5

Er schaltete den Fernseher ein und suchte das Kinderprogramm. Will Bailey wusste, dass seine Kinder zu viel vor der Glotze hockten, aber manchmal gab es eben keine Alternative. Um diese Uhrzeit war er meistens so erledigt, Spielen oder Hausaufgaben kontrollieren schaffte er dann oft nicht mehr.

Manchmal fragte er sich, wie lange er das noch durchhalten würde. Sally war jetzt elf, Ethan dreizehn. Eigentlich waren sie schon zu alt für den Kinderkanal, aber gerade die Trickfilme liebten sie immer noch. Und das, obwohl die Pubertät mit großen Schritten auf sie zukam, an manchen Tagen waren sie sogar schon mittendrin, fand er, starrten nur noch auf ihre Handys und chatteten mit ihren Freunden. Gerade Sally brauchte jetzt ihre Mutter.

Will schluckte. Die Frau von Scotland Yard musste gleich da sein, und er wollte ihr auf keinen Fall mit verheulten Augen gegenübertreten. Also reiß dich zusammen rief er sich zur Räson.

Er ging in die Küche und räumte die Geschirrspülmaschine ein. Lange wird die nicht mehr mitmachen, dachte er. Regelmäßig verlor sie Wasser, und ein paarmal war sie schon ganz ausgelaufen. Sie brauchten dringend eine neue. Aber seitdem er nur noch halbtags arbeitete, war das Geld knapp. Wie sollte das nur alles weitergehen? Die Kinder hatten immer höhere Ansprüche und teurere Wünsche, außerdem wuchsen sie wie verrückt. Bei Ethan hielten die Shirts höchstens noch drei Monate, dann waren sie zu klein, und Sally wünschte sich dauernd etwas Neues. Es tat ihm weh, so häufig Nein sagen zu müssen. Aber ihm blieb nichts anderes übrig.

Motorengeräusche rissen ihn aus den Gedanken. Will blickte durch das Küchenfenster und sah ein Auto vorfahren. Wenig später stieg eine schlanke Frau aus dem Wagen, zierlich, klein, mit langen blonden Haaren. Ziemlich attraktiv, wie er fand.

»Mr. Will Bailey?«, fragte die Frau, nachdem er die Tür geöffnet hatte. »Ich bin Carole Spitman. Wir haben telefoniert. Darf ich reinkommen?«

Sie gingen in die Küche und setzten sich an den Tisch. Es war ihm lieber so, damit die Kinder im Wohnzimmer nichts von der Unterhaltung mitbekamen.

»Ich hab nicht viel im Haus«, sagte er mit entschuldigendem Blick. »Möchten Sie lieber Tee oder Bier?«

»Einen Tee, bitte, wenn es keine Umstände macht.«

Er setzte Wasser auf, dann öffnete er die Kühlschranktür. »Stört es Sie …?« Er nahm sich eine Bierflasche aus dem Fach und hob sie fragend hoch.

Die Polizistin schüttelte lächelnd den Kopf.

»Danke, dass Sie sich die Zeit genommen haben«, sagte sie.

»Sie sagten am Telefon, Sie wollen mit mir über den Tod meiner Frau sprechen. Wird der Fall endlich neu aufgerollt?«

»Ich habe im Polizeibericht von damals gelesen, dass ein Fremdverschulden ausgeschlossen wurde. Die Polizei ging von einem tragischen Unfall im Haushalt aus …«

»Und ich habe der Polizei schon damals gesagt, dass das Quatsch ist«, unterbrach er sie unwirsch. »Wir hatten eine Putzfrau, verstehen Sie? Die hat immer die Fenster geputzt, wirklich immer! Meine Frau hatte überhaupt keinen Grund, auf die Fensterbank im zweiten Stock zu klettern und die Scheiben zu putzen. Das hat sie nie, aber auch wirklich nie vorher gemacht!«

Er merkte, wie er sich in Rage redete. Die ganze Sache regte ihn nach wie vor auf. Neun Meter war Catherine in die Tiefe gestürzt. Als sie mit dem Kopf aufschlug, war sie sofort tot.

»Jemand hat sie aus dem Fenster gestoßen. Davon bin ich nach wie vor fest überzeugt«, sagte er, um Fassung bemüht.

»Das haben Sie auch schon den Kollegen gesagt. Aber die Ermittlungen haben nichts ergeben. Am Fenster standen Putzmittel. Es gab damals eine Baustelle in Ihrer Nachbarschaft, die viel Dreck machte ...«

»Ja, zwei Häuser weiter! Laut war es. Die haben so viel Lärm gemacht, dass keiner Catherines Schreie hörte. Wenn sie überhaupt noch schreien konnte ...«

»Wäre es nicht möglich, dass Ihre Frau den Staub, der von der Baustelle kam, wegwischen wollte?«, fragte die Polizistin.

Will schüttelte den Kopf. »Nein. Jedenfalls nicht auf diese Art und Weise. Meine Frau war immer sehr vorsichtig, sie wäre nicht auf eine Fensterbank geklettert, das wäre ihr viel zu riskant gewesen. Das habe ich der Polizei gesagt, aber diese Idioten haben ein Fremdverschulden ja sofort ausgeschlossen!« Er spürte, wie ihm die Tränen in die Augen schossen.

»Nun ja, nicht sofort. Man hat Sie schon ernst genommen, Mr. Bailey. Aber es gab keine Hinweise, dass eine fremde Person im Haus war. Außerdem fehlte das Motiv, zumal auch nichts gestohlen wurde. Ich habe in der Akte gelesen, dass ein Suizid nicht ausgeschlossen ...«

Will unterbrach sie stöhnend. »Bitte! Das ist absurd. Meine Frau war nicht depressiv! Wir waren glücklich.«

Es schüttelte ihn, wenn er daran dachte, wie die Polizisten immer wieder davon gesprochen hatten, dass Catherine sich umgebracht haben könnte. Vielleicht habe er von ihren Depressionen nichts mitbekommen? Habe nicht gewusst, wie lebensmüde sie gewesen sei? Viele Ehemänner würden von dem Unglück ihrer Frauen nichts ahnen, die Polizisten hätten es schon häufig erlebt, dass Männer vom Freitod ihrer Ehefrauen völlig überrascht wurden.

Bei allem Schmerz über Catherines Tod hatten ihn diese Unterstellungen sehr verletzt. Als einer dieser Polizisten dann auch noch andeutete, dass die Versicherung bei einem Suizid ja nicht zahlen würde, bei einem Unfall aber schon, war er wütend geworden und hatte die Bullen angeschrien. Sie hatten den Vorwurf des Versicherungsbetrugs dann fallen gelassen, aber der Verdacht klebte an ihm wie alter Kaugummi an einer Schuhsohle.

Eine Frechheit war das gewesen. Nein, Catherine hatte sich nicht umgebracht. Sie waren glücklich und sich immer sehr nah gewesen und hatten keine Geheimnisse voreinander gehabt, da war er sich sicher.

Carole Spitman unterbrach seine Überlegungen. »Können Sie mir beschreiben, was an dem Tag, an dem Ihre Frau starb, genau passierte?«

Natürlich konnte er das. Er würde den Tag niemals vergessen, jede Sekunde hatte sich in sein Hirn eingebrannt. Schließlich waren es die letzten Sekunden in einem glücklichen Leben gewesen.

Morgens um sieben hatten sie noch alle zusammen gefrühstückt. Sally war erst wenige Wochen zuvor sechs Jahre alt geworden und ging nun in die Grundschule. Will erinnerte sich noch genau, wie Catherine ihr die Jacke der Schuluniform zugeknöpft und ihr einen Kuss auf die Wange gegeben hatte.

»Meine Große«, hatte sie gesagt, »ich bin so stolz auf dich.«

Dann brachte sie die Kinder zu seinem Auto. Sie schnallte

sie auf dem Rücksitz an, während er seine Aktentasche im Kofferraum verstaute. Sie gab ihm einen Abschiedskuss und sagte, dass sie zum Mittagessen Spaghetti mit Fleischklößchen machen werde, worauf die Kinder in Jubel ausbrachen. Dann setzte er rückwärts aus der Einfahrt, um die Kinder zum Kindergarten und zur Schule zu bringen, und fuhr anschließend zur Arbeit.

Er hatte sie nie wieder lebend gesehen.

»Catherine sollte die Kinder mittags abholen. Als sie nicht kam, riefen die Lehrerinnen mich an. Ethan rannte aus dem Wagen, kaum dass ich ihn vor der Garage geparkt hatte. Ich kam mit Sally an der Hand hinterher. Zu dem Zeitpunkt machte ich mir schon große Sorgen. Catherine war immer sehr zuverlässig, sie hätte die Kinder niemals ohne Grund warten lassen. Ich war noch nicht mal richtig im Haus, da hörte ich Ethan schon schreien. Durchs Wohnzimmerfenster sah er sie, wie sie mit aufgeplatztem Schädel auf der Terrasse hinter dem Haus lag.«

Will merkte, wie ihm die Tränen übers Gesicht liefen. Jetzt konnte er sie nicht mehr zurückhalten.

»Es war alles so ... furchtbar! Die Kinder waren völlig traumatisiert. Beide hatten ständig Albträume, Sally hörte auf zu sprechen. Ethan aß nichts mehr ...«

Er konnte nicht weiterreden. Es zerriss ihm nach wie vor das Herz, wenn er daran dachte, wie seine Kinder unter dem Verlust ihrer Mutter gelitten hatten. Und immer noch litten.

»Wir haben erst spät Kinder bekommen«, fügte er leise hinzu. »Wir waren schon dreißig, als wir uns kennenlernten ... Meine Frau ist früher jahrelang um die Welt gereist, war viel unterwegs.«

»Was hat sie beruflich gemacht?«

»Sie arbeitete als Nanny. Überwiegend für irgendwelche

Superreichen, die von einem Urlaubsort zum nächsten jetteten. Sie liebte Kinder, aber bei uns wollte es am Anfang einfach nicht klappen. Dann endlich war sie schwanger, Catherine hat sich so gefreut ... Bei Sally war sie immerhin schon achtunddreißig. Ich habe sie nie so glücklich gesehen.«

»Ich verstehe. Tut mir wirklich leid.« Carole Spitman nahm einen Schluck von ihrem Tee.

Für einen Moment schwiegen sie beide.

»Warum sollte jemand Ihre Frau aus dem Fenster stoßen?«, fragte sie dann. »Wer hätte so etwas tun können? Hatten Sie damals einen Verdacht?«

Will schüttelte den Kopf. »Nein. Das war ja das Problem. Sie hatte keine Feinde, es gab auch keine Exlover, mit denen sie Ärger haben konnte, nichts. Vielleicht war es dieser verrückte Wanderprediger, der zu dem Zeitpunkt in der Gegend war. Das habe ich Ihren Kollegen auch gesagt.«

»Was war das für ein Mann?«

»Ein Verrückter. Er trug eine dunkle Kutte und klingelte bei den Leuten, um ihnen die Apokalypse zu verkünden. Er war zwei Tage vorher bei uns. Die Polizei hat nach dem Tod meiner Frau nach ihm gesucht, ihn aber nie gefunden.«

Carole Spitman machte sich einige Notizen. »Wissen Sie noch, was der Mann zu Ihnen gesagt hat?«

»Nein. Aber ich habe ihn vorher schon ein paarmal bei uns vorm Haus rumlungern sehen.«

»Abgesehen davon, dass Ihre Frau niemals die Fenster selbst putzte, gab es noch irgendetwas, was Ihnen ungewöhnlich vorkam?«

»Ja. Als wir nach Hause kamen, kochte ein Topf mit Wasser auf dem Herd. Sie hatte Nudelwasser aufgesetzt, bevor sie starb. Ich weiß, das klingt banal, und die Polizisten haben mich auch nicht ernst genommen«, sagte Will und atmete tief ein und aus, »aber für mich war es wieder ein klarer Hinweis, dass etwas nicht stimmte. Meine Frau hätte niemals Wasser aufgesetzt und wäre dann in den zweiten Stock gegangen. Niemals! Unser Herd spielte manchmal verrückt, das Gas ließ sich nicht mehr richtig regulieren, und manchmal schossen an der Seite die Flammen hoch. Nicht weiter schlimm, aber alle unsere Töpfe haben Plastikgriffe, und Catherine hatte Angst, dass sie schmelzen und womöglich Feuer fangen könnten. Wie gesagt, sie war sehr, sehr vorsichtig. Deshalb verließ sie nie die Küche, wenn sie das Essen vorbereitete.«

»Okay. Danke, Mr. Bailey. Danke, dass Sie sich die Zeit für mich genommen haben.« Carole Spitman stand auf. »Noch eine Frage: Kennen Sie Sir Ian MacKenzie?«

»Nein. Ich habe in den Nachrichten gehört, dass er ermordet worden ist.«

»Wissen Sie, ob Ihre Frau ihn kannte?«

»Nein. Sie hat nie von ihm gesprochen. Glauben Sie, der Mord steht im Zusammenhang mit Catherines Tod?«

»Nein.« Carole Spitman ging zur Tür.

»Aber warum fragen Sie dann danach? Und suchen Sie nun nach dem Mörder meiner Frau, oder was passiert jetzt?«

Sie schwieg einen Moment.

Wahrscheinlich glaubte sie ihm auch nicht. Wahrscheinlich dachte sie, dass es die Spinnereien eines trauernden Witwers waren, der den tragischen Unfalltod seiner Frau nicht wahrhaben wollte. Alle dachten schließlich so. Die meisten seiner Freunde hatten sich von ihm abgewandt, weil sie seine Verschwörungstheorien nicht mehr ertragen konnten, oder er hatte sich zurückgezogen, wenn jemand es gewagt hatte, Catherines Selbstmord doch für möglich zu halten. In der Nachbarschaft wurde getuschelt, sobald er auf die Straße ging. Da war er sich sicher.

»Sie glauben mir doch?«, fragte er leise.

Sie nickte. »Ja, ich glaube Ihnen. Ich kann zwar nachvollziehen, warum meine Kollegen die Ermittlungen damals eingestellt haben, aber ich glaube Ihnen.«

»Sagen Sie mir Bescheid, wenn es was Neues gibt?«, fragte Will zum Abschied unsicher.

»Ja. Versprochen.«

6

Wie immer zählte sie zu den Ersten, als sie den Wagen auf den Parkplatz des Queen-Elizabeth-Kindergartens fuhr. Es war noch dunkel, und Noah hing schläfrig in seinem Kindersitz. Die fünf Meilen war sie heute Morgen schneller gelaufen als sonst, und es freute Rachel, dass sie ihre Bestzeit geknackt hatte.

»Heute Nachmittag holt Daddy dich ab, okay, Schatz?«

»Yippie!« Ihr Sohn freute sich und war mit einem Schlag wach. Sofort schmiedete er Pläne, was er mit seinem Vater unternehmen könnte. »Dad kann doch bei uns schlafen, wenn du lange arbeiten musst«, sagte er, nachdem er diverse Freizeitaktivitäten aufgezählt hatte.

»Nein, nein, das wird nicht nötig sein.«

Sie warf einen kurzen Blick in den Rückspiegel und wischte ein wenig Lippenstift weg, den sie in der Eile zu großzügig aufgetragen hatte. Mehr Schminke trug sie meistens nicht, da sie immer fand, dass ihre großen braunen Augen nicht noch zusätzlich betont werden mussten. Doch in letzter Zeit dachte sie immer häufiger, dass sie langsam, aber sicher in ein Alter kam, in dem der Putz zu bröckeln begann und ein wenig mehr Make-up nicht schaden konnte. Bald wurde sie sechsunddreißig, und die ersten kleinen Fältchen waren bereits sichtbar. Vermutlich war das auch der Grund, warum sie so viel Sport trieb. Die Vorstellung, den natürlichen Alterungsprozess ein wenig aufhalten zu können, gefiel ihr. Vielleicht verliebte sie sich irgendwann ja noch mal, und falls das passieren sollte, wollte sie natürlich auch attraktiv sein. Im Moment vermisste sie allerdings keinen Mann in ihrem Leben. Mit ihrem Sohn und ihrem Job war ihr Alltag mehr als ausgefüllt.

Rachel schnallte Noah vom Kindersitz ab, nahm seine kleine Tasche und seinen Stoffaffen in die Hand und ging mit ihm über den dunklen Parkplatz.

»Dad bringt dich nach Hause, und ich bin dann spätestens um sechs Uhr auch da.«

Sie war froh, dass Noah sich so gut mit Mike verstand. Das war nicht selbstverständlich, immerhin hatte sie sich schon während der Schwangerschaft von ihm getrennt. Eine richtige Mutter-Vater-Kind-Familie hatte Noah nie erlebt, was ihr bis heute ein schlechtes Gewissen bereitete. Aber eine Trennung war damals unausweichlich gewesen. Mikes Eifersucht hatte sie fast wahnsinnig gemacht.

Heute hatte Rachel ein relativ gutes Verhältnis zu ihm. Obwohl er seit der Trennung in einem kleinen Apartment wohnte, hatte er einen Schlüssel zu ihrem Haus behalten, damit er dort mit seinem Sohn spielen und Zeit verbringen konnte, wann immer Rachel länger arbeiten musste – was häufig genug vorkam.

Plötzlich blieb Noah wie angewurzelt stehen. Ängstlich klammerte er sich an ihrem Bein fest.

»Was ist los, Schatz?«, fragte Rachel besorgt und strich ihm über seinen dunklen Lockenkopf.

»Der Räuberchef«, flüsterte er mit aufgeregter Stimme. »Da hinter dem Baum hockt er und guckt nach uns!«

Rachel seufzte leise und bereute, dass sie ihrem kleinen Sohn gestern Abend *Ali Baba und die vierzig Räuber* vorgelesen hatte. Wahrscheinlich war er doch noch zu jung dafür.

»Da ist niemand«, sagte sie sanft. »Komm, wir gehen und gucken hinter den Baum. Wahrscheinlich ist da eine Katze.«

»Nein, Mummy. Geh da lieber nicht hin! Das ist keine Katze. Ganz bestimmt nicht!«

»Schatz, du weißt doch, dass ich bei der Polizei bin. Mir kann nichts passieren. Na komm, wir schauen mal nach!«

Hand in Hand gingen sie auf den großen Kastanienbaum zu, der am Rand des Parkplatzes stand und bestimmt zwanzig Meter hoch war. Noah hielt ihre Hand ganz fest, und es rührte sie, wie viel Fantasie in dem kleinen Kerl steckte. Wenn er etwas sehen wollte, dann sah er es auch. Letztes Weihnachtsfest hatte er das Christkind dabei beobachtet, wie es an Heiligabend durch den Garten geflogen war. Bis ins letzte Detail hatte er es ihr beschrieben.

Ein Geräusch ließ sie aufmerken. War das ein Rascheln? Sie meinte, leise Schritte zu hören und einen Schatten zu sehen, der im Gebüsch verschwand – hatte Noah recht gehabt? War da jemand?

Sie zuckte erschrocken zusammen, als es plötzlich hinter ihnen hupte.

»Guten Morgen!« Susans Stimme klang viel zu gut gelaunt für diese Uhrzeit. »Wenn ihr nicht augenblicklich Platz macht, muss ich euch leider über den Haufen fahren.«

Lachend sprangen Noah und Rachel zur Seite und warteten, bis Susan Mill mit ihrer kleinen Tochter Anna aus dem Auto geklettert war. Gemeinsam liefen sie zum Kindergarten, und Susan plauderte fröhlich und ohne Unterlass. Erstaunlich, wie viel es über ein Frühstück und die verdorbene Orangenmarmelade doch zu erzählen gibt, dachte Rachel und hielt den anderen lächelnd die Tür auf.

Dann sah sie sich noch mal um. Die große Kastanie stand stumm da und rührte sich nicht. Kein Schatten war mehr zu sehen. Der Himmel wurde langsam hell.

Eine halbe Stunde später saß Rachel an ihrem Schreibtisch.

»Er ist Linkshänder«, sagte Bob, biss in sein Sandwich und sprach mit vollem Mund weiter, wobei ihm immer wieder ein paar Krümel in den Bart fielen. »Der Obduktionsbericht ist da. Der Schnitt wurde eindeutig von einem Linkshänder ausgeübt. Auch der Verdacht mit der Clip-Point-Klinge hat sich erhärtet.«

»Gab es sonst noch Auffälligkeiten an der Leiche?«

»Nein. Keinerlei Abwehrverletzungen, nichts. Sir Ian stand nicht unter Drogen und wurde auch nicht gefoltert oder geschlagen. Seine gesundheitliche Verfassung war eigentlich ganz gut. Ein paar Jährchen hätte er unter anderen Umständen bestimmt noch geschafft.«

»Okay. Was ist mit Thomas und Harry? Ich hab immer noch keinen Bericht von ihnen. Die müssten das Anwesen doch langsam durchkämmt haben.«

»Sind auf dem Weg und müssten in fünf Minuten hier sein. Carole hat ihren Bericht schon fertig.« Bob reichte ihr eine schmale Akte. »Sie war gestern bei einem der Angehörigen von diesen Todesanzeigen. Ich habe es noch nicht gelesen.«

»Sie ist wirklich schnell.«

»Ja, ein fleißiges Bienchen.«

Rachel las sich die Zusammenfassung des Gesprächs zwischen Carole und Will Bailey durch.

»Sie würde gern noch ein paar Recherchen in der Sache anstellen«, sagte Bob und versuchte ein Rülpsen zu unterdrücken, was ihm jedoch nicht ganz gelang. »Sorry.«

»Ja, okay, wenn es nicht zu zeitintensiv ist, kann sie das gern machen.« Rachel überflog weiter den Bericht. »Es scheint keine konkreten Anhaltspunkte für ein Fremdverschulden zu geben, aber einige Ungereimtheiten sind schon da. Ob uns das allerdings weiterhilft, weiß ich nicht. Sie soll auf jeden Fall … Ach, ich sag's ihr selbst.«

Rachel griff zum Telefon und wählte die Nummer der Kollegin, aber Carole ließ sie gar nicht erst zu Wort kommen.

»Gut, dass du dich meldest«, schoss es aus ihr heraus. »Cedric Montgomery ist 2008 in seinem Taxi erschossen worden. Ich habe den Eintrag gerade im Archiv gefunden. Hör dir das an: ›Der Wagen wurde auf der Landstraße zwischen Cambridge und Ely aufgefunden. Er war ordnungsgemäß abgestellt worden, eine Unfallsituation lag nicht vor. Mr. Montgomerys Körper war nach vorn gebeugt, die Stirn lag auf dem Lenkrad. Die Kugel hat den Taxifahrer in den Hinterkopf getroffen, was ihn augenblicklich tötete. Sämtliche Tageseinahmen wurden geraubt. Vom Täter fehlt jede Spur.‹ Was sagst du dazu?«

»Raubmord bei Taxifahrern ist leider keine Seltenheit. Woher kannte Sir Ian diesen Mann?«

»Das weiß ich noch nicht. Ich konnte mit der Recherche nach möglichen Angehörigen noch nicht beginnen. Die Verbindung zwischen Catherine Bailey und Sir Ian ist auch noch unklar. Ihr Mann kannte ihn jedenfalls nicht. Vielleicht hat sie mal für Freunde von Sir Ian gearbeitet?«

»Wenn sie Kinderfrau für Reiche und Promis war, dann wurde sie mit Sicherheit von einer Agentur vermittelt«, überlegte Rachel. »In London gibt es ein paar davon. Ich check mal, ob die uns weiterhelfen können. Kümmere du dich um Cedric Montgomery und die anderen beiden.«

»Mach ich.«

»Wir müssen aufpassen, dass wir uns nicht in was verrennen«, mahnte Rachel. »Du hast völlig recht, da sind Auffälligkeiten, und die müssen wir auch überprüfen. Aber die restlichen Ermittlungen sollten dabei nicht vernachlässigt werden. Was macht die Befragung der Nachbarschaft? Die Freunde und Bekannten des Toten?«

»Die Nachbarn haben wir durch. Snyder kümmert sich gerade um die Freunde, die Sir Ian noch hatte. Soviel ich weiß, waren das aber nur noch zwei oder drei. Der Rest ist tot.«

»Alles klar. Danke.«

Rachel legte auf und klickte sich auf die Seite einer Suchmaschine. Wenig später hatte sie drei Agenturen in England ausfindig gemacht, die sich auf die Vermittlung von Nannys an exklusive Kunden spezialisiert hatten.

Ohne anzuklopfen, kamen Thomas und Harry in ihr Büro und ließen sich fast synchron auf das schwarze Ledersofa fallen, das hinter Bobs Schreibtisch an der Wand stand.

»Und?«, fragte Bob. »Seid ihr durch?«

»Ja. Und wir haben auch was gefunden.«

»Vielmehr wir haben etwas *nicht* gefunden, und das kommt uns komisch vor«, ergänzte Harry.

»Geht's noch geheimnisvoller?«

»In seinem Arbeitszimmer gab es einen Schrank, in dem er Unterlagen aus seiner aktiven Zeit beim MI6 aufbewahrte«, erklärte Thomas. »Keine Geheimdokumente oder so, eher Persönliches. Gehaltszettel, Zeugnisse, Empfehlungen und so weiter. Die Ordner, die wir gefunden haben, waren beschriftet mit Einkommen, Versicherung, Steuer – das Übliche, was jeder Berufstätige so hat.«

»Für jedes Jahr gibt es so eine Akte«, fuhr Harry fort. »Wir konnten noch nicht alles sichten, aber wie es aussieht, hat er alles sehr ordentlich dokumentiert. Gehalt, Jobbeschreibung, Beförderung, alles. Die erste Akte stammt von 1950, als er beim MI6 als kleine Nummer anfing. Dann ging es Jahr für Jahr weiter.«

»Das Merkwürdige ist nun, dass eine Akte fehlt. 1983 gibt es nicht.«

»Vielleicht hat er sie herausgenommen und woanders wieder hingestellt?«, sagte Bob.

Rachel sah, wie Thomas die Augen verdrehte. »Das haben wir natürlich überprüft. Wir machen das ja nicht zum ersten Mal. Nein, im ganzen Haus fanden sich insgesamt neununddreißig Akten, die die Jahre beim MI6 von 1950 bis 1989 dokumentieren ...«

»Außer eben das Jahr 1983. Sonst wären es ja vierzig Akten«, unterbrach Harry.

»Okay. Dann müssen wir herausfinden, was Sir Ian 1983 beim MI6 gemacht hat«, überlegte Bob.

»Wir starten eine offizielle Rechercheanfrage beim MI6-Archiv«, sagte Thomas. »Ich glaube allerdings nicht, dass das viel Erfolg hat. Erfahrungsgemäß rücken die ja doch nichts raus.«

»Stimmt. Das Archiv im Vatikan ist nichts dagegen.«

»Vielleicht gibt es da noch eine andere Möglichkeit«, warf Rachel ein. »Ich kenne da jemanden, der uns vielleicht weiterhelfen könnte.«

»Wen denn?«, fragte Harry neugierig.

»Nicht so wichtig. Ich kümmere mich darum und sage euch dann Bescheid.«

Bob besprach mit Thomas und Harry das weitere Vorgehen, und sie hörte mit einem Ohr, wie er die beiden um die Auswertung der anderen Akten bat.

Eins nach dem anderen. Sie wählte die Nummer der ersten Nanny-Agentur, erklärte ihr Anliegen und fragte, ob eine Catherine Bernhard, wie Mrs. Bailey vor ihrer Hochzeit geheißen hatte, für diese Agentur gearbeitet habe. Bei der ersten Nummer hatte sie kein Glück, aber schon bei der zweiten landete sie einen Treffer.

»Catherine Bernhard, oh ja«, hörte sie eine ältere Stimme

am anderen Ende der Leitung sagen. Es war die Besitzerin der Agentur. »Ich erinnere mich an sie, ihr Mann hat mir vor ein paar Jahren eine Todesanzeige geschickt. Furchtbare Sache. Das arme Mädchen!«

»Wann hat Sie bei Ihnen gearbeitet?«

»Das war in den Achtzigerjahren. Sie hat direkt nach der Schule eine Ausbildung als Erzieherin gemacht. Ich vermittle nur ausgebildete Nannys, müssen Sie wissen. Meine Kunden sind sehr anspruchsvoll.«

»Können Sie mir sagen, für welche Auftraggeber sie gearbeitet hat?«

»Nein. Leider nicht. Heute haben wir das natürlich alles in unserem System, da bräuchte ich nur die entsprechende Datei aufzurufen. Aber in den Achtzigern war alles noch in Aktenordnern abgeheftet. Wir sind vor ein paar Jahren mit der Agentur umgezogen, da haben wir viele der alten Akten vernichtet.«

Mist, dachte Rachel. Sie wollte sich schon verabschieden, da fiel der älteren Dame am anderen Ende der Leitung noch etwas ein.

»Momentchen, vielleicht haben Sie ja doch Glück«, sagte sie. »Ich erinnere mich, dass ich die Todesanzeige an ihre alten Kunden verschickt habe. Das war kurz vor unserem Umzug in die neuen Büros, und ich bin mir ziemlich sicher, dass ich allen ein kurzes Anschreiben beigelegt hatte. Wissen Sie, die Mädchen bauen häufig eine enge Bindung zu ihren Auftraggebern auf. Immerhin wohnen sie meistens im gleichen Haus und begleiten die Familien auf Reisen. Häufig besteht auch Jahre später noch ein herzlicher Kontakt. Jedenfalls müssten auf den Anschreiben ja auch die Adressen der Familien sein … Irgendwo habe ich das abgespeichert … Aber wo? Das kann jetzt ein bisschen dauern …«

»Mailen Sie mir die Liste doch einfach, wenn Sie sie gefunden haben, ja?«, bat Rachel und gab der Dame ihre E-Mail-Adresse.

Als sie aufgelegt hatte, suchte sie in ihrem Filofax nach Robert Boultons Nummer. Es war eine der wenigen Telefonnummern, die sie nicht digital abgespeichert hatte. Es musste keiner wissen, dass sie sich kannten.

Robert arbeitete als Assistent für einen MI6-Agenten der mittleren Führungsebene. Ein netter Kerl, der unter seiner familiären Situation litt und seinen Kummer regelmäßig mit Alkohol betäubte. Seine Frau hatte ihn verlassen, worüber er nicht hinwegkommen konnte.

Zu Beginn ihrer Polizeiarbeit war Rachel mehrmals mit ihm zusammengetroffen, und jedes Mal war Robert sternhagelvoll gewesen. Leider hatte er auch jedes Mal hinter dem Steuer seines Wagens gesessen. Sie hatte dafür gesorgt, dass die Alkoholfahrten nicht publik wurden und niemand beim MI6 etwas davon erfuhr. Sonst hätte er seinen Job sofort verloren. Dafür hatte sie ihm das Versprechen abgenommen, dass er mit dem Trinken aufhörte. »Ich schwöre dir, ich rühre nie wieder einen Tropfen an«, hatte er gesagt und hinzugefügt, dass er sich für ihre kollegiale Hilfe gern mal revanchieren würde.

Das war vor fast zehn Jahren gewesen. Seitdem hatte Robert im Prinzip nonstop getrunken, war immer wieder in Schwierigkeiten geraten, und Rachel hatte ihm, wann immer sie konnte, aus der Patsche geholfen. Zweimal hatte er ihr deshalb aus Dankbarkeit bei einem Fall geholfen und ihr Informationen vom MI6 gegeben, die sie sonst nur mit hohem bürokratischem Aufwand bekommen hätte. Wenn überhaupt.

Sie wusste, dass Robert sich irgendwann in sie verliebt hatte. Das war ihr relativ schnell klar geworden. Seine Blicke, seine Versuche, in ihrer Nähe zu sein oder wie zufällig ihre Hand zu berühren, waren Indizien genug. Aber sie hatte ihm sehr schnell und sehr deutlich zu verstehen gegeben, dass sie kein Interesse hatte. Sie mochte ihn, er war ein netter Kerl, aber definitiv nicht ihr Typ.

»Hier ist Rachel«, sagte sie, als er ranging.

»Rachel.« Sofort änderte sich seine Stimme. »Wie schön! Lange nichts mehr von dir gehört.«

»Ich würde dich gern treffen, Robert.« Sie wusste, dass es viel zu riskant war, die Sache am Telefon zu besprechen. »Hast du Zeit?«

»Für dich immer. Nach Feierabend? Ich könnte bei dir vorbeikommen. So um sechs?«

»Super. Bis dann.« Rachel legte auf.

»War das dein geheimnisvoller Informant?«, fragte Bob.

»Kein Kommentar«, antwortete Rachel und öffnete ihr Postfach.

Die E-Mail von der Nanny-Agentur war da. Rachel öffnete das Dokument und überflog die Liste.

»Sieh mal einer an«, murmelte sie. »Unsere tote Nanny hat tatsächlich mal für Sir Ian gearbeitet.«

Bob sah sie erstaunt an. »Wieso das denn? Der hatte doch gar keine Kinder.«

»Ja. Komisch. Aber sie hat für ihn gearbeitet. Ihre Agentur hat ihn über ihren Tod informiert. Er war ein ehemaliger Auftraggeber.«

»Ist das denn wirklich eine Nanny-Agentur, oder ist das so eine *besondere* Nanny-Agentur?« Bob sah sie mit hochgezogenen Augenbrauen an.

»Nein. Kein Hostessenservice oder so etwas in der Richtung. Das ist tatsächlich eine ganz normale und richtige Nanny-Vermittlung.«

»Und Catherine Bailey hat für den kinderlosen Sir Ian als Nanny gearbeitet. Interessant.«

7

Noah hieß der Junge. So viel hatte er schon mitbekommen. Es war nicht schwierig, ihm und seinem Vater nach dem Kindergarten zu folgen. Die beiden machten genau das, was Väter und Söhne in schlechten Fernsehserien auch machten. Sie spielten im angrenzenden Park Fußball, setzten sich danach mit Fish and Chips in die milde Herbstsonne und alberten herum.

Er musste ein bisschen vorsichtiger sein als heute Morgen. Auch wenn ihn der Junge nicht richtig gesehen hatte, hätte es doch eng werden können. Hyatt hatte bemerkt, dass da etwas im Schatten lauerte.

Jetzt saß John gut fünfzig Meter von den beiden entfernt auf einer Parkbank und blickte in die Zeitung. Dabei ließ er die zwei nicht aus den Augen und hoffte, dass Vater und Sohn bald nach Hause gingen. John langweilte sich.

Er überlegte, wie er mit Rachel Hyatt umgehen sollte. Wenn er wusste, wo sie wohnte und wie ihr Tagesablauf aussah, hatte er das Hintergrundwissen, das er brauchte, um im Notfall schnell reagieren zu können.

Aber er konnte sie unmöglich die ganze Zeit beschatten. Den Stand der Ermittlungen würde er auf diese Weise auch nicht herausfinden können. Vielleicht wäre es doch das Beste, wenn er Hyatt jetzt schon ausschalten würde? Dann könnte sie ihm gar nicht erst gefährlich werden. Andererseits würde er damit natürlich ganz Scotland Yard aufscheuchen.

Eine junge Frau riss ihn aus seinen Überlegungen. Sie schob einen Kinderwagen an ihm vorbei, in dem ein Baby wie am Spieß schrie. Die Frau blieb wenige Meter von John entfernt stehen und nahm das Baby vorsichtig heraus. Sie hielt es auf dem Arm, wiegte es hin und her und sang dabei mit leiser Stimme: »The wheels on the bus go round and round, round and round, round and round ...«

John erstarrte innerlich. Geh weiter, dachte er, verschwinde, und zwar sofort!

»All over the town! The wipers on the bus go swish, swish, swish ...«

Halt die Fresse, halt endlich die Fresse!

In seinen Schläfen pochte das Blut. Sein Magen zog sich zusammen wie ein Ballon, aus dem man die Luft gelassen hatte, und er biss seine Zähne zusammen. Er hielt es kaum aus.

Für einen Moment überlegte er, die Frau zu bitten weiterzugehen. Aber er wollte auf keinen Fall die Aufmerksamkeit von Noah und seinem Vater auf sich ziehen. Zum Glück beruhigte sich das Baby durch den Gesang seiner Mutter wieder, sie legte es zurück in den Wagen und schob ihn weiter.

John spürte, wie ihm der Schweiß den Rücken herunterlief. Er schluckte und versuchte, sich wieder zu beruhigen.

Lass dich doch nicht von so einem Scheißkinderlied aus der Fassung bringen! Das ist unprofessionell, kindisch und albern!

Aber es dauerte noch eine Weile, bis er die Stimme nicht mehr hörte, die Stimme, die ihm dieses Lied immer wieder ins Ohr gesungen hatte.

»Wer als Erster am Ausgang ist!«

Der Junge. Noah sprang auf und rannte los, sein Vater folgte ihm lachend.

John faltete die Zeitung zusammen und ging zügig hinter

ihnen her. Er sah, wie sie in den Bus Richtung Putney stiegen, und löste selbst ein Ticket. Er achtete genau darauf, nicht in der Blickrichtung des Jungen zu sitzen, und doch ließ er die beiden keine Sekunde aus den Augen.

Nach einer halben Stunde waren sie am Ziel. Vater und Sohn verschwanden in einem kleinen Reihenhäuschen. War das das Haus der Profilerin? Oder wohnte hier nur der Vater?

John betrachtete das Gebäude von der anderen Straßenseite. Es war sehr schmal, neben der roten Holztür war nur Platz für ein Fenster. Ein goldener Löwenkopf zierte die Tür und glänzte im Licht der Laterne. Im ersten Stock waren zwei kleine Fenster, die beide mit hellen Vorhängen versehen waren. Auf den Fensterbänken konnte er Vasen und Kerzenständer erkennen, alles machte einen sehr gepflegten und femininen Eindruck.

Hier wohnt definitiv eine Frau, dachte er.

Es war schon dunkel und wurde langsam kalt. Er hatte alles, was er brauchte, für heute reichte es. Als Nächstes würde er sich überlegen, wie er am besten und schnellsten in das Haus kam, wenn niemand da war, außerdem musste er herausfinden, wann Hyatt allein zu Hause war. Er wollte nicht, dass der kleine Junge etwas mitbekam.

John schlug den Kragen seiner Jacke hoch und ging wieder Richtung Bushaltestelle. Nach ein paar Metern hielt er inne. Vor dem kleinen Häuschen fuhr ein grüner Land Rover rückwärts in eine Parkbucht. Eine Frau stieg aus. Er erkannte Rachel Hyatt sofort. Bevor sie zur Haustür gehen konnte, sprang ein Mann aus einem roten Ford Mondeo, der zwei Autos hinter Hyatt parkte. John ärgerte sich, dass er den Kerl nicht bemerkt hatte, während er dagestanden und das Haus beobachtet hatte. Zum Glück schien der Typ nur Augen für Rachel zu haben.

John ging hinter den parkenden Autos auf der gegenüberliegenden Seite auf ein Knie und band seinen Schnürsenkel neu. Damit war er für Hyatt und den Mann unsichtbar, konnte die beiden selbst aber gut hören.

»Hey, Rachel.«

»Robert ...«

Wer war der Typ? War das etwa ihr Lover?

»Du siehst super aus. Irgendwie ... wahnsinnig fit. Hast du abgenommen? Also nicht, dass du es nötig hattest, du hast ja immer super ausge...«

»Danke, Robert.«

Sie würgt ihn ab. Also kein Lover.

»Ich würde dich ja hereinbitten, aber Mike ist noch da, und er ist ziemlich empfindlich. Eigentlich ist mir das wurscht, aber ich will nicht vor Noah ...«

»Ist doch kein Problem, Rachel. Wirklich nicht. Ich bin eh noch verabredet.«

Lügner, dachte John.

»Es wird auch nicht lange dauern«, sagte Hyatt. »Du hast ja mitbekommen, was mit Sir Ian passiert ist.«

»Logisch.«

»Ich muss wissen, woran er 1983 gearbeitet hat. Das ist alles. Kannst du mir die Akte besorgen?«

»Die Akte besorgen?« Er zögerte. »Rachel, du weißt doch, wie es läuft. Ich kann dir ein paar Infos zukommen lassen, mehr ist nicht drin.«

»Okay. Geht es bis morgen?«

»Ich werde es versuchen. Falls es Probleme gibt, sage ich dir Bescheid.«

»Treffen wir uns zum Lunch? Als Entschädigung für dieses Gespräch zwischen Tür und Angel lade ich dich ein. Um halb eins im Fox and Hounds?«

»Kenn ich nicht. Wo ist das?«

»Die Jesuslane raus, hinten am Park.«

»Okay. Ich freu mich.«

John wagte einen Blick aus seinem Versteck und sah, wie die Haustür sich öffnete. Noahs Vater kam heraus, er machte ein missmutiges Gesicht.

»Rachel? Willst du nicht reinkommen?«

»Hi, Mike.«

»Wer ist das?« Noahs Vater zeigte auf den Mann, der gerade in seinen roten Ford Mondeo stieg und den Wagen aus der Parkbucht lenkte. »Flüchtet der vor mir? Ist das dein Neuer?«

John hörte Rachel seufzen und sah, wie sie kopfschüttelnd ins Haus ging, während Noahs Vater sie mit weiteren Fragen bombardierte.

MacKenzies Akte von 83, dachte er, als er in den Bus Richtung City stieg. Er hatte von Anfang an geahnt, dass ihm diese Hyatt gefährlich werden könnte.

Aber was in der Akte steht, erfährst du nicht.

8

Elizabeth Montgomery hatte an diesem Morgen starke Schmerzen. Die Hüfte machte ihr immer mehr zu schaffen. Sie ahnte, dass sie auf Dauer nicht um ein künstliches Gelenk herumkommen würde. Aber sie wollte sich nicht operieren lassen – die Angst, während der Rehaphase nicht mehr allein zurechtzukommen, war einfach zu groß.

An solchen Tagen wurde ihr immer besonders bewusst, wie viel einfacher das Leben doch mit Cedric gewesen wäre. Wäre er noch da, könnten sie sich gegenseitig unterstützen, so wie sie es immer geplant hatten, könnten gemeinsam alt und gebrechlich werden, mit Tee und Biskuits vorm Fernseher sitzen und den ganzen Tag History Channel gucken.

Aber Cedric war nicht mehr da.

Shelly, ihre einzige Tochter, hatte es nach Dallas verschlagen. Höchstens einmal im Jahr kam sie mit ihrem Mann und den drei Kindern nach England, um sie zu besuchen.

Nein, das Leben war nicht einfach.

»Der Mörder meines Mannes läuft immer noch frei herum«, sagte Elizabeth zu der jungen Polizistin von Scotland Yard. »Haben Sie endlich eine neue Spur?«

»Nein, das wäre zu viel gesagt«, antwortete Carole Spitman. »Wir überprüfen mögliche Verbindungen zu einem anderen Mordfall. Aber eine konkrete Spur haben wir nicht. Noch nicht. Nach dem Tod Ihres Mannes …«

»Nach seiner Ermordung«, warf Elizabeth ein.

»Ja. Nach seiner Ermordung haben Sie eine Traueranzeige an Sir Ian MacKenzie verschickt. Ich würde gern wissen, in welcher Verbindung Ihr Mann zu Sir Ian stand.«

»Mein Mann hat vor vielen Jahren für ihn gearbeitet. Und da ich all seine alten Kollegen und Wegbegleiter informiert habe, als Cedric gestorben ist, hat Sir Ian natürlich auch eine Karte bekommen. Ich habe in der Zeitung gelesen, was mit ihm passiert ist … Schreckliche Sache! Glauben Sie, es war derselbe Mörder?«

»Momentan haben wir keine Indizien, die diese Theorie stützen. War Ihr Mann als Fahrer für Sir Ian tätig?«

Elizabeth lachte auf – sie wusste, dass ihr Lachen bitter klang.

»Nein. Cedric ist nur Taxi gefahren, weil es nicht mehr anders ging. Nachdem er seinen Job am Trinity College verloren hatte, musste es ja irgendwie weitergehen«, sagte sie. »Dieses College ist so reich … Alle Colleges in Cambridge sind reich! Aber trotzdem müssen sie angeblich so viel sparen. Es wurden damals enorm viele Stellen gestrichen und mit studentischen Hilfskräften neu besetzt. Eine Schweinerei war das.«

»Was hat Ihr Mann für Sir Ian gemacht?«

»Bis Mitte der Achtzigerjahre war er für ihn tätig. Er war sein Sekretär, sein persönlicher Protokollant. Doch irgendwann brauchte er einen Tapetenwechsel, und als am Trinity College die Stelle in der Bibliothek frei wurde, hat er zugeschlagen. Wir waren froh, aus London wegzugehen. Cambridge ist so viel ruhiger, die Luft ist hier viel besser, und die Mieten sind nicht ganz so astronomisch hoch wie in London. Obwohl es auch in Cambridge immer schlimmer wird. Es sind einfach sehr viele reiche …«

»Wann genau verließ Ihr Mann den MI6?«, unterbrach Carole Spitman.

»Tja, wann war das? 1984 oder 1985. Ich glaube, es war im Winter 84. Er hatte einfach die Nase voll. Die Stimmung war damals ziemlich gereizt, Cedric stand dauernd unter Strom. Das wirkte sich nicht nur auf seine Laune aus, auch seine Gesundheit litt darunter. Er musste einen Schlussstrich ziehen, sonst wäre er irgendwann wahrscheinlich zusammengeklappt. Heute würde man es Burnout nennen, aber früher gab es das ja noch nicht.«

»Warum stand er so unter Stress?«

»Ganz genau kann ich Ihnen das nicht mehr sagen. Liegt ja alles schon so lange zurück. Ich weiß nur, dass sie an irgendeiner geheimen Operation gearbeitet haben, ich kann Ihnen aber nicht sagen, um was es dabei ging. Cedric durfte noch nicht mal mit mir darüber sprechen, was ich schon immer absolut lächerlich fand. Wie kann sich der MI6 so in das Leben seiner Mitarbeiter einmischen? Wir hatten eine gute Ehe, wir sprachen sonst über alles.«

Für einen Moment dachte Elizabeth an Nida. Bis heute war sie sich nicht sicher, ob seine Kündigung beim MI6 nicht auch etwas mit ihr zu tun gehabt hatte. Sie schüttelte den Kopf und versuchte, den Gedanken zu vergessen.

»Nein, ich wusste nichts über seine geheimen Missionen. Er schwieg pflichtbewusst, und ich konnte nur zuschauen, wie er alles in sich hineinfraß. Ich merkte, dass er immer weniger hinter seinem Job stand, ihn immer mehr infrage stellte. Bis er irgendwann die Reißleine zog.«

»Ist Ihr Mann mal bedroht worden?«

»Nein. Das wüsste ich.«

»Hat er später, nachdem er seinen Dienst beim MI6 quittiert hat, mal etwas über seine Arbeit für Sir Ian erzählt?«

»Ja. Nach dem 11. September brach einiges aus ihm heraus. Für ihn waren die Anschläge ein Beweis dafür, wie sinnlos seine Arbeit beim MI6 gewesen war. Als der Krieg in Afghanistan losging, hat er nur noch kopfschüttelnd vorm Fernseher gesessen. ›Und die haben wir immer unterstützt, Lissy‹, hat er zu mir gesagt, sobald es um die Taliban ging. In seinen Augen hatte der britische Geheimdienst versagt, und genauso kritisch betrachtete er nun auch seine eigene Arbeit.«

»Was waren seine Aufgaben als Sekretär von Sir Ian?«

»In erster Linie war er Protokollant. Für die Korrespondenz gab es aber eine extra Schreibkraft. Er war bei allen wichtigen Sitzungen und Verhören dabei und protokollierte sie. Außerdem begleitete er Sir Ian nach Afghanistan.«

»Sir Ians Abteilung unterstanden die Nahost-Agenten.«

»Genau. Bei wichtigen Verhören reiste meistens jemand aus London an, Cedric gehörte dann häufig zum Team. Ja, er hat schon was gesehen von der Welt ...«

Elizabeth räusperte sich. Die Gedanken rasten durch ihren Kopf. Gedanken, die sie sich schon lange nicht mehr gemacht hatte.

Sie hatte es am Geruch gemerkt, ganz klassisch, wie im Film. Wenn er aus Afghanistan zurückgekommen war und sie seine Wäsche aus dem Koffer geholt hatte, hatte alles nach dieser Frau gerochen. Zuerst dachte sie an einen Zufall, dann versuchte sie, den Verdacht zu verdrängen – aber irgendwann konnte sie die Augen nicht mehr davor verschließen, dass Cedric sie betrog. Seine ganze Wäsche stank geradezu nach Jasmin und Zimt. Als sie ihn zur Rede stellte, sprach er von einem einmaligen Fehltritt, und sie wusste sofort, dass das gelogen war. Trotzdem verzieh sie ihm, und sie machten weiter wie vorher. Über Nida sprachen sie nie wieder. Sie bauten sich in Cambridge ein neues Leben auf. Die Zeit am Trinity College war die schönste überhaupt gewesen. Danach war es eigentlich nur noch bergab gegangen.

»Haben Sie noch Unterlagen von Ihrem Mann aus der Zeit, als er für den MI6 tätig war?«, fragte Carole Spitman.

Elizabeth überlegte einen Moment. »Sein Arbeitszimmer ist im ersten Stock. Ich komme nur schlecht die Treppen hoch. Neben seinem Schreibtisch steht ein Regal mit Ordnern. Sie können gern hochgehen und gucken, ob ein Ordner dabei ist.«

»Ist das wirklich okay?«

»Natürlich, Kindchen, gehen Sie nur.«

Carole Spitman stieg leichtfüßig die Stufen hoch. Seitdem sich Elizabeth das Gästezimmer im Erdgeschoss eingerichtet hatte, war sie kaum noch im ersten Stock. Treppensteigen war eine einzige Qual.

Ob es da oben wohl sehr schmutzig war? Vermutlich war alles ziemlich verstaubt. Nun ja, sie konnte es nicht ändern. Die junge Frau würde es ihr schon nicht übel nehmen.

Nach einigen Minuten fragte sich Elizabeth, wo die Polizistin blieb. Mühsam stand sie auf und ging mit wackeligen Schritten zur Treppe. »Haben Sie was gefunden?«

Sie bekam keine Antwort. Was war los? Konnte die Frau sie nicht hören?

»Miss Spitman? Kommen Sie da oben klar?«, rief sie noch einmal lauter.

Elizabeth hörte ein Poltern, wenig später erschien Carole Spitman auf der Treppe. Sie hatte einen Ordner in der Hand.

»Darf ich den mitnehmen?«, fragte sie mit gehetzter Stimme und hob die Aktensammlung hoch, auf deren Deckel *Jahresgespräche Sir Ian* stand. »Es sind die Protokolle der jährlichen Personalgespräche. Ich würde sie mir gern in Ruhe anschauen. Danach bekommen Sie den Ordner natürlich wieder.«

»Ja, kein Problem. Ich bin froh, wenn ich Ihnen helfen kann.«

»Das haben Sie, Mrs. Montgomery.«

Carole Spitman verabschiedete sich, und irgendwie fand Elizabeth, dass die junge Frau aufgeregt wirkte.

Was hatte sie in Cedrics Zimmer gefunden?

9

Sie war spät dran. Viel zu spät. Noah hatte beim Abschied ungewöhnlich viel Theater gemacht, hatte geweint und sich an sie geklammert, das machte er sonst nie. Dann hatte er auch noch Nasenbluten bekommen, sodass sie über eine halbe Stunde mit ihm auf dem Flur des Kindergartens, einen Eisbeutel auf seine Nase drückte und beruhigend auf ihn einsprach.

Jetzt war es fast elf Uhr, und ihr Handy klingelte am laufenden Band. An einer Ampel checkte sie die Anruferliste. Zweimal Bob, einmal Mike und zwei Anrufe mit unterdrückter Nummer. Sie stellte ihr Handy auf laut und hörte die Mailbox ab. Bob hatte eine Nachricht hinterlassen und bat um Rückruf. Mike entschuldigte sich ausführlich für sein Benehmen von gestern Abend. Es tue ihm leid, dass er sie mit Fragen gelöchert habe, natürlich könne sie sich treffen, mit wem sie wolle, und er hoffe, dass sie seinen Eifersuchtsanfall einfach vergessen werde.

Das hätte er sich vorher überlegen können, dachte sie grimmig. Rachel war davon überzeugt, dass Noah heute nur deshalb so verstört war, weil er gestern den Streit seiner Eltern mitbekommen hatte.

Seufzend löschte sie die Nachricht. Es war immer das Gleiche mit Mike. Bis heute konnte er das Ende ihrer Beziehung nicht akzeptieren. Dabei war seine fast krankhafte Eifersucht der Grund gewesen, weshalb sie Schluss gemacht hatte.

Rachel hatte seine Verdächtigungen und die ständigen nicht enden wollenden Diskussionen nicht mehr ausgehalten.

Der Anrufer mit unterdrückter Nummer hatte keine Nachricht hinterlassen.

Es lohnt sich nicht mehr, Bob zurückzurufen, ich sehe ihn ja gleich, dachte sie, als sie auf den Parkplatz fuhr und ins Gebäude hetzte. Es lohnte sich eigentlich sogar kaum noch, ins Büro zu gehen. Ihre Verabredung mit Robert war schon in anderthalb Stunden. Heute war wieder so ein Tag, an dem sie aus der Eile nicht mehr rauskam und das permanente Gefühl hatte, der Zeit hinterherzurennen.

Noch im Foyer klingelte erneut ihr Handy. Wieder die unterdrückte Nummer.

»Hallo?«

»Rachel Hyatt?«

Irgendwie kam ihr die Stimme bekannt vor. »Wer will das wissen?«

»Unwichtig. Scotland Yard versucht auf illegalem Weg, an Informationen im Mordfall Sir Ian MacKenzie zu kommen. Um welche Informationen handelt es sich dabei?«

Wer zur Hölle war das? Wusste er etwa von Robert?

»Ich habe keine Ahnung, wovon Sie sprechen.«

»Doch, Hyatt, das haben Sie. Stimmt es, dass Sie einen Informanten beim MI6 haben?«

»Schwachsinn.«

»Ich rate Ihnen dringend, mir diese Informationen zu nennen, sonst erfährt die ganze Welt von Ihren illegalen Methoden.«

Wütend drückte Rachel das Gespräch weg. Verdammte Presse. War das dieser widerliche Chris Featherstone? Von der Stimme könnte es passen, und von der Art der Recherche auch.

Aber viel wichtiger war, woher der Typ wusste, dass sie Kontakt zu Robert hatte. Wer hatte das der Presse gesteckt? Thomas und Harry hatten mitbekommen, dass sie Informationen vom MI6 beschaffen konnte, aber Rachel kannte die beiden als zuverlässige und loyale Kollegen. Dasselbe galt für Bob. Niemals würden sie der Presse solche Informationen zukommen lassen – auch, weil sie sich damit letztendlich selbst schaden würden.

Sie wählte Roberts Nummer. Vielleicht war es ja auch einer von seinen Kollegen, der den Mund nicht halten konnte.

»Mailbox«, murmelte Rachel und stieg nachdenklich in den Fahrstuhl. Am liebsten würde sie das Treffen mit Robert absagen. Wenn sich irgendein Pressefuzzi an ihre Fersen heften würde, könnte es unangenehm werden. Andererseits: Wenn Featherstone oder wer immer das eben war, seine Drohung Ernst machte und morgen eine wilde Geschichte über mögliche illegale Informationsweitergaben des MI6 druckte, würde das ihre Ermittlungen noch mehr erschweren.

»Ein pechschwarzes Haar«, sagte Bob zur Begrüßung, als sie ins Büro kam. »Wo warst du so lange? Ich habe es tausendmal bei dir probiert!«

»Sorry, es gab Probleme im Kindergarten, und dann der Verkehr ...«

»Stephen Miller hat mich heute Morgen angerufen«, unterbrach er sie barsch. »Auf diesem hässlichen Zierkissen haben sie ein schwarzes Haar gefunden. Kurz geschnitten, mit einem hohen Anteil an ...« Er griff nach einem Zettel. »An Eumelanin und einem geringen Anteil an Phäomelanin«, las er ab.

»Du sprichst in Rätseln.« Rachel ließ sich auf ihren Stuhl fallen.

»Die chemische Zusammensetzung des Haares lässt diverse Rückschlüsse zu«, erklärte Bob. »Ist viel von diesem Eumelanin drin und wenig von dem anderen Zeug, handelt es sich um ein tiefschwarzes Haar, wie es bei Nordeuropäern eher selten vorkommt. Und bei Engländern noch mal seltener. In Indien trägt das allerdings fast jeder auf dem Kopf.«

»Das heißt, unser Täter ist vermutlich asiatischer Abstammung?«

»So ist es. Ein weiteres Puzzleteil für dein Täterprofil.«

»Ja. Wir sollten es vor allem vor dem Hintergrund von Sir Ians Arbeit betrachten. Er war für den Nahen Osten zuständig, in erster Linie für Afghanistan. Vielleicht hat sein Mörder doch irgendetwas damit zu tun.«

»Wenn MacKenzie nach dem 11. September in Afghanistan gewesen wäre, würde ich das für wahrscheinlicher halten. Aber unser Opfer ist ja Ende der Achtziger schon in Rente gegangen. Wenn er in der Zeit schon Kontakt zu seinem Mörder hatte, warum hat der dann so lange gewartet? Damals hätte er ihn doch viel leichter um die Ecke bringen können, wo er doch sowieso dauernd in Afghanistan war.«

Rachel nickte. Sie musste die Akte von Robert einsehen, erst dann würde sie wissen, ob die Arbeit für den MI6 etwas mit dem Mord an Sir Ian zu tun haben könnte. Sie erzählte Bob von dem mysteriösen Anruf, den sie eben bekommen hatte.

»Klingt schwer nach Featherstone«, sagte Bob grimmig. »Das passt zu ihm. Ich hake bei Thomas und Harry mal nach. Bestimmt haben die nichts absichtlich ausgeplaudert, aber das Haus von Sir Ian wird ja immer noch von der Presse beobachtet. Vielleicht hat Featherstone den beiden irgendwelche doppeldeutigen Fragen gestellt, die sie ein bisschen blöd beantwortet haben. Ab jetzt gibt es Redeverbot mit der Presse. Und zwar für alle. Ich schicke ein Memo raus.«

Bob tippte auf seiner Tastatur herum, und Rachel versuchte

erneut Robert anzurufen. Wieder erreichte sie nur seine Mailbox. Es war inzwischen Viertel vor zwölf, in einer halben Stunde musste sie sich spätestens auf den Weg machen. Sie würde vorher gern mit Robert sprechen und ihm sagen, dass er vorsichtig sein sollte. Warum ging er nicht an sein Handy? Sie hatte sonst nie Probleme, ihn zu erreichen.

»Komisch«, murmelte sie und beschloss, jetzt schon aufzubrechen. Sie wollte unbedingt vor Robert am Fox and Hounds sein, dann könnte sie die Umgebung checken und Ausschau nach verdächtigen Personen halten. Und falls Presse in der Nähe sein sollte, würde sie Robert immer noch ein Zeichen geben können.

Rachel parkte ihren Wagen am Eingang der Grünanlage. Von hier aus waren es keine fünf Minuten bis zu dem Pub mitten im Park. Sie sah sich auf dem Parkplatz um. Einige Autos standen in den Parkbuchten, viele mit Kindersitz auf der Rückbank, wie sie auf den ersten Blick erkannte. Kein Wunder. Der Park war ein beliebtes Ziel, sowohl für Familien als auch für Jogger. Eigentlich war es der ideale Ort, um jemanden unauffällig zu treffen.

Im Park war es erstaunlich still. Die großen Bäume und dicht gepflanzten Büsche schluckten den Lärm der hektischen Metropole. Für November war es immer noch recht warm, aber wenigstens der Himmel passte zur Jahreszeit. Das dichte, dunkle Grau der Wolken ließ nur wenig Sonnenlicht durch. Die breiten Äste hoch über Rachels Kopf taten ihr Übriges – richtig hell wurde es im Park nicht.

Sie hörte das stoßweise Atmen eines Joggers, der sie jeden Moment von hinten überholen würde. Seine Schritte kamen trabend näher, der Kies knirschte unter seinen Füßen.

Wahrlich kein Grund, nervös zu werden, dachte Rachel und griff unwillkürlich nach ihrer Handtasche, in der ihre Dienstwaffe steckte.

Schnaufend trabte der Jogger an ihr vorbei.

Was ist los mit dir?

Genervt nahm sie die Hand von der Tasche. Selbst wenn Featherstone oder irgendein anderer Reporter hier waren, wollte sie etwa ihre Waffe ziehen, sobald die ihr eine doofe Frage stellten? Sie würde doch wohl mit ein paar Presseleuten klarkommen, das konnte doch nicht so schwer sein.

Rachel konnte sich ihre eigene Unruhe nicht erklären. Sie wurde das Gefühl nicht los, dass sie beobachtet wurde, fand dafür aber keinerlei Hinweise.

Gut hundert Meter vor dem Fox and Hounds blieb sie stehen. Früher war sie mit Mike häufig hier gewesen. Es war ein schöner Spaziergang gewesen, von ihrer alten Wohnung bis in den Park. Im Lokal hatten sie dann was gegessen und in der Sonne gesessen, bis sie untergegangen war. Keine Frage, sie hatten auch gute Zeiten gehabt, und manchmal fand sie es schade, dass die vorbei waren.

Heute saß niemand vor dem alten Cottage. Stühle und Tische standen zwar immer noch auf der Terrasse, aber ohne Sonne war es draußen nicht besonders einladend.

Rachel überblickte das Gelände. Vor dem Pub war niemand zu sehen. Links neben dem Gebäude befand sich ein kleiner Spielplatz. Zwei Frauen saßen auf einer Bank und beobachteten ihre Kinder, die wild über die Geräte kletterten.

Es war jetzt zwanzig nach zwölf. Sie konnte nichts Ungewöhnliches beobachten, und so beschloss Rachel, hineinzugehen und dort auf Robert zu warten.

Ein älteres Paar saß an einem Tisch und aß zu Mittag. Weiter hinten im Gastraum hockten vier Frauen, die sich ein

Guinness schmecken ließen. Bis auf die Wirtin waren keine weiteren Personen zu sehen.

Rachel bestellte sich ein Mineralwasser und studierte die Mittagskarte.

»Ich warte auf jemanden«, sagte sie, als die Wirtin an ihren Tisch trat und das Wasser brachte.

Sie nippte an ihrem Getränk und beobachtete durch das Fenster den Hof vor dem Pub. Die beiden Frauen vom Spielplatz kamen mit ihren Kindern in den Gastraum und setzten sich an den Tisch neben Rachel. Schlagartig wurde es lauter in dem kleinen Lokal.

Rachel blickte auf die Uhr. Es war kurz nach halb, Robert müsste jeden Moment hier sein. Er kam nie zu spät, genau wie Rachel. Und wenn doch, gaben sie sich immer rechtzeitig Bescheid, da sie wussten, dass sie beide Wert auf Pünktlichkeit legten.

Zwanzig Minuten später war von Robert immer noch nichts zu sehen. Erneut versuchte Rachel ihn zu erreichen. Wieder erwischte sie nur seine Mailbox.

Die beiden Mütter mit ihren wild tobenden Kindern bezahlten und verließen genervt den Pub. Die Kinder im Alter von vielleicht sechs Jahren waren so aufgedreht, dass sie von ihren Müttern ständig ermahnt werden mussten. Rachel sah dem kleinen Jungen und dem Mädchen nach, wie sie fröhlich über den Hof rannten und zwischen den Büschen Fangen spielten.

Ihr Schreien kam völlig unvermittelt. Es war so laut und durchdringend, dass es Rachel bis ins Mark erschütterte.

10

Sie trat wieder auf den Weg, als Polizei und Notarztwagen vor dem Pub auftauchten.

»Da liegt einer! Da liegt einer!«, hatten die Kinder panisch geschrien, und Rachel war sofort aus dem Fox and Hounds geeilt. Sie hatte sich den Frauen gegenüber als Polizistin ausgewiesen und ihnen gesagt, sie sollten sich mit den Kindern im Hintergrund halten.

Mit gezückter Waffe lief sie dann ins dichte Unterholz, zu der Stelle, auf die die Kinder zeigten. Sie wusste nicht genau, was sie erwartete. Vielleicht einen Reporter, der sich dort mit einem Teleobjektiv versteckte, vielleicht hatte sie auch befürchtet, es könnte Robert sein. Aber sie hatte nicht damit gerechnet, ihn *so* zu finden.

Er lag hinter den Rhododendronbüschen, die Augen weit aufgerissen, die dick geschwollene Zunge hing aus seinem Mund, die Lippen waren lila, der ganze Kopf war dunkelblau angelaufen. Aus Mund, Nase und Ohren liefen feine Blutspuren, die inzwischen getrocknet waren. Noch bevor Rachel den Kabelbinder entdeckte, der um Roberts Hals gezogen war, wusste sie, dass er erdrosselt worden war.

Rachel presste die Hand vor den Mund und unterdrückte einen Schrei. Robert ... Mein Gott, das konnte nicht wahr sein, das *durfte* nicht wahr sein!

Sie merkte, wie ihr die Tränen in die Augen stiegen. Hatte man ihn umgebracht, weil er sich mit ihr treffen wollte?

Reiß dich zusammen, schimpfte sie sich und wischte sich energisch die Tränen weg. Nein, für Trauer und Betroffenheit war jetzt nicht der richtige Zeitpunkt.

Vorsichtig tastete sie den Leichnam ab. Eine Tasche oder ein Notizbuch hatte er nicht dabei.

Sie wählte die Notrufnummer der Polizei. Die Kollegen waren am schnellsten vor Ort und konnten den Tatort absperren, bevor Beweismittel zerstört wurden. Dann rief sie Bob an und erzählte ihm, was passiert war, dass Robert ihr Informant beim MI6 gewesen war und Neuigkeiten für sie gehabt hatte. Und nun tot vor ihr lag. Ihr Kollege war ungewöhnlich still am Telefon.

»Rachel«, sagte er schließlich, »da stinkt was, und zwar bis zum Himmel. Irgendjemand steckt der Presse, dass du einen Informanten hast, und wenig später liegt der erdrosselt im Gebüsch. Das ist doch kein Zufall!«

»Du meinst, Roberts Mörder hat die Presse informiert?«

»Keine Ahnung. Aber die sind jetzt angefixt, die werden das riesengroß bringen. Für unsere Ermittlungen ist das eine Katastrophe. Kann eine Verbindung zwischen dir und Robert nachgewiesen werden?«

»Ja. Ich habe heute mehrfach versucht ihn anzurufen.«

»Dann überleg dir eine gute Begründung. Die werden alles Mögliche über dich schreiben, Rachel. Typen wie Featherstone kennen da keine Skrupel. Und der MI6 wird stocksauer auf uns sein – würde mich nicht wundern, wenn die jetzt eigene Ermittlungen starten. Das macht unsere Arbeit nicht gerade leichter. Hast du wenigstens die Infos bekommen, die du haben wolltest? Hatte er irgendwelche Notizen dabei?«

»Nein.«

»Okay. Dann hat sie höchstwahrscheinlich der Mörder. Und was sagt uns das?«

»Dass in der Akte etwas steht, das wir nicht wissen sollen.«

»Und das vermutlich mit dem Tod von Sir Ian zusammenhängt.«

»Wir haben also ein und denselben Mörder?«

»Könnte sein. Wann kannst du da weg?«

Rachel sah sich um. Die Spurensicherung untersuchte den Tatort, Roberts Leiche wurde zum Abtransport bereit gemacht. Ein Polizist begutachtete die persönlichen Gegenstände des Toten, ein anderer befragte die beiden Mütter und ihre Kinder.

Manchmal staunte Rachel über sich selbst, wie gut sie ihre Gefühle unter Kontrolle hatte, wie sie sie vor anderen verbergen konnte. Kein Mensch bemerkte in diesem Augenblick, wie sehr sie Roberts Tod getroffen hatte. Und wie schuldig sie sich fühlte.

Sie räusperte sich. »Die wollten noch meine Aussage aufnehmen. Ich schätze, ich kann in einer Viertelstunde von hier weg.«

»Dann besprechen wir alles Weitere im Büro. Bis nachher.«

Einer der Polizisten kam auf Rachel zu. Er hatte Handschuhe an und einen durchsichtigen Plastikbeutel in der Hand, in dem sie ein Schlüsselbund, ein Handy und ein Portemonnaie erkennen konnte.

»So, noch mal zu Ihnen«, sagte der dickliche Mann in Uniform. »Sie sind eine Kollegin?«

Rachel zeigte erneut ihren Dienstausweis. »Ja, Rachel Hyatt.«

Er nickte nachdenklich. »In welchem Verhältnis standen Sie zum Toten?«

»Wir waren befreundet und trafen uns in unregelmäßigen Abständen zum Essen.«

»Wann waren Sie heute verabredet?«

»Um halb eins.«

Der Polizist fischte das Handy aus dem Plastiksack, tippte kurz darauf herum und zeigte Rachel dann das Display.

Mir ist etwas dazwischengekommen. Kannst du auch um halb zwölf? Gruß, Rachel, las sie.

Erstaunt schüttelte sie den Kopf. »Nein, die SMS ist nicht von mir. Welche Nummer wurde als Absender angegeben?«

»Keine. Wurde vermutlich von einem Internetdienst versandt. Haben Sie eine Erklärung dafür?«

»Nein. Ich kann nur sagen, dass ich die SMS nicht verschickt habe. Wenn Sie die Anruferliste checken, finden Sie bestimmt einige Anrufe von mir. Meine Nummer ist nicht unterdrückt, Sie können sie problemlos zuordnen. Diese SMS ist definitiv nicht von mir.«

»Wir klären das und werden Ihre Abteilung über den Stand der Ermittlungen informieren.«

Sie fühlte sich grauenvoll, als sie wieder in ihren Wagen stieg. Rachel musste erst einmal Luft holen und tief durchatmen, bevor sie einen klaren Gedanken fassen konnte. Jemand hatte Robert unter ihrem Namen einen SMS geschickt. Dieser Jemand hatte genau gewusst, wo und wann sie sich mit Robert treffen wollte. Und ihn dann brutal ermordet.

Rachel lief ein Schauer den Rücken hinunter, als ihr klar wurde, was das bedeutete.

Was das bedeuten *musste*.

11

Mit ernsten Mienen saß das ganze Team zusammen. Rachel hatte Bob das Wort überlassen, sie fühlte sich noch nicht in der Lage, klare Anweisungen zu geben.

»Die Tatsache, dass der Mörder genau wusste, wann sich Rachel mit Robert treffen wollte, spricht dafür, dass einer von beiden vom Täter beschattet wurde. Robert Boulton arbeitete für den MI6, genau wie Sir Ian früher. Auch wenn Boulton nur ein kleines Licht war, besteht die Möglichkeit, dass unser Mörder einen persönlichen Krieg gegen den MI6 führt. Wir müssen also die Verbindung zwischen Sir Ian und Robert Boulton überprüfen.«

»Und wenn der Killer Rachel beobachtet hat?«, warf Harry ein.

Sie versuchte, sich nichts anmerken zu lassen. Aber sie dachte die ganze Zeit an nichts anderes.

»Auch diese Möglichkeit besteht. Am besten fährst du mit Thomas ...«

Ein Klopfen an der Tür unterbrach Bob. Juanita Sanchez vom Empfang kam herein.

»Rachel? Kommst du mal bitte?«

»Ich kann jetzt nicht. Wir haben Team...«

»Leonard Billings ist hier und möchte dich sofort sprechen.«

Agent Billings. Der Terrier vom MI6, zuständig für die Klärung der inneren Angelegenheiten. Wer es mit ihm zu tun bekam, hatte in der Regel nicht viel zu lachen. Billings war ein arroganter und kaltschnäuziger Typ. Rachel hatte ihn nur einmal getroffen. Robert war damals wegen seines Alkoholmissbrauchs auffällig geworden, und Rachel war bei einem Verfahren als Zeugin vorgeladen worden. Sie hatte für Robert ausgesagt, doch Billings hatte dagegengehalten. Er hätte Robert am liebsten stante pede aus der Abteilung werfen lassen. Schon damals hatte sie Billings unerträglich gefunden.

Rachel registrierte die mitleidigen Blicke ihrer Kollegen, als sie Juanita folgte.

Mit verschränkten Armen vor der Brust stand Billings am Fenster ihres Büros und starrte hinunter auf die Straße. Er drehte sich langsam zu ihr um, und sie zwang sich, ein freundliches Lächeln aufzusetzen, das er natürlich nicht erwiderte.

»Agent Billings, was kann ich für Sie tun?«

Billings sah sie durchdringend an. Er hatte so eisblaue Augen, wie sie sie noch nie gesehen hatte. Hell und kalt.

Eine Begrüßung sparte er sich. »Vier Anrufe in den letzten vierundzwanzig Stunden. Warum haben Sie Robert Boulton so oft kontaktiert?«

»Das war rein privat. Wir waren befreu...«

»Reden Sie bitte keinen Quatsch«, unterbrach er sie rüde. »Ich bin kein Idiot. Wir wissen, dass Sie nicht befreundet waren. Boulton stand schon länger unter dem Verdacht, sensible Informationen vom MI6 rauszugeben.«

Überleg dir genau, was du jetzt sagst, mahnte sich Rachel zur Vorsicht. Du bist eine von den Guten, lass dich hier nicht in die falsche Ecke drängen.

»Ich war privat mit Robert befreundet«, wiederholte sie ruhig. »Aber Sie haben recht, wir haben bei unseren Treffen auch über berufliche Angelegenheiten gesprochen. Sicherlich war es nicht korrekt, den offiziellen Dienstweg zu umgehen, aber wir taten es in dem Glauben, das Richtige zu tun. Sie wissen doch selbst am besten, wie lange es manchmal dauert, bis wir Informationen vom MI6 bekomm…«

»Dafür gibt es gute Gründe, Hyatt!«, keifte er, wobei kleine Spucketröpfchen wie ein feiner Nieselregen aus seinem Mund schossen.

Rachel stellte seufzend fest, dass er sie schon wieder nur beim Nachnamen nannte. Unter Kollegen beim Yard war das gar kein Problem, sogar die übliche Anrede, aber Billings war kein Kollege. Gott sei Dank.

»Ja, ich weiß. Aber unsere Fälle lassen uns manchmal leider nicht diese Zeit. Ich finde, wir sollten damit aufhören, eine Konkurrenzsituation weiter auszubreiten, als sie zwischen den Institutionen ohnehin schon besteht. Sollten wir nicht an einem Strang ziehen? Stehen wir nicht beide auf derselben Seite, *Agent* Billings?«

Er lachte kurz auf, als sie seinen Titel bewusst betonte. Wenigstens war ihm der kleine Seitenhieb nicht entgangen.

»So einfach ist das nicht, Miss Hyatt.«

Natürlich. Ein »Detective Hyatt« wollte ihm einfach nicht über die Lippen gehen.

»Glauben Sie, ein kleiner Mitarbeiter wie Boulton könnte überblicken, welche Brisanz gewisse Themen haben? Wir observieren Terroristen, Schläfer, potenzielle Selbstmordattentäter – teilweise über Jahre, und zwar auf der ganzen Welt.« Seine Stimme klang nun aggressiv. »Und dann kommen Sie mit irgendeinem x-beliebigen Mordfall …«

»Sir Ian war ein hochrangiges Mitglied des …«

»Ja, vor dreißig Jahren! Und ob sein Tod etwas mit seiner Tätigkeit beim MI6 zu tun hat, ist vollkommen unklar. Aber Sie hauen erst mal Boulton an, damit er Sie unter der Hand mit Informationen versorgt – ohne dass einer von Ihnen überhaupt überblicken kann, was für ein Rattenschwanz da womöglich dranhängt!«

Rachel wusste, dass Billings prinzipiell recht hatte. Die unterschiedlichen Prioritäten waren schon immer das größte Problem bei der Zusammenarbeit mit dem MI6 gewesen. Leute wie Billings mussten manche Fälle einfach ignorieren, sie einem höheren Ziel opfern, während Rachel und Bob grundsätzlich an einer Aufklärung interessiert waren.

»Wir prüfen gerade, welche Informationen Boulton Ihnen geben wollte. Wir kriegen es sowieso raus, Miss Hyatt. Sie können den Prozess also verkürzen, indem Sie es uns sagen.«

»Natürlich. Wie gesagt, wir stehen doch auf der gleichen Seite, Mr. Billings.«

Oder auch Mr. Riesenarschloch, dachte Rachel und versuchte, sich nicht weiter zu ärgern.

»Im Mordfall Sir Ian haben wir im Haus des Opfers eine detaillierte Aktensammlung gefunden, in der er jedes seiner Jahre beim MI6 dokumentiert hat. Arbeitsbeschreibung, Reisekosten, Spesenabrechnung, Gehalt, so etwas eben. Nur die Akte aus dem Jahr 1983 fehlte. Da es lediglich um einfache Daten ging und nicht um eine Geheimakte, habe ich Robert gebeten, im Archiv einmal nachzuschauen, an welchem Projekt Sir Ian damals gearbeitet hat. Wir erhofften uns dadurch Rückschlüsse auf ein mögliches Motiv.«

»Sie hätten einen offiziellen Antrag stellen können«, knurrte Billings.

»Richtig. Aber es hätte mindestens drei Wochen gedauert, bis ich die Informationen erhalten hätte.«

»Na und? Haben Sie sie jetzt etwa?«

Rachel spürte, wie sie innerlich zusammensackte. Sie wusste nicht, was sie sagen sollte.

»Sie haben sie nicht! Und jetzt befinden sich die Notizen

eines illoyalen und versoffenen MI6-Mitarbeiters womöglich in den Händen eines brutalen Killers. Wer weiß schon, was sich Boulton alles notiert hat? Und was der Killer jetzt damit alles anfangen kann?«

»Es dürften eigentlich keine brisanten Informationen gewesen sein«, wandte Rachel ein. »In erster Linie ging es uns darum zu erfahren, woran Sir Ian gearbeitet hat. Falls er damals jemanden hinter Gitter gebracht hat, der heute wieder auf freiem Fuß ist ...«

Wieder unterbrach Billings sie. »Und wenn ganz andere geheime Informationen in dieser Akte standen? Wenn sich Ihr besoffener Freund einfach noch ein paar mehr Daten aus dem System gezogen hat, um sich wichtigzumachen oder Sie ein bisschen zu beeindrucken, oder weil er es einfach nicht besser wusste? Wissen Sie eigentlich, was das alles für Folgen haben kann?«

Billings' Handy klingelt, und Rachel atmete kurz auf, als er ranging. Das würde ihr eine kleine Verschnaufpause geben. Sie fühlte sich richtig schlecht – schuldig an Roberts Tod, zumindest mitschuldig. Wenn sie ihn nicht gebeten hätte, ihr diese Akte zu besorgen, würde er mit an Sicherheit grenzender Wahrscheinlichkeit noch leben. Aber jetzt war er tot, die Akte war verschwunden, und Rachel wusste nicht, ob überhaupt etwas Wichtiges in ihr stand.

Billings klappte sein Handy zu. »Die SMS stammt von einem Computer aus der British Library. Boulton war mit seiner Handynummer im Telefonbuch registriert. Es war also nicht so schwer, ihm eine anonyme SMS zu schicken.«

»Weiß man, wer sie von der Library verschickt hat?«

»Nein. Heute Morgen um kurz nach neun wurde sie gesendet. Aber der Computerraum ist kameraüberwacht. Das Wachpersonal überprüft gerade die Aufnahmen.«

Vielleicht haben wir ja diesmal mehr Glück, dachte Rachel, während Billings mit seiner Standpauke fortfuhr. Der MI6 würde nun eigene Ermittlungen einleiten. Dabei würden sie auch Rachels Arbeit genau unter die Lupe nehmen. Er wolle Sir Ians Akte von 1983 genau prüfen und Rachel gegebenenfalls Informationen darüber zukommen lassen. Als er endlich mit seiner Schimpftirade fertig war, verließ er den Raum, ohne sich zu verabschieden.

Rachels Kopf dröhnte. Sie fühlte sich wie damals im Studium, wenn sie nach einer mehrstündigen Prüfung endlich allein war. Die Gedanken schwirrten ihr durch den Kopf, und ihr war ein bisschen schlecht.

Bob und Carole kamen herein. Die Kollegin hatte einen Brownie in der Hand. »Für die Nerven«, sagte sie und reichte Rachel das handtellergroßen Gebäck.

»Danke. Das Schlimme ist, dass Billings in vielen Dingen recht hat. Hätte ich den offiziellen Dienstweg eingeschlagen, würde Robert wahrscheinlich noch leben.«

Durch das Schweigen ihrer Kollegen fühlte sich Rachel noch schlechter.

»Wir werden noch ein bisschen mehr beim MI6 recherchieren müssen«, sagte Bob dann und erzählte Rachel, was Carole über Cedric Montgomery herausgefunden hatte.

»Er hat auch für den MI6 gearbeitet?« Rachel versuchte sich zu konzentrieren. »Und Catherine Bailey war für Sir Ian tätig. In welcher Art und Weise auch immer. Alle unsere Opfer haben in irgendeiner Weise etwas mit dem MI6 zu tun. Das ist schon merkwürdig.«

Bob nickte. »Carole hat noch etwas gefunden.«

Sie reichte Rachel ein Foto. Es war eine ältere Aufnahme, Rachel konnte schwer einschätzen, wann das Foto gemacht worden war. Es zeigte eine äußerst attraktive Frau mit langen schwarzen Haaren, die zum Teil von einer Art Sari verdeckt wurden. Es war kein buntes prachtvolles Gewand, wie man es von Frauen aus Indien kannte, sondern einfach und schlicht gehalten. Die Frau hatte ein feingliedriges Gesicht und große grüne Augen.

»Das ist Nida Baran. Die Aufnahme stammt aus den Achtzigerjahren. Ich hab sie in einer Akte von Cedric Montgomery gefunden.«

»Nida Baran? Irgendwas klingelt da bei mir ...«

»Ja, das war ein großer Skandal damals. Nida Baran arbeitete für den afghanischen Geheimdienst. Sie hatte zahllose Affären mit unseren Leuten. Unter anderem wohl auch mit Cedric Montgomery, jedenfalls finden sich in seinen Unterlagen einige Indizien dafür. Zum Beispiel sind mehrere Hotelübernachtungen in Kabul verzeichnet, wo sich die beiden ein Zimmer geteilt haben.«

»Ist sie nicht hingerichtet worden?«

»Ganz richtig. Die Afghanen verdächtigten sie, eine Doppelagentin zu sein, und dann wurde sie ganz schnell ausgeschaltet.«

»Wann war das?«

»1983«, sagte Carole.

Schon wieder dieses Jahr, dachte Rachel. Das konnte doch kein Zufall sein. Irgendetwas musste 1983 passiert sein, irgendetwas, in das der MI6 verstrickt war.

Aber was?

12

John ging die Stufen zu seinem Apartment hinunter. Obwohl die bescheidene Einzimmerwohnung im Souterrain lag, hatte sie große Fenster, durch die viel Licht hineinfallen konnte. Theoretisch jedenfalls. Tatsächlich war die kleine Nebenstraße, in der er wohnte, so eng, dass die mehrstöckige Häuserreihe gegenüber keine Sonne zu ihm durchließ.

Trotzdem zog er die Vorhänge zu, als er in der Wohnung ankam. Mit der Akte in der Hand setzte er sich in den Sessel, der neben seinem Bett stand. Abgesehen von einem Tisch und einer einfachen Küchenzeile waren das die einzigen Möbel, die er hatte. Mehr brauchte er nicht. Er knipste die alte Stehlampe an und schlug den Ordner auf.

Das meiste von dem, was er las, kannte er schon. Die Informationen über Catherine Bailey ähnelten denen, die er in Afghanistan recherchiert hatte. Auch über Montgomery, Turpin und den Deutschen fand er nichts, was er nicht schon gewusst oder wenigstens geahnt hatte.

Dann kam Nida.

Ein Foto von ihr war an den Bericht geheftet worden, und John konnte seinen Blick nicht davon lösen. Er horchte in sich hinein. War da nicht doch etwas? Ein winziger Funke der Erinnerung? Er schloss die Augen und sah die langen schwarzen Haare im Wind wehen. Er sah das Lächeln, im Hintergrund die Dächer von Kabul. Sie rief seinen Namen …

Schlagartig riss er die Augen auf. Keine Sentimentalitäten,

mahnte er sich. Es gab keine Erinnerungen, er hatte nichts, was die vergangene Zeit wieder lebendig machen konnte. Jedenfalls nichts Schönes. Und er musste es vermeiden, sich irgendwelche Pseudoerinnerungen zu schaffen. Die brachten ihn nicht weiter, sondern hinderten ihn an bei der Durchführung seines Plans. In den letzten Jahrzehnten hatte er gelernt, dass es das Beste war, Gefühle zu unterdrücken.

Also halt dich gefälligst auch daran!

Er las den Bericht über Nida. Auch hier fand er nichts, was ihm nicht schon bekannt gewesen wäre. Nida hatte den Fehler gemacht, sich in den falschen Mann zu verlieben. Und diesen Fehler hatte sie mit ihrem Leben bezahlt.

John blätterte weiter, las aufmerksam Seite für Seite.

Endlich fand er ihn. Sein Herz schlug heftig, als er den Namen las: Stan Bedford. Er hatte den Namen das erste Mal in Afghanistan gehört, aber bisher waren alle seine Recherchen zu dieser Person im Sande verlaufen. Ihm war immer klar gewesen, dass es zwischen all den Schuldigen einen Drahtzieher gegeben haben musste und dass dieser Stan Bedford hieß. Endlich hatte er eine heiße Spur. Auch wenn der Bericht über ihn nur kurz war, ließ er ihm das Blut in den Adern gefrieren.

... Agent Bedford berichtete direkt an Ian MacKenzie und war daher der faktische Leiter der Operation Sunrise. Er war es, der ständig vor Ort war, er hätte die Lage somit besser einschätzen müssen als MacKenzie. Den Kontakt zur inzwischen festgesetzten N. Baran brach er zwar rechtzeitig ab, dennoch wird sein Verhalten diesbezüglich als inakzeptabel eingestuft. Eine Entlassung aus dem Dienst wird nur deshalb nicht empfohlen, weil dadurch ein öffentlicher Skandal provoziert werden könnte, dessen Konsequenzen für die Ostbeziehungen nicht absehbar sind. Eine Strafversetzung scheint deshalb das probatere Mittel zu sein.

Eine Strafversetzung. Das war alles? Mehr hatte das Schwein nicht bekommen? Obwohl sich John schon so lange mit dieser Geschichte befasste, konnte er es immer noch nicht begreifen, wie systematisch damals alles unter den Teppich gekehrt worden war.

Leider fand sich in der Akte kein Hinweis auf den Aufenthaltsort von diesem Bedford. Es war natürlich fraglich, ob er sich immer noch an dem Ort aufhielt, in den er damals versetzt worden war, schließlich waren seitdem über fünfundzwanzig Jahre vergangen. Aber wenigstens hätte John dann einen Anhaltspunkt gehabt, von dem aus er weiter hätte recherchieren können.

Die Chance, dass Bedford noch lebte, war auf jeden Fall groß. Sein Geburtsdatum war in der Akte angegeben, demnach müsste er heute neunundfünfzig Jahre alt sein. Immerhin hatte er einen Namen und ein Geburtsdatum. Das war doch schon eine ganze Menge. Er würde ihn durch alle Suchmaschinen dieser Welt jagen, da würde er bestimmt etwas entdecken, was ihn auf Bedfords Spur brachte.

John überlegte. Die British Library sollte er für eine Weile besser meiden. Sie würden die SMS zurückverfolgen, da war er sich sicher. Und auch wenn sie auf den Überwachungsbildern nichts finden würden, konnte er es nicht ausschließen, dass sie den Computerraum für einige Zeit observieren ließen. Es war besser, in ein Internetcafé zu gehen, auch wenn er diese Einrichtungen hasste. Er fand alles in diesen Läden ekelhaft, besonders die Leute. In Zeiten, in denen selbst Sozialhilfeempfänger einen eigenen Computer hatten, waren Internetcafés zum Sammelbecken für all jene geworden, die möglichst wenig Spuren im Netz hinterlassen wollten. Und dafür hatte kaum jemand einen ehrenhaften Grund. Als er das letzte Mal neben so einem widerlichen Fettsack gesessen hatte, der in einem Chatroom für Kinder Kontakt zu Minderjährigen aufnehmen wollte, hatte er sich eigentlich geschworen, nie wieder so einen Laden zu betreten.

Was soll's, dachte John. Er musste wissen, wie Bedford aussah, und er musste versuchen, seinen Standort herauszufinden.

Und dann würde er ihm einen Besuch abstatten.

Sein Blick fiel auf die kleine Arbeitsfläche der Küchenzeile. Seine Messer standen fein säuberlich in ihrem Block. Sie sahen aus wie ganz normale Küchenmesser. Die extralangen Kabelbinder, die außer dem einen Exemplar, das er verwendet hatte, noch in der Packung gewesen waren, hatte er bereits weggeworfen. Auch wenn es sie in jedem Baumarkt gab, wäre eine Verbindung zum letzten Mord zu schnell nachvollziehbar gewesen, deswegen musste er sich nun etwas Neues überlegen.

Seine Desert Eagle lag in der Küchenschublade, der Schalldämpfer direkt daneben. Angesichts der Aufregung, die bei den Bullen herrschte, war es aber vermutlich das Vernünftigste, wenn er diesmal auf alle Hilfsmittel verzichtete. Wenn er in eine Straßenkontrolle käme, könnte er ansonsten Schwierigkeiten bekommen. Außerdem war er perfekt ausgebildet – er wusste schließlich, wie man es mit den eigenen Händen machte, auch wenn er es schon lange nicht mehr getan hatte. Ohne Hilfsmittel war das Risiko eben viel größer, dass sein Gegenüber ihn kratzen oder schlagen konnte, bevor es starb.

Nun, er wollte später entscheiden, wie er Stan Bedford von dieser Erde schicken würde. Erst mal musste er ihn finden.

13

Am nächsten Morgen kam Bob sauer ins Büro. Er knallte den *Mirror* auf ihren Schreibtisch.

»Es ist und bleibt das allerletzte Schmierenblatt«, sagte er und fügte hinzu: »Seite zwölf.«

Rachel hatte ein ungutes Gefühl in der Magengegend, als sie die Zeitung bis zur angegebenen Seite durchblätterte und den Artikel dort las:

> Nach neusten Informationen des *Mirror* hatte die landesweit bekannte Profilerin Rachel Hyatt einen Spitzel beim MI6, der sie auf illegalem Weg mit Geheimdienstinformationen versorgte. Vermutlich unterhielt sie auch eine äußerst delikate Liebesbeziehung zu ihm, jedenfalls sollen laut Insidern der Branche beide häufiger zusammen in ein Hotel verschwunden sein. Ist Rachel Hyatt so etwas wie die Mata Hari von Scotland Yard?

Rachel wurde fast schlecht. Was für Märchen dachten die sich da nur aus? Sie nahm einen Schluck Kaffee und las weiter:

> Bei einem geheimen Treffen wurde dieser Spitzel gestern Mittag auf heimtückische Art ermordet. Offensichtlich hat Rachel Hari ...

O Gott. War das ein Druckfehler? Oder Absicht?

... das Leben ihres Toyboys und Informanten leichtfertig aufs Spiel gesetzt. Abgesehen von der menschlichen Tragödie, die sich gestern vor dem beliebten Familienpub Fox and Hounds ereignet hat, müssen wir Bürger in diesem Land uns vor allen Dingen eines fragen: Wie kann es sein, dass sich zwei Institutionen wie der MI6 und Scotland Yard gegenseitig geheime Informationen zukommen lassen, ohne die offiziellen Wege zu gehen? Wie weit reicht die Vetternwirtschaft – am Ende gar bis zur Führungsetage? Ist die Sicherheit in unserem Land überhaupt noch gewährleistet?

»Das ist ja unerträglich!« Rachel schlug die Zeitung zu. »Dieser Chris Featherstone hat doch ein Rad ab. Können wir dagegen juristisch vorgehen?«

Bob zuckte mit den Schultern. »Die Justiziare prüfen das gerade. Aber es sieht wohl schlecht aus. Ehrlich gesagt hat der *Mirror* schon ganz andere Sachen gebracht und ist relativ unbeschadet davongekommen. Die haben doch bei dem Abhörskandal damals auch mitgemischt.«

Harry schaute durch die geöffnete Bürotür. »Habt ihr kurz Zeit? Luc hat was Interessantes entdeckt. Die anderen sind auch schon da.«

»Wir kommen.«

Kurz darauf standen sie dicht gedrängt vor Luc Maladrys Computer, an dem er die Videoaufzeichnungen aus der British Library auswertete.

»Noch kann man kaum etwas erkennen«, sagte Luc. »Es ist

der einzige Computer im ganzen Saal, der fast vollständig von der Säule verdeckt wird.«

»Der Kerl passt echt auf. Das muss man ihm lassen«, murmelte Bob.

Luc Maladry ließ das Video in Zeitlupe ablaufen. »Jetzt kommt er.«

Rachel sah eine dunkel gekleidete Person mit einem Basecap auf dem Kopf, die sich an den Computer hinter der Säule setzte. Von der Person war praktisch nichts zu erkennen.

»Vergleicht man ihn mit den anderen in der Bibliothek, kann die Größe unserer Zielperson auf ungefähr eins achtzig geschätzt werden, schlanke Statur, wahrscheinlich um die hundertsechzig Pfund schwer.«

Wieder sah man nur die Säule und zahlreiche Studenten, die im Saal hin- und hergingen.

»Noch was?«, fragte Bob ungeduldig.

»Ja, allerdings. Moment.«

Luc wartete ungefähr eine Minute, dann hielt er das Video wieder an. Mit ein paar Klicks zoomte er näher ran.

»Seht ihr das?« Er zeigte auf einen stark vergrößerten und verpixelten Bildausschnitt.

»Ist das ...?« Rachel trat näher an den Monitor heran. Dann erkannte sie es. »Es ist seine Hand.«

»Ganz genau. Und nicht nur das. Seht ihr das hier?«

Luc bewegte den Cursor auf eine Stelle an der Hand und vergrößerte den Ausschnitt erneut. Trotz der immer gröberen Pixel konnte man erkennen, dass mit der Hand irgendetwas nicht stimmte. »Sieht aus wie eine Verletzung«, überlegte Bob.

»Oder eine Narbe. Eine Verletzung in der Größenordnung hätte er doch verbinden müssen«, warf Rachel ein.

»Ich denke auch, dass es entweder eine Narbe oder ein sehr großer Leberfleck oder so was ist«, sagte Luc zufrieden.

»Könnte auch ein Feuermal sein«, meinte Carole.

»Unser Killer hat also ein auffälliges körperliches Merkmal. Gut beobachtet, Luc.« Bob klopfte ihm anerkennend auf die Schulter.

»Und er hat es an der rechten Hand«, sagte Rachel. »Unser Killer ist Linkshänder. Vielleicht hat ihn die Not dazu gemacht? Vielleicht hat er sich seine rechte Hand so schwer verletzt, dass er sie nicht mehr benutzen konnte – oder kann?«

»Ganz nutzlos scheint sie nicht zu sein«, warf Luc ein und spulte erneut vor. »Hier könnt ihr sehen, wie er mit rechts nach seiner Wasserflasche greift. Einfache Handgriffe kann er also auf jeden Fall damit durchführen.«

»Okay. Versuch bitte, ein möglichst gutes Bild von der Hand zu bekommen, und schick es in die Rechtsmedizin. Vielleicht können die uns sagen, was eine solche Verletzung verursacht haben könnte, ob die Narbe eher nach einer Verbrennung aussieht oder wonach auch immer. Oder ob es gar keine ist.« Rachel rieb sich die Augen.

»Wird erledigt.«

»Jason Paul ist eben eingetroffen.« Thomas blickte auf sein Handy. Offensichtlich hatte er gerade eine Kurznachricht bekommen. »Der Neffe von Sir Ian. Soll ich das übernehmen?«

Rachel sah auf die Uhr. Heute musste sie Noah abholen, aber ein bisschen Zeit hatte sie noch.

»Nein, ich mache das. Danke, Thomas.«

Sie hörte noch, wie Carole sagte, dass sie die Angehörigen von Frank Waldmann ausfindig gemacht habe, einen der vier mysteriösen Todesfälle aus Sir Ians Umfeld. Während Bob mit dem Team das weitere Vorgehen diskutierte, ging Rachel in den Besprechungsraum, der am anderen Ende des Flurs lag.

»Mr. Paul?«

Er saß am Tisch und stand auf, um Rachel zu begrüßen.

Obwohl Rachel selbst nicht zu den kleinsten Frauen gehörte, musste sie zu ihm aufschauen. Er war bestimmt zwei Meter groß. Mit seinen breiten Schultern und dem durchtrainierten Körper erinnerte er sie an einen Basketballspieler. Einzig die zahlreichen Falten, die um die Augen und auf der Stirn deutlich zu sehen waren, wiesen darauf hin, dass Jason Paul seinen fünfzigstens Geburtstag bereits hinter sich gelassen hatte. Er strich sich eine blonde Strähne aus der braun gebrannten Stirn und sah sie ernst an.

»Ja. Man hat mich herbestellt, damit ich meinen Onkel identifiziere.«

»Ich begleite Sie nachher in die Gerichtsmedizin«, sagte Rachel. »Vorher möchte ich Ihnen gern noch ein paar Fragen stellen.«

»Könnte ich ein Glas Wasser bekommen?«

»Natürlich.«

Rachel holte eine Flasche Wasser und ein Glas aus dem Schrank hinter ihr und stellte es Paul hin.

»Wie war Ihr Verhältnis zu Ihrem Onkel?«

»Es war gut. Durch die räumliche Distanz haben wir uns nicht so oft gesehen, aber wenn ich in London war, habe ich immer bei ihm gewohnt. Als Kind habe ich häufig die Ferien bei ihm und meiner Tante verbracht. Doch, wir hatten ein gutes Verhältnis.«

Rachel überlegte, ob Jason Paul wohl in den Achtzigerjahren von Catherine Bailey betreut worden war.

»Wann sind Sie geboren?«

»Am 20. März 1965.«

Also waren er und Catherine Bailey fast gleich alt gewesen. Er war ein Teenager, als sie als Kindermädchen für Sir Ian arbeitete. Dennoch fragte Rachel ihn, ob er die Frau kannte.

Paul schüttelte den Kopf. »Nein. Nie gehört. Als ich kleiner war, wurde ich nie von einer Nanny betreut. Meine Tante hat sich immer rührend um mich gekümmert. Sie hätte selbst gern Kinder gehabt und freute sich, wenn mal ein bisschen Leben in der Bude war.«

»Können Sie sich vorstellen, warum eine ausgebildete Kinderfrau für Ihren Onkel gearbeitet hat?«

Paul nahm einen großen Schluck Wasser und legte die Stirn nachdenklich in Falten.

»Ja. Ich glaube schon«, sagte er nach einem Moment. »Mein Onkel hat viel für seine Mitarbeiter getan. Da war er seiner Zeit wirklich voraus. Es gab genug Situationen, in denen eine Agentin zum Auslandseinsatz musste und nicht wusste, wer sich in der Zeit um ihre Kinder kümmern sollte. Die staatlichen Betreuungsmöglichkeiten steckten damals ja noch in den Kinderschuhen. Ich könnte mir vorstellen, dass mein Onkel für bestimmte Missionen eine Nanny anheuerte, die sich hier um die Familien kümmerte, damit seine Agenten den Rücken frei hatten.«

»Ich verstehe.« Rachel machte sich ein paar Notizen. »Wie genau ist Ihr Verwandtschaftsverhältnis zu Sir Ian?«

»Meine Mutter war eine Schwester von Onkel Ian. Sie ist schon seit über zehn Jahren tot. Mein Vater starb Mitte der Neunziger. Onkel Ian war der letzte Verwandte, den ich noch hatte.«

»Wo waren Sie am Montag, den 12. November zwischen acht und zwölf Uhr?«

Für einen Moment sah er sie schweigend an. Sie konnte in seinem Gesicht erkennen, wie unverschämt er diese Frage fand.

»Verdächtigen Sie mich etwa?«

»Ich muss diese Frage stellen.«

»Ich saß in meinem Büro in Paris.« Er gab ihr Anschrift und Telefonnummer seines Arbeitgebers. »Mindestens zwanzig Leute werden Ihnen das bestätigen.«

»Ihr Onkel war ein vermögender Mann ...«

»Und ich bin nicht sein Erbe«, unterbrach Paul sie schroff. »Falls Sie meinen, ich hätte irgendeinen Vorteil von seinem Tod, muss ich Sie enttäuschen. Meine Eltern waren selbst sehr vermögend, ich bin seit ihrem Ableben ein wohlhabender Mann. Außerdem verdiene ich sehr gut. Ich hatte mit meinem Onkel ausgemacht, dass er mich nicht als Erben einsetzt.«

»Wer wird denn dann alles bekommen?«

»Genau weiß ich es nicht. Er sprach davon, eine Stiftung unterstützen zu wollen. Aber ich habe keine Ahnung welche.«

Rachel machte sich eine Notiz, die sie daran erinnern sollte, das Testament von Sir Ian zu überprüfen.

»Hat sich Ihr Onkel in der letzten Zeit bedroht gefühlt? Hat er Ihnen gegenüber mal etwas gesagt?«

Paul schien nachzudenken. »Bedroht ... Ich weiß nicht, ob er sich direkt bedroht fühlte. Aber es stimmt, er war in den letzten Monaten irgendwie verändert. Ich habe es immer auf sein Alter geschoben, aber angesichts dieser Umstände ...«

»Was haben Sie auf sein Alter geschoben? Können Sie mir genauer beschreiben, was Ihnen aufgefallen ist?«

»Zuerst dachte ich, er wird depressiv. Er schien kaum noch Lebensmut zu haben, sprach immer häufiger vom Sterben. Mit achtundachtzig ist das natürlich nicht ungewöhnlich. Aber in einem unserer letzten Telefonate sagte er zu mir: ›Ich habe immer gehofft, in Frieden von dieser Erde zu gehen. Und jetzt gelingt es mir nicht.‹«

»Was hat er damit gemeint?«

»Ich habe es zuerst nicht ernst genommen und dachte, er hatte vielleicht Streit mit seinen Nachbarn oder so etwas. Als ich nachfragte, wich er aus. Er sagte, das wären olle Kamellen, die ihn leider immer wieder einholen würden, und dass er mich nicht damit belasten wolle. Ich habe das Thema dann ruhen lassen, weil ich mir dachte, dass doch die meisten alten Leute am Ende ihres Lebens noch mal alles Revue passieren lassen und einige Dinge gern ändern würden. Vielleicht hätte ich es doch ernster nehmen sollen.«

Rachel sah, wie Pauls Augen feucht wurden. Er schluckte und holte tief Luft.

»War's das?«

»Ja. Kommen Sie.«

Zusammen fuhren sie ins Untergeschoss, wo sich die Pathologie befand. Rachel fand es immer wieder bemerkenswert, wie sich die Stimmung änderte, wenn sie die Flure der Gerichtsmedizin betrat. Im Gegensatz zum Rest des zwanzigstöckigen Gebäudes traf man hier fast niemanden in den Gängen. Jeder Schritt hallte, das Licht war unangenehm hell, und der Geruch war eine süßliche Mischung aus Desinfektionsmitteln und Tod.

Zu ihrer Überraschung weinte Jason Paul, als er den bis zum Hals mit einem Tuch bedeckten Leichnam seines Onkels sah. Die Wunde an seinem Hals, die das letzte Mal, als Rachel sie gesehen hatte, noch weit aufgeklafft und einen Blick in das Innere des Mannes preisgegeben hatte, war mit einer groben Naht verschlossen worden. Obwohl der junge Mann, der hier unten als Helfer arbeitete und der sie zu dem Toten führte, versucht hatte, die Naht bedeckt zu halten, konnte man ein Stückchen davon sehen. Das war kein schöner Anblick, und so fühlte Rachel sich genötigt zu betonen, dass das die einzige Verletzung gewesen sei und dass Sir Ian nicht lange gelitten habe.

»Können Sie ihn eindeutig identifizieren?«

»Ja, das ist er«, sagte Paul und putzte sich die Nase. »Wann kann ich ihn beerdigen?«

»Der Leichnam wird bald freigegeben. Die Obduktion ist abgeschlossen. Ich denke, dass Sie die Beerdigung für die nächste Woche planen können.«

»Wissen Sie, was mich wundert?«, sagte Paul nachdenklich, als sie die Pathologie wieder verließen. »Sie sagten, bis auf die tödliche Halswunde war sein Körper völlig unversehrt.«

»Das ist richtig. Es gab keine Abwehrverletzungen oder Ähnliches.«

»Das ist wirklich komisch. Seit dem Schlaganfall war mein Onkel zwar an den Rollstuhl gefesselt, aber dass er noch nicht mal versucht hat, sich zu wehren, passt überhaupt nicht zu ihm. Er war früher Judo- und Karate-Meister, hatte in beiden Sportarten den schwarzen Gürtel. Auch wenn er seinen Angreifer nicht hätte besiegen können, gewehrt hätte sich Onkel Ian auf jeden Fall. Oder ist er vom Mörder überrascht worden?«

»Nein. Wahrscheinlich kam der Angriff nicht völlig überraschend.« Rachel dachte wieder an die zerknitterten Zierkissen auf dem Sofa.

Kopfschüttelnd ging Jason Paul weiter. »Niemals hätte der sich einfach so … abschlachten lassen. Nicht Onkel Ian. Niemals.«

Nachdenklich sah Rachel ihm nach, als er sich in der Eingangshalle von ihr verabschiedete. Paul hatte recht. Jeder Mensch hätte angesichts einer tödlichen Klinge eine natürliche Abwehrreaktion gezeigt. Ein ehemaliger Kampfsportler erst recht, egal, wie alt er war. Auch wenn er nichts hätte ausrichten können, er hätte es zumindest versucht, und man hätte an seinen Händen Schnittwunden oder andere Abwehrspuren finden müssen.

Wieso hatte der alte Mann mit im Schoß gefalteten Händen auf seinen Tod gewartet?

14

Er hatte keine Lust gehabt, sich extra umzuziehen. Aber als die Kleine vor ihm saß, bedauerte er es, dass er immer noch seine fleckige Jogginghose trug und sein weißes T-Shirt gelbe Ränder unter den Armen hatte. Die Polizistin war nämlich wirklich ganz süß. Dieser kleine Knackarsch war genau nach seinem Geschmack. Und wenn er es richtig einschätzte, waren ihre Titten auch nicht ohne.

Tom überlegte einen Moment, wann er das letzte Mal eine Braut flachgelegt hatte. Es lag schon ewig zurück, und es juckte in seiner Hose, wenn er daran dachte, wie sie sich gewehrt hatte. Vielleicht sollte er die Süße hier auch davon überzeugen, dass sie die Beine für ihn breit machen musste ...

»Haben Sie mir zugehört?«

Ihr harter Tonfall holte ihn in die Realität zurück. Carole Spitman sah ihn streng an, was ihn nur noch geiler machte. Er grinste und kratzte sich im Schritt – und war sich sicher, dass sie seinen Ständer bemerkt hatte.

»Ja, ja. Aber mein Vater ist vor zwei Jahren ins Jenseits marschiert, warum wollen Sie das jetzt noch mal alles aufrollen?«

»Das ist erst mal unwichtig. Bitte beantworten Sie nur meine Fragen. Ihr Vater wurde mit seinem eigenen Baseballschläger erschlagen. War er häufiger in Schlägereien verwickelt?«

»Mein Alter hat als Wachmann gearbeitet. Was glauben Sie, was das für eine Branche ist? Dad war nicht mehr als ein besserer Schläger. Ohne Ausbildung, nicht viel in der Birne, aber ordentlich Muckis. Wenn dem was nicht passte, hat er zugeschlagen. Das hat er bei meiner Mutter gemacht, bei mir und auch bei jedem anderen.«

»Das heißt, er war kein leichter Gegner?«

»Nein. Dass er totgeschlagen wurde, ist wirklich Ironie des Schicksals. Normalerweise hatte niemand eine Chance gegen ihn. Der Typ, der ihn kaltgemacht hat, muss es wirklich draufgehabt haben.«

Sein Blick wanderte in ihren Ausschnitt. Die Titten waren echt in Ordnung. Gerade stellte er sich vor, wie er sie mit je einer Hand fest umschloss, da stellte sie die nächste nervige Frage.

»Der Täter hat die Wohnung nach dem Mord gründlich gereinigt. Trotzdem hat die Polizei damals noch Kampfspuren feststellen können. Ihr Vater hat sich also heftig gewehrt. Hatte er eine Waffe im Haus?«

»Nein. Die durften sie nicht mitnehmen. Aber mein Alter hatte sämtliche Kampftricks drauf, die man nur haben konnte. Und für seine dreiundfünfzig Jahre war er super in Form. Er hat jeden Tag Krafttraining gemacht. Ich hatte jedenfalls keine Chance gegen ihn.«

»Für wen hat Ihr Vater gearbeitet?«

»Er war bei London Secure angestellt.«

Die Kleine kritzelte was in ihr Notizbuch. Ob sie einen Tanga trug? Bestimmt war sie untenrum rasiert.

»Wissen Sie, ob er früher mal für Sir Ian MacKenzie tätig war?«

»Keine Ahnung. Den Namen habe ich noch nie gehört. Meine Mutter hätte das vielleicht gewusst. Aber da kommen Sie zwei Jahre zu spät.«

Er grinste und starrte Carole Spitman unverwandt auf die

Brüste. Doch leider reagierte sie auf seine anzüglichen Blicke nicht. Seine Geilheit schien an ihr abzuperlen wie ein Wassertropfen an einer Lotusblüte. Er spürte, wie sein Ständer noch härter wurde.

Na warte, du kleine Bitch. Ich krieg dich noch ...

»Fühlte sich Ihr Vater vor seinem Tod bedroht?«

»Weiß ich nicht. Wir haben nicht viel gesprochen. Eigentlich kann ich Ihnen nicht viel über meinen Alten sagen. Er war nie da, und wenn er mal nach Hause kam, war er meistens besoffen und hat Mum und mich verprügelt. So einfach war das. Da fragt man dann nicht, ob sich der Vater unwohl fühlt oder so. Das geht einem am Arsch vorbei.«

Apropos Arsch ...

»Wohnten Sie 2010 noch bei Ihren Eltern?«

Er seufzte innerlich. Konnte die Kleine nicht mal die Schnauze halten?

»Ja.«

Damals war er gerade auf Bewährung draußen gewesen. Zwei Jahre hatte er im Knast gesessen, weil er die kleine schlitzäugige Schlampe vergewaltigt hatte. Für ein paar Monate hatte er erst mal wieder bei seinen Eltern gewohnt, bis er es zu Hause nicht mehr ausgehalten hatte. Aber das musste er der Süßen ja nicht alles auf die Nase binden.

»In der Polizeiakte von damals stand, dass Ihr Vater genau in den zwei Stunden ermordet wurde, in denen Sie und Ihre Mutter bei einem Arzttermin waren.«

»Richtig. Mum hatte Krebs. Sie hatte dauernd solche Termine. Ich musste sie fahren.«

»Der Mörder muss das Haus also beobachtet haben. Ist Ihnen damals irgendjemand Verdächtiges aufgefallen?«

Tom lachte schallend auf. »Sie meinen, ob mir hier vielleicht ein paar merkwürdige Gestalten aufgefallen sind?« Er konnte gar nicht mehr aufhören zu lachen. »Haben Sie sich mal umgeschaut? Die ganze beschissene Scheißgegend ist voll mit merkwürdigen Typen! Hier kommen die Leute hin, um Chrystal zu kaufen oder Hehlerware zu verticken. Hier gibt es überhaupt keine normalen Leute.«

Jetzt hatte er sie aus der Fassung gebracht, oder? Sie wirkte irritiert, als wüsste sie nicht mehr, wie sie weitermachen sollte. Na bitte. Irgendwann brachte er sie alle aus dem Konzept. Das war die Gelegenheit.

»Wie wär's, wenn wir die Fragestunde jetzt beenden und zum gemütlichen Teil des Nachmittags übergehen?«

Sie sah ihn erstaunt an und schien für einen Moment sprachlos. Er stand auf und ging auf Carole Spitman zu. Die Beule in seiner Hose war nun auf ihrer Augenhöhe. Sie konnte sie gar nicht übersehen.

Er lief um den Stuhl herum, auf dem sie saß. Wurde sie unruhig? Oh ja, sie wurde nervös.

Keine Angst, Kleine. Du wirst schon deinen Spaß haben.

»Wir sollten jetzt das tun, was eine geile Schlampe wie du mit einem Typen wie mir normalerweise tut, wenn sie es mal wieder so richtig nötig hat«, erklärte er ihr ruhig. »Und du siehst so aus, als wenn du es gebrauchen könntest.«

Er stellte sich hinter sie und legte seine Hände auf ihre Schultern. Während sie langsam zu ihrem Busen wanderten, flüsterte er in ihr Ohr: »Besser, du wehrst dich nicht. Das wird der Ritt deines Lebens, Baby ...«

Er hatte den Satz kaum zu Ende gesprochen, da sprang Carole Spitman von ihrem Stuhl, drehte sich blitzschnell um, packte seinen Arm und drehte ihn nach hinten auf seinen Rücken. Ein stechender Schmerz durchfuhr seine Schulter. Die verdammte Schlampe hatte ihm den Arm ausgekugelt! Wie hatte sie das so schnell geschafft?

»Lass mich los!« Er schrie vor Schmerzen.

Carole Spitman stieß ihn gegen die Wand, wobei sie seinen Arm noch mehr verdrehte. Zusätzlich hielt sie ihm eine Pistole an den Kopf.

»Wenn Sie sich mir oder einer anderen Frau jemals wieder in gewaltsamer Absicht nähern, werde ich dafür sorgen, dass Sie nie wieder aus dem Gefängnis kommen.« Ihre Stimme klang eiskalt. »Haben Sie das verstanden, Tom Waldmann?«

Er nickte nur und stöhnte vor Schmerzen. Sie stieß ihn auf den Boden hinter dem Sofa, wo er wimmernd liegen blieb. Dann verließ sie mit festem Schritt die Wohnung.

15

Rachel stand an der Spüle und versuchte, die verkrusteten Reste der angebrannten Bratkartoffeln aus der Pfanne zu kratzen. Es ging ihr mächtig auf die Nerven, dass ihr das Essen schon wieder angebrannt war. Dabei hatte sie extra viel Öl in die Pfanne gegeben und die verdammten Dinger immer schön gewendet. Warum waren sie trotzdem schwarz geworden?

Kaum etwas nervte sie mehr, als wenn etwas nicht so funktionierte, wie es eigentlich sollte. Das war schon immer so gewesen. Sie selbst tat schließlich auch alles dafür, um möglichst perfekt zu funktionieren. Sie wollte keine gute Profilerin sein, sondern eine erstklassige, keine Hobbyläuferin, sondern eine, die durchaus wettkampffähig wäre. Und sie wollte eben auch eine perfekte Hausfrau und Mutter sein – die einzige Aufgabe, bei der sie immer wieder an ihre Grenzen stieß.

Für einen Moment überlegte Rachel, die Pfanne einfach in die Spülmaschine zu stellen. Aber natürlich würde sie dort niemals sauber werden. Also gab sie noch mal einen großzügigen Spritzer Spülmittel hinzu und nahm einen Schwamm, um mit der rauen Seite die Reste entfernen zu können.

Seitdem sie denken konnte, war sie um Perfektionismus bemüht. Als Psychologin wusste sie, dass es dafür einen einfachen und unspektakulären Grund gab: Die Rolle der Perfektionistin war die einzige, die in ihrer Familie noch frei gewesen war. Ihre Eltern, ein angesehener Arzt und Hobbybotaniker und eine freischaffende Künstlerin, waren kreative und äußerst gebildete Menschen, genau wie ihre Schwester, die heute als Historikerin in New York arbeitete. Aber alle drei waren wahnsinnig emotional und chaotisch. Wutausbrüche und tränenreiche Versöhnungen hatten früher genauso zum Alltag gehört wie die großen Bücherstapel im Wohnzimmer, durch die man sich einen Weg bahnen musste. Rachel war immer die Einzige gewesen, die etwas Ordnung in ihr Zuhause und auch in die Familie selbst gebracht hatte. Sie hatte gelernt, ihre Gefühle zu kontrollieren und sachlich an Probleme heranzugehen – und sie so auch zu lösen.

Endlich war die Pfanne sauber. Draußen hörte sie ein Motorrad vorbeifahren, ansonsten war es still. Noah saß noch vor dem Fernseher und durfte *Barney und seine Freunde* gucken. Gleich würde sie ihn ins Bett bringen.

Sie öffnete das Fenster über der Spüle, damit der Essensgeruch rausziehen konnte. Draußen war es schon lange stockdunkel. Sie mochte den November nicht. An manchen Tagen wurde es gar nicht hell – es war dunkel, wenn sie Noah in den Kindergarten brachte, und dunkel, wenn sie ihn wieder abholte. Dazwischen hatte sie nur das Neonlicht in ihrem Büro.

Irritiert schaute sie auf.

Was war das?

Rachel blickte aus dem offenen Fenster. Sie hätte schwören können, dass sie einen Schatten gesehen hatte, ein gedrungener Körper, als wäre jemand in gebückter Haltung über den kleinen Rasen hinter ihrem Haus gelaufen. Oder war das ein Tier gewesen? Nein, der Schatten war viel zu groß gewesen.

Sie stellte den Wasserhahn ab und lauschte in die Dunkelheit. Es war nichts zu hören oder zu sehen. Wahrscheinlich hatte sie es sich eingebildet. Die Spekulationen, dass Roberts

Mörder sie womöglich beobachtet hatte, hatten sie nervös werden lassen.

Jetzt bloß nicht die Nerven verlieren.

Sie wischte über die Arbeitsfläche, schrubbte den Herd und machte das Fenster wieder zu. Zur Sicherheit schloss sie es ab, was sie sonst nie tat, und zog die Vorhänge zu.

»So, *Barney* zu Ende?«, fragte Rachel, als sie ins Wohnzimmer kam.

»Gleich. Kann ich das danach?«

»Nein, mein Engel, danach geht es ins Bett. Aber ich les dir noch *Winnie Puuh* vor, okay?«

Noah grummelte irgendetwas Zustimmendes. Rachel ging zum Fenster, um auch hier die Vorhänge zu schließen, als sie plötzlich erschrocken zusammenzuckte. Ein kalter Schauer lief ihr über den Rücken.

»Ist was, Mummy?«, fragte Noah, der sie aus dem Augenwinkel beobachtet hatte. Er warf ihr einen besorgten Blick zu und schaute dann wieder auf den Fernseher.

»Nein … Alles in Ordnung.«

Rachel bemühte sich, ruhig zu bleiben und sich nichts anmerken zu lassen. Jetzt war sie sich ganz sicher, etwas am Fenster gesehen zu haben. Sie ging zur Schublade, in die sie immer ihre Dienstwaffe einschloss, nahm sie heraus und schob sie hinten in ihren Hosenbund. Dann öffnete sie die Terrassentür. Das Holz war verzogen, sie musste sie etwas anheben, um sie überhaupt aufzukriegen.

»Ich lasse nur ein bisschen frische Luft rein«, sagte sie mit munterer Stimme.

Angestrengt blickte sie in den dunklen Garten, während ihre Hand auf der Waffe ruhte. Mit der Taschenlampe, die auf dem kleinen Tisch unter dem Vordach lag, leuchtete sie die Büsche ab. Sie schrie vor Schreck fast auf, als eine dicke Katze aus dem Apfelbaum sprang. Sie kam mit ein paar langen Sätzen zu Rachel auf die Terrasse und strich miauend zwischen ihre Beine.

Rachel hielt ihre Waffe fest, ohne sie aus dem Hosenbund zu ziehen, und versuchte sich zu konzentrieren. Hatte sie wirklich etwas am Fenster gesehen? Oder war es doch nur die Katze gewesen?

Sie sah sich noch einmal um und ging schließlich zurück ins Haus. Sie hatte Mühe, die verzogene Terrassentür wieder zu schließen. Da das Schloss nicht mehr funktionierte, schob sie den Riegel vor. Dann schloss sie alle Türen ab und zog sämtliche Vorhänge zu, nahm ihr Telefon und wählte Bobs Nummer.

»Ich weiß nicht, vielleicht war es wirklich nur die Katze«, sagte sie, nachdem sie ihm von ihrer Beobachtung erzählt hatte.

»›Vielleicht‹ reicht mir nicht. Ich bin in einer halben Stunde bei dir.«

Typisch Bob, dachte Rachel und legte dankbar auf. Er war kein Theoretiker, sondern Praktiker, der sich am liebsten immer selbst davon überzeugte, dass alles in Ordnung war.

Rachel brachte Noah ins Bett, setzte sich aufs Sofa und wartete auf Bob. Ihr Herz raste immer noch. Was hatte sie am Fenster gesehen? Nur für einen kurzen Augenblick, nicht länger als den Bruchteil einer Sekunde, aber dennoch hatte sie Augen aufblitzen sehen – kalte Augen, die sie stechend angeschaut hatten. Waren es die einer Katze gewesen? Oder doch von einem Menschen? Sie konnte es nicht sagen, es war zu dunkel. Aber sie waren da gewesen. Und sie hatten sie direkt angestarrt.

Rachel schlang die Arme um ein Kissen und hielt es fest. Sie war beileibe kein ängstlicher Typ. Im Gegenteil. Sie hatte früh gelernt, sich ein dickes Fell zuzulegen und sich gegen andere durchzusetzen. Gerade am Anfang ihrer Karriere bei Scotland Yard hatte sie kämpfen müssen. Für viele ihrer überwiegend männlichen Kollegen war sie die Psychotante, die keiner richtig ernst genommen hatte.

Das hatte sich im Laufe der Zeit geändert. Sie hatte zahllose Verbrecher zur Strecke gebracht. Furchtbare Typen, Serienkiller, die scheinbar wahllos Mädchen vergewaltigten und umbrachten, Raubmörder, die mir nichts, dir nichts jemanden erschossen, um an ihre Beute zu kommen. Aber auch wenn Rachel bei ihrer Arbeit Angst und Panik fast vollkommen ausschalten konnte, war das hier eine neue Situation. Noch nie hatte sie sich privat bedroht gefühlt.

Jetzt schon.

Erschrocken zuckte sie zusammen, als es an der Tür klingelte. Bob. Endlich.

»Alles okay?«, fragte er mit besorgter Stimme, als sie ihn hineinließ.

»Ja. Ich weiß auch nicht. Ich übertreibe wahrscheinlich.«

»Welches Fenster war es?«

»Da vorn.«

Bob murmelte etwas, das sich anhörte wie »Dann wollen wir mal nachsehen« und öffnete die Terrassentür.

»Brauchst du eine Taschenlampe?«, fragte Rachel, doch Bob zückte schon sein Handy.

»Taschenlampen-App«, sagte er grinsend, und sie war überrascht, wie hell das Licht war, das nun von seinem Display in den Garten leuchtete. Die Bäume und Sträucher sahen in dem künstlichen Licht ungewöhnlich kalt, fast gespenstisch aus, doch man konnte jedes einzelne Blatt erkennen. Sorgfältig suchte Bob den Boden ab.

»Keine Fußspuren«, sagte er. »Jedenfalls kann ich keine sehen.«

Er stand mittlerweile unter dem Apfelbaum, der am Ende ihres Gartens als Sichtschutz zum Nachbarhaus diente. Er war bestimmt fünf Meter hoch, und Rachel wollte ihn schon seit Längerem zurückschneiden lassen, da die Äste kaum noch Sonne in den kleinen Garten ließen. Bob leuchtete an dem Stamm hoch in die Krone des Baumes.

»Von hier könnte man natürlich leicht in Nachbar Garten springen«, murmelte er.

»Gibt es Kletterspuren?«

Er zuckte mit den Schultern. »Schwer zu sagen. Ja, hier ist die Rinde etwas abgeblättert, aber das könnte auch von einer Katze sein.« Er wandte sich wieder zu ihr. »Also bis jetzt kann ich nichts Verdächtiges finden.«

Bob leuchtete zu dem Fenster, an dem sie den geduckten Körper mit den seltsamen Augen gesehen hatte.

»Was ist das da auf dem Fenstersims?«

Rachel ging näher und stöhnte auf.

»Oh Mann. Tut mir leid, Bob.«

Die dicke Katze, die sie vorhin schon fast zu Tode erschreckt hatte, lag auf dem Fenstersims und sah sie träge blinzelnd an.

»Wahrscheinlich ist es da schön warm«, sagte Bob, »deine Fenster machen ja keinen gut isolierten Eindruck.«

Er strich der Katze über den Rücken, die sich schnurrend streckte. Dann setzte sie sich auf und starrte durch das Fenster in das hell erleuchtete Wohnzimmer.

»Tut mir echt leid, dass ich dich wegen dem Mistviech so spät noch rausgeholt habe.«

Wie konnte ihr so was nur passieren? Wirklich bescheuert.

»Kein Problem. Lieber einmal zu viel angerufen als einmal zu wenig. Das Schloss an der Terrasse könntest du aber trotzdem mal reparieren lassen. Da käme ja selbst die Katze rein.«

»Ich weiß. Wollte ich schon lange machen lassen.«

»Dann erledige es gleich morgen. Ist doch nicht so schwierig, sich einen Schlüsseldienst ins Haus zu holen.«

»Ja. Du hast recht. Ich ruf gleich in der Früh bei einem an.«

»Gut. Wenn's recht ist, gehe ich jetzt nach Hause.« Er gähnte. »Ich brauch meinen Schönheitsschlaf.«

»Wie gesagt, tut mir echt leid.«

»Muss es nicht. Ich freu mich doch, wenn unser studiertes Superhirn die Hilfe eines einfachen Bullen braucht.« Er grinste sie frech an, und Rachel gab ihm einen scherzhaften Klaps auf den Rücken.

16

Am nächsten Morgen war Bob schon voller Tatendrang, als sie ins Büro kam. »Du kannst die Jacke gleich anlassen«, sagte er und sah sie prüfend an.

Die Nacht war fürchterlich gewesen – entweder hatte sie wach gelegen und gegrübelt oder war aus Albträumen hochgeschreckt. Höchstens drei Stunden hatte sie geschlafen, schätzte Rachel, und sie sah Bobs Blick an, dass der Schlafmangel deutliche Spuren in ihrem Gesicht hinterlassen hatte.

»War noch was heute Nacht?«, fragte er.

»Nein, alles okay. Ich konnte nur nicht besonders gut schlafen. Aber ich habe den Schlüsseldienst bestellt. Die reparieren das Schloss heute Nachmittag.«

»Sehr gut.« Er hielt lächelnd eine Zeichnung hoch. »Schau mal, was unser Grafiker aus den Angaben der alten Dame gemacht hat.«

»Die den Unbekannten vom Bus aus gesehen hat?«

Er nickte und reichte ihr das Phantombild. Rachel sah das erstaunlich detailgetreue Porträt eines jungen Mannes, vielleicht dreißig oder fünfunddreißig Jahre alt. Die Haare waren von einem Basecap verdeckt, schwarze buschige Brauen ließen die dunklen Augen noch stechender wirken. Er hatte markante, indisch oder pakistanisch wirkende Gesichtszüge, hohe Wangenknochen und geschwungene volle Lippen.

Für einen Moment überlegte Rachel, ob das nicht doch die Augen waren, die sie gestern vor ihrem Fenster gesehen hatte.

Schnell verwarf sie den Gedanken wieder. Es war ganz offensichtlich, dass es die dicke Katze gewesen war, die auf dem Fenstersims gehockt hatte.

»Das ist der Mann, der an der Bushaltestelle vor Sir Ians Haus gesessen hat«, fuhr Bob fort. »Mit dieser Zeichnung müssen wir jetzt exakt neun Schuhgeschäfte abklappern, die sich auf Sport- und Kletterschuhe spezialisiert haben.«

»Warum?«

»Weil es nur da dieses außergewöhnliche Modell gibt, das der Mann an der Bushaltestelle getragen haben soll. Die sind erst seit ein paar Wochen auf dem Markt und bisher nur in diesen Geschäften zu haben.«

»Online?«

Er schüttelte den Kopf. »Zum Glück nicht. Die Firma ist ein wenig altmodisch, was ihren Vertrieb angeht – nur Vertragshändler dürfen die Produkte verkaufen. Schwein gehabt, sag ich da nur. Stell dir mal vor, das wäre ein Allerweltstreter von einer der großen Marken gewesen ...«

Rachel verzog dennoch genervt das Gesicht. Die Aussicht, völlig übermüdet von einem Schuhgeschäft zum nächsten zu tingeln, verbesserte ihre Laune nicht gerade.

»Was denn? Schuhe shoppen muss für dich als echte Oxfordlady doch das größte Vergnügen sein!«

»Witzig.«

Fünf Minuten später saßen sie im Auto. Rachel gähnte, als Bob den Wagen vom Parkplatz lenkte, und rieb sich die tränenden Augen.

In den ersten Geschäften kamen sie keinen Schritt weiter. Die teuren Spezialschuhe hatten sich bisher nur schleppend verkauft, und zum Glück hatten die wenigen Käufer, wie in England mittlerweile üblich, mit Karte bezahlt, sodass sich ihre Daten schnell überprüfen ließen. Zu ihrem Täterprofil passte keiner von ihnen. Die Mehrzahl waren Frauen mittleren Alters gewesen, die offensichtlich für ihre Teenagerkinder die Schuhe gekauft hatten, wie sich aus der Schuhgröße schließen ließ. Zwei Männer waren noch unter den Käufern, ein russischer Oligarchensohn und ein prominenter Exsportler. Die Kollegen hatten ihre Namen durch den Polizeicomputer laufen lassen und beide als Täter ausgeschlossen. Der Russe hatte zum Zeitpunkt des Mordes schon lange das Land verlassen gehabt, und der ehemalige Sportstar hatte leuchtend rote Haare.

Bob lenkte den Wagen in die Victoria Street, wo sich das nächste Geschäft auf ihrer Liste befand. Dank ihres dritten doppelten Espressos war Rachel inzwischen einigermaßen wach.

»Ist es der Laden da vorn?« Sie wies auf ein Schaufenster auf der rechten Seite.

»Ja, das muss er sein.«

Bob fand eine Parklücke in der Nähe, und wenig später betraten sie das moderne Geschäft. Alles war in Weiß und Stahl gehalten, grelles Neonlicht unterstrich die kühle, ja fast unterkühlte Atmosphäre. In die Wände waren Boxen eingelassen, die in verschiedenen Neonfarben beleuchtet wurden. Darin standen so moderne und außergewöhnliche Schuhe, dass Rachel sich fragte, wer so etwas überhaupt tragen konnte. Hektische Technomusik dröhnte aus den Lautsprechern, und schon nach wenigen Momenten verzog Rachel genervt das Gesicht. Wie konnte man hier nur in Ruhe Schuhe anprobieren?

Bob zog den Zettel aus seiner Tasche, auf dem die Namen der Personen standen, mit denen er am Morgen telefoniert hatte, um ihr Kommen anzukündigen.

»Wir suchen einen Raffael Berlonti«, sagte er zu einem jungen, sehr hip gekleideten Verkäufer.

»Den finden Sie im ersten Stock, rechts in der Outdoor-Ecke«, sagte der Typ, der Rachel mit seiner dunklen Haut und den kleinen Rastazöpfen an eine moderne Ausgabe von Bob Marley erinnerte.

Im ersten Stock war es zum Glück deutlich ruhiger. Die Outdoor-Ecke wurde mit Vogelgezwitscher und Wasserfall-Geräuschen beschallt. Obwohl selbst die für Rachels Geschmack zu laut waren, fand sie es hier doch wesentlich angenehmer als im Erdgeschoss.

Raffael Berlonti sah genauso aus, wie sie sich einen Schuhverkäufer mit italienischer Herkunft vorstellte. Schwarze, nach hinten gegelte Haare, ein eng sitzendes, etwas zu hellblaues Hemd, bei dem die ersten drei Knöpfe offen standen und einen Ansatz von Brustbehaarung erkennen ließen. Dazu eine enge schwarze Hose mit einem auffälligen Markengürtel. War das Gucci?

»Wir haben telefoniert«, sagte Bob, nachdem er sich vorgestellt hatte. »Es geht um die Kletterschuhe der Marke Climbix.«

»Ja, die Climbix sind etwas ganz Besonderes. Damit können Sie wirklich klettern wie ein Eichhörnchen. Sie können mit ihren Zehen sogar durch die Sohle nach etwas greifen. Das geht nur dank der besonderen Kautschuk-Gummi-Mischung. Leider sind die Schuhe sehr teuer. Für fast 400 Pfund kaufen sich die meisten dann doch lieber ein paar Louboutins.« Er lachte.

»Wie viele Schuhe haben Sie bislang verkauft?«

»Das kann ich Ihnen ganz genau sagen. Einen Moment.«

Raffael Berlonti ging hinter einen Tresen und tippte etwas in die Tastatur seines Computers. Dann drehte er den Bildschirm zu Bob und Rachel.

»Schauen Sie, hier links sehen Sie die Artikelnummer. Das

sind unsere verkauften Climbix. Insgesamt haben wir sie bisher also sechsmal verkauft.«

Rachel sah sich die Liste an. Sie brauchte einen Moment, bis sie die verschiedenen Spalten überblickt hatte.

»Sehe ich das richtig, dass fünfmal mit Kreditkarte bezahlt wurde und einmal bar?«, fragte sie.

»So ist es. Eigentlich wird bei uns fast alles mit Karte bezahlt. Unsere Produkte sind sehr hochwertig und somit natürlich auch etwas teurer. So viel Bargeld hat normalerweise nie jemand dabei.«

»Aber dieser eine Kauf, der hier vom 3. November, der wurde bar bezahlt.«

»Ganz genau. Ich kann mich sogar noch gut an den Kunden erinnern – eben weil es so selten vorkommt. Ich hatte zu wenig Wechselgeld und wollte ihn überreden, doch mit Karte zu zahlen. Aber er wollte es partout nicht und verzichtete dafür sogar auf fast zwanzig Pfund Wechselgeld.«

Bob zeigte ihm das Phantombild. »Könnte das der Mann gewesen sein?«

Stirnrunzelnd sah sich Raffael Berlonti das Bild an. »Ja, das könnte er sein. Doch, gut möglich.«

Rachel zeigte auf die Überwachungskamera, die über der Kasse hing.

»Können wir uns die Videoaufzeichnung von dem Tag anschauen?«

»Oh, wir zeichnen leider nicht auf. Die Kameras sind nur für die Live-Überwachung. Unsere Securityleute halten so den Laden im Blick.«

Mist. Rachel seufzte. »Was können Sie uns noch über den Mann sagen? Hat er vielleicht mit einem Akzent gesprochen oder einen Sprachfehler gehabt oder sonst etwas Auffälliges?«

»Nein. Davon ist mir nichts in Erinnerung geblieben. Ich glaube, er sprach astreines Englisch. Keinen Dialekt oder Akzent.«

»Hat er Ihnen etwas erzählt, vielleicht wo er lebt oder seit wann er klettert?«

»Lassen Sie mich mal kurz nachdenken ... Nein, er sagte so gut wie nichts. Es war eher auffällig, dass er praktisch keinen Ton sagte. Wissen Sie, normalerweise kommt man mit den Leuten ins Gespräch. Gerade die Kletterer erzählen gern von ihren Ausflügen, die braucht man gar nicht zu fragen, die quatschen von ganz allein los. Das war bei ihm anders. Er sah sich eine Weile im Laden um, und als ich ihm meine Hilfe anbot, sagte er nur, er würde die besten Kletterschuhe haben wollen, die es gibt. Ich fragte ihn dann, wofür er sie denn brauchen würde, aber darauf bekam ich keine Antwort.«

Nachdenklich stieg Rachel kurz darauf wieder in Bobs Auto. »Er umgeht Überwachungskameras, nutzt keine Kreditkarte und plant sehr vorausschauend«, sagte sie, als er sich wieder in den Verkehr der Victoria Street einfädelte.

»Ja, er hinterlässt kaum Spuren. Er geht sehr sorgfältig und akribisch vor.«

»Wie ein Profi.«

Bob sah sie ernst an und nickte dann. »Du hast recht. Sieht so aus, als hätten wir es mit einem echten Profi zu tun.«

17

Es waren zwei Tage vergangen, seitdem er in ihrem Garten gewesen war. Natürlich war es riskant gewesen, um ihr Haus zu schleichen, während sie und das Kind da waren. Aber er hatte nun alles, was er wissen musste. Und das Risiko war überschaubar gewesen. Hätte sie auf die dicke Katze, die er aus dem Apfelbaum gescheucht hatte, allerdings anders reagiert und womöglich den Baum abgeleuchtet, wäre der Abend wohl ihr letzter gewesen. Aber es war ihm ganz recht, dass sie danach verschreckt ins Haus zurückgegangen war. Er wollte sie nur ungern vor den Augen des kleinen Jungen umbringen und zog es vor, sie allein zu erwischen, wenn es an der Zeit war.

Ihre Dienstwaffe war in der Kommode, zweite Schublade links, den Schlüssel dazu hatte sie an ihrem Schlüsselbund. Die Terrassentür ließ sich nicht mehr abschließen, das war die wichtigste Information, die er aus der Begegnung mitgenommen hatte. Ein einfacher Sperrriegel stellte ihn nicht vor Probleme. Den hatte er in Sekundenschnelle auf – falls sie das Schloss nicht reparieren ließ, was er befürchtete, nach dem Schrecken, den er ihr eingejagt hatte.

Im Moment bestand noch keine Notwendigkeit, Hyatt auszuschalten. Soweit er es überblicken konnte, hatten die Bullen keine heiße Spur – vor allem keine, die zu ihm führte. Er hatte ihre Arbeit ordentlich durcheinandergebracht, und wenn es gut lief, konnte er heute damit weitermachen.

John parkte sein schwarzes Motorrad und schloss seinen Helm daran fest. Dann schlenderte er durch den Hyde Park. Das Basecap hatte er tief ins Gesicht gezogen, und obwohl die Sonne nicht schien, trug er eine Brille mit getönten Gläsern.

Er schaute sich um. Die dritte Bank rechts neben dem japanischen Pavillon hatten sie als Treffpunkt verabredet. Ein idealer Platz, rund um die Bank gab es nur Wiese und keine Möglichkeit, sich zu verstecken. Dennoch musste er vorsichtig sein. Diesem Typen war alles zuzutrauen. Auch wenn er John für einen wichtigen Mitarbeiter des MI6 hielt, konnte er es nicht ausschließen, dass der Typ bei den Bullen gequatscht hatte.

Er sah ihn schon von Weitem auf der Bank sitzen. Der Kerl schaute sich immer wieder nervös um, sonst waren keine Leute zu sehen.

John vergewisserte sich, dass der kleine japanische Pavillon ebenfalls menschenleer war, und schlenderte dann auf die Bank zu. Er setzte sich ein gutes Stück von Featherstone weg, schlug seine Zeitung auf und würdigte ihn keines Blickes.

Der Reporter räusperte sich nervös. »Haben wir telefoniert?«, fragte er mit belegter Stimme.

John reagierte nicht.

»Also ja.« Featherstone knetete die Hände. »Übermorgen ist die Beerdigung von Sir Ian, der halbe MI6 wird dort auftauchen. Werden Sie auch da sein?«

»Wo wird die Beerdigung stattfinden?«

»Im Putney Vale Cemetery. Ich weiß, dass sämtliche ehemaligen Mitarbeiter von Sir Ian eingeladen wurden. Ich muss wissen, ob Robert Boulton etwas mit den Leuten von Sir Ian zu tun hatte. Das wäre eine Riesenstory. Womöglich ist der alte Mann nur deshalb umgebracht worden, weil Boulton zu viel gequatscht hat. Vielleicht hat er Geheimnisse von nationaler Wichtigkeit ausgeplaudert? Sie müssen doch wissen, in welchem Verhältnis er zu Sir Ians ehemaligen Vertrauten stand!«

John dachte darüber nach, was er darauf antworten sollte.

»Zu einigen hatte er tatsächlich engen Kontakt. Welche ehemaligen Mitarbeiter kommen zur Beerdigung?«

»Gott, das waren eine Menge Namen ... Warten Sie, ich habe eine Liste ...«

Er zog ein Papier aus seiner Tasche und reichte es John. Es war eine Liste mit Namen und Fotos, hinter jedem stand eine Bemerkung über die Funktion der Person und die Dringlichkeit, sie zu fotografieren und zu interviewen.

Stan Bedfords Name stand an siebter Stelle.

»Bedford sollten Sie ansprechen«, sagte John. »Er war eine Art Kontaktmann zwischen Boulton und Sir Ian«, log er.

Featherstone klang ganz aufgeregt. »Ist das unser Mann?«

»Er wird Ihnen auf jeden Fall etwas erzählen können. So wie ich ihn kenne, plaudert er gern aus dem Nähkästchen. Oder um es anders zu sagen: Bedford ist unser Mann.«

Featherstone nickte und bedankte sich überschwänglich. »Werden Sie auch auf der Beerdigung sein?«, fragte er dann.

»Ja«, sagte John und faltete die Zeitung zusammen. »Ich werde da sein.«

Ohne ein weiteres Wort zu sagen, stand er auf und ging.

»Hey, wie kann ich mit Ihnen wieder in Kontakt treten?«, rief ihm Featherstone hinterher.

Aber John antwortete nicht und verschwand hinter der nächsten Ecke.

Bedford kommt also zur Beerdigung, dachte er, während er den Park verließ und auf sein Motorrad stieg. Er wollte keine Zeit verlieren und fuhr direkt zum Putney Vale Cemetery. Auf der Fahrt überlegte er, wie er am besten vorgehen sollte. Seine Recherchen im Internetcafé hatten nicht viel ergeben. Er hatte weder Bedfords Aufenthaltsort herausgefunden noch sonst einen Artikel oder ein Foto von ihm entdeckt.

Wahrscheinlich hatten sie ihn an den Arsch der Welt versetzt, an irgendeinen Außenstützpunkt in Schottland oder Cornwall, wo er sich den ganzen Tag die Eier schaukeln konnte. Aber dank Featherstone wusste John jetzt, wie Bedford aussah.

Die Beerdigung war die Gelegenheit. Es war an der Zeit, die Desert Eagle mal wieder herauszuputzen.

Er betrat den Friedhof durch ein großes schmiedeeisernes Tor. Von einem Grab nahm er sich ein kleines Blumengesteck und ging mit versteinerter Miene den Weg entlang. Sobald ihm ein anderer Friedhofsbesucher entgegenkam, senkte John den Kopf. Unauffälliger konnte man sich an einem solchen Ort nicht bewegen.

Er musste den halben Friedhof ablaufen, bis er zu dem Feld kam, auf dem zurzeit beerdigt wurde. Ein kleiner Bagger schaufelte gerade eine Grube aus.

John stellte sich vor ein fremdes Grab in der Nähe und legte das Gesteck nieder. Er faltete die Hände und tat so, als würde er im Gebet versinken, während er aus dem Augenwinkel den Friedhofswärter beobachtete, der dem Baggerfahrer genaue Anweisungen gab.

»Wir haben diese Woche noch fünf. Du musst noch vier weitere ausheben.«

Der Baggerfahrer hielt seinen Daumen hoch, um ihm zu signalisieren, dass er verstanden hatte.

Plötzlich tauchte eine alte Frau am Nachbargrab auf und sah John erstaunt an. »Kannten Sie Nancy?«, fragte sie.

John war von der Frage überrascht. Er brauchte einen Moment, um sich zu orientieren. Schnell überflog er die Inschrift auf dem Grabstein: Nancy Foster, *1934 †2005.

Großmutter würde gehen. Aber wenn sie keine Kinder gehabt hatte? Und die Alte eine Freundin von ihr war?

»Sie war meine Lieblingstante«, sagte er dann.

»Oh.« Die Alte nickte und kniete sich dann auf den Boden, um Unkraut zu zupfen.

»Ist das hier eigentlich die einzige Ecke auf dem Friedhof, in der noch beerdigt wird?«, fragte John.

»Ja. Nur noch hier. Fürchterlicher Lärm, nicht wahr? Ich hätte meinen Mann auch lieber neben Howard Carter begraben, aber da kommt ja keiner mehr hin.«

»Howard ...?«

»Der Entdecker von Tutanchamun. Man sagt, der Friedhof sei verflucht, weil er hier liegt. Was natürlich Quatsch ist. Aber die Friedhofsmauer ist auf der Höhe seiner Grabstelle eingebrochen, das reicht den meisten als Indiz für einen Fluch.« Die alte Frau kicherte. Dann wurde sie wieder ernst. »Ich wusste gar nicht, dass Nancy Familie hatte.«

»Ich bin zum ersten Mal hier. Hab die letzten zwanzig Jahre in Down Under gelebt.«

»Ah. Schön. Sydney?«

John nickte nur und verabschiedete sich dann. Er wollte nicht zu viel mit der Frau sprechen.

Er schlenderte an den frisch ausgehobenen Gräbern vorbei und sah sich genau um. Er musste einen guten Platz finden, von dem aus er sich auf die Lauer legen konnte. Am besten außerhalb der Friedhofsmauern, damit er sich schnell zurückziehen konnte.

Er war eine ganze Weile gegangen, als er das Grab von Howard Carter entdeckte. Es stach heraus, weniger wegen seines schlichten Grabsteins als der zahlreichen ägyptisch anmutenden Souvenirs, die Touristen oder andere Besucher auf dem Grab abgelegt hatten. Und wegen des kleinen Wäldchens, das hinter dem Grab bis an die Friedhofsmauer grenzte, die an dieser Stelle tatsächlich etwas eingestürzt war.

Das könnte eine Möglichkeit sein, dachte er zufrieden und verließ den Friedhof.

18

Bob telefonierte schon fast eine halbe Stunde. Rachel war nicht entgangen, dass er offensichtlich mit Agent Billings sprach. Oder vielmehr ihm zuhörte. Denn häufig zu Wort kam Bob nicht.

»Es ist wichtig, dass wir die gesamte …«

Wieder konnte er nicht zu Ende sprechen.

»Okay. Danke für …« Bob sah sie erstaunt an und legte dann den Hörer auf. »Der wirft mich einfach so aus der Leitung! Was glaubt der eigentlich, wer er ist?«

»Ein Arschloch«, sagte Rachel. »Aber leider ein wichtiges. Haben sie die Akte gesichtet?«

»Ja. Er hat mir eine kurze Zusammenfassung durchgegeben. Die gesamte Akte können sie uns noch nicht schicken, sie müssen erst ein paar Punkte abklären, sagte er.«

»Verstehe. Woran hat Sir Ian 1983 gearbeitet?«

»Alles scheint sich damals um die Affäre Nida Baran gedreht zu haben.«

»Was ist damals genau passiert?«

»Nida Baran war die jüngste Tochter einer afghanischen Adelsfamilie. Insgesamt gab es zwei Töchter. Ihr Vater war Diplomat und hatte Verbindungen ins Ausland. Die Familie lebte im Botschafterviertel, wo natürlich zahlreiche Ausländer wohnten. Die älteste Tochter Samia heiratete sogar einen Briten und pendelte zwischen London und Kabul, während Nida wohl viele Affären nachgesagt wurden.«

»Und das in einer Zeit, in der die extrem konservativen Mudschahedin an die Macht kamen.«

»Ja. Ob die hinter dem steckten, was dann passierte, konnte oder wollte Billings mir aber nicht sagen. Die politische Situation war damals ganz schön verfahren. Einerseits wurde Afghanistan von den Russen bedroht und man konnte jede Hilfe brauchen, andererseits – mussten es ausgerechnet die islamischen Hardliner sein, die man mit Waffen und Knowhow unterstützte? Jedenfalls geriet die gesamte Familie Baran unter Spionageverdacht. Nida konnten Affären mit britischen MI6-Agenten nachgewiesen werden, worauf sie hingerichtet wurde. Das arme Ding hat man gesteinigt.«

»Mein Gott!«

»Aber auch der Rest der Familie wurde umgebracht. Alle Barans wurden ausgelöscht.«

»Lass mich raten: Die MI6-Agenten unterstanden Sir Ian?«

»Ganz genau.«

»Cedric Montgomery war damals einer von Nidas Liebhabern. Was ist mit den anderen? Frank Waldmann, Catherine Bailey, und wie hieß der andere noch?«

»Steve Turpin. Billings konnte mir nicht sagen, ob die drei etwas mit der Baran-Affäre zu tun hatten. Sie prüfen noch, inwiefern sie die Informationen an uns rausgeben können.«

»Wir müssen mehr über diese Barans herausfinden. Ich habe das Gefühl, dass mehr dahintersteckt als eine in den Kriegswirren ermordete Familie.«

»Ja, das denke ich auch. Aber ich habe keine Ahnung, wie du da an Informationen kommen willst. Seit damals ist Afghanistan mehr oder weniger in Schutt und Asche gelegt worden. Unterlagen in irgendeiner Behörde wird es kaum geben.«

»Vermutlich nicht. Aber vielleicht gibt es noch andere

Angehörige, Onkel oder Tanten. So eine afghanische Adelsfamilie dürfte doch ein paar mehr Mitglieder gehabt haben.«

»Gut. Kannst du dich darum kümmern? Ich bespreche jetzt mit den anderen, wie wir morgen auf der Beerdigung von Sir Ian vorgehen.«

Bob verließ das Büro, und Rachel überlegte, wo sie am besten mit ihrer Recherche anfangen sollte. Über den Fall selbst gab es nur Akten beim MI6. Die würde sie erst mal nicht einsehen können. Sie klickte sich ins Internet und gab »Nida Baran« in eine Suchmaschine ein. Schnell wurde ihr klar, dass der Name nicht unüblich war. Es gab haufenweise Treffer. Die Nida Baran, die sie suchte, schien nicht unter den Ergebnissen zu sein.

Also gab sie »afghanisches Adelsgeschlecht Baran« ein. Sie fand eine kurze Abhandlung über die Familie, die am Ende des 18. Jahrhunderts erstmals erwähnt wurde und durch den Handel mit Gewürzen zu Ansehen und Wohlstand gekommen war. Sie klickte sich durch die diversen Links und kam auf immer mehr Mitglieder der weitverzweigten Familie, die heute überwiegend in Pakistan und Indien lebten. Einer von ihnen war ein erfolgreicher Geschäftsmann, Besitzer mehrerer Callcenter, die überwiegend für den britischen Markt tätig waren. Rachel hatte selbst schon unzählige Male mit solchen Callcentern zu tun gehabt, die in regelmäßigen Abständen bei ihr anriefen und mit schwer verständlichem Akzent versuchten, ihr etwas zu verkaufen.

Sie schaute auf die Uhr. In Indien musste es jetzt fünf Uhr am Nachmittag sein. Vielleicht sollte sie diesen Tenzin Baran einfach mal anrufen? Sie suchte auf der Homepage seines Unternehmens nach einer Telefonnummer, und da sie nicht wusste, wie sie sonst an Informationen über die Familie Baran kommen sollte, rief sie kurzerhand in Bombay an.

Es dauerte endlose Minuten, bis sie schließlich mit Tenzin Baran verbunden wurde. Sie erklärte ihm kurz, wer sie war und warum sie an Informationen über die Familie interessiert war.

»Nida und Samia waren meine Cousinen«, sagte Baran.

Rachel konnte ihn nur schwer verstehen, die Leitung war nicht die beste und sein Akzent außerordentlich stark.

»Sie sind hinterhältig ermordet worden, das war uns damals allen klar.«

»Wer hat sie ermordet, und warum?«

»Das weiß ich nicht. Sie sind irgendwie zwischen die Fronten geraten und dabei qualvoll umgekommen. Meinen Onkel Soul und Tante Adnan haben sie wenigstens erschossen. Aber Nida wurde zuerst ausgepeitscht und dann gesteinigt, und Samia so lange gefoltert, bis sie starb ...« Die Stimme des Mannes schien zu stocken.

»Was hat man ihnen vorgeworfen?«

»Ach, alles Mögliche. Von unmoralischem Verhalten bis hin zu Hochverrat reichten die Anschuldigungen. Es war eine schlimme Zeit damals. Ich bin mit meiner Familie daraufhin nach Bombay gezogen. Keine zehn Pferde kriegen mich jemals wieder nach Kabul.«

»Ist Ihnen etwas darüber bekannt, dass Nida Baran angeblich für den Geheimdienst tätig war?« Bewusst verschwieg Rachel, für welchen.

»Ach, das war doch nur ein Vorwand. Nida doch nicht! Die war doch viel zu jung. Wenn überhaupt, dann hatte Samia etwas damit zu schaffen. Die hatte doch auch einen Engländer geheiratet, fuhr ständig zwischen London und Kabul hin und her. Sie hatte immer mit irgendwelchen Diplomaten zu tun. Aber Nida? Das war einfach eine lebenslustige junge Frau, die sich in die falschen Kerle verliebt hat und dafür mit ihrem Leben bezahlen musste.«

»Können Sie mir sagen, wen Ihre Cousine Samia damals geheiratet hat? Wissen Sie noch, wie der Mann hieß?«

»Ja, natürlich. Peter Caine war sein Name. Samia hatte seinen Namen angenommen.«

»Was ist aus Peter Caine geworden?«

»Angeblich hat er sich nach Samias Tod das Leben genommen. Aber wenn Sie mich fragen, haben die Schergen aus Kabul das auch übernommen. Peter hätte seinen Jungen doch niemals alleingelassen.«

Rachel merkte auf. »Die beiden hatten einen Sohn?«

»Ja. Amir war noch sehr klein, als man seine Familie auslöschte. Eine furchtbare Geschichte.«

»Was ist aus dem Kind geworden?«

»Die Engländer haben ihn da rausgeholt. Er war ja englischer Staatsbürger. Wahrscheinlich lebt er immer noch irgendwo in England. Ich habe nie wieder etwas von ihm gehört.«

Nachdenklich beendete sie das Gespräch. Eine ganze Familie wurde getötet, und nur ein kleines Kind überlebte. Heute musste aus dem kleinen Jungen ein erwachsener Mann geworden sein. Rachel dachte an das schwarze Haar, das die Spurensicherung im Haus von Sir Ian gefunden hatte.

»Vielleicht gehört es ja dir, Amir Caine«, murmelte sie leise.

Es war schon nach zehn, als Carole Spitman ins Büro zurückkam. Noah übernachtete heute bei Mike, und Rachel wollte die Zeit nutzen, um möglichst viel über die Familie Baran herauszufinden.

Sie hatte sich durch verschiedene Zeitungsarchive gearbeitet, mit denen Scotland Yard vernetzt war. Die Informationen waren spärlich. Die Ermordung der Familie Baran war den westlichen Zeitungen eher eine Randnotiz wert gewesen. Dass überhaupt darüber berichtet wurde, lag vermutlich nur daran, dass Peter Caine britischer Staatsbürger gewesen war. Einzig und allein die *Times* widmete dem Massaker einen etwas ausführlicheren Artikel:

Wohin steuert Afghanistan? Das Land am Hindukusch wird immer mehr zum Spielball des Kalten Krieges. Die Bevölkerung leidet unter den Angriffen der Sowjets, ganze Familien werden ausradiert, während die diplomatischen Verhandlungen ins Nichts laufen. Was heute Gültigkeit hat, kann morgen schon ein Todesurteil sein.

Diese furchtbare Erfahrung musste nun die Familie Baran machen. Der afghanische Diplomat Soul Baran, seine Frau und seine beiden erwachsenen Töchter wurden ohne Verfahren in Kabul hingerichtet, weil sie sich angeblich des Landesverrats schuldig gemacht haben. Nach Recherchen der *Times* wurde die Familie anonym denunziert und hatte keine Möglichkeit, die Vorwürfe zu widerlegen. Der britische Schwiegersohn des Diplomaten Baran, Peter Caine, gilt seitdem als verschollen, genau wie sein dreijähriger Sohn. Angeblich befindet sich dieser in der Obhut des MI6, während seinen verschollenen Vater vermutlich ein ähnliches Schicksal ereilte wie den Rest der Familie.

Welche Rolle spielen die Geheimdienste in diesem Drama? Nach Informationen der *Times* wusste der MI6 von der Verhaftung der Familie durch den afghanischen Geheimdienst und ließ nichts unversucht, um den britischen Mitbürger und seine Angehörigen zu retten. Premierministerin Thatcher betonte, dass Ian MacKenzie, der Leiter der Abteilung Nahost des MI6, ihr volles Vertrauen genieße. MacKenzie äußerte sich gestern auf einer Pressekonferenz und zeigte sich schockiert über das ungeklärte Schicksal der beiden britischen Staatsbürger. Zum Tode der Familie Baran gab er keine Erklärung ab. In Bezug auf innere Angelegenheiten eines anderen souveränen Staates könne er sich nicht äußern, so MacKenzie.

Roger Miller war der Name des Redakteurs, der unter dem Artikel stand. Er war bis in die Neunziger einer der führenden Nahost-Experten der *Times* gewesen, sie kannte seinen Namen aus der Presse. Rachel fragte sich, ob er wohl noch für die Zeitung arbeitete, und beschloss, ihn am nächsten Morgen anzurufen. Vielleicht erinnerte er sich noch an den Fall und konnte ihr mehr sagen, als in diesem Artikel stand.

Nachdenklich loggte sich Rachel aus dem Archiv und sah Carole fragend an. »So spät noch hier?«

»Du auch, Rachel. Darf ich?« Carole wies auf Bobs Schreibtischstuhl.

»Na klar, setz dich. Gibt es was Neues?«

»Ich habe mich durch die Obduktionsberichte von Cedric Montgomery und Frank Waldmann gearbeitet«, sagte sie und ließ sich müde auf den Stuhl fallen.

»Montgomery wurde erschossen, und Waldmann ist erschlagen worden, oder?«

»Genau. Die Stelle an Montgomerys Schädel, an der die Kugel eintrat, befindet sich oberhalb des linken Ohres. Die Austrittswunde liegt an der äußeren rechten Schläfe.«

»Und?«

»Wenn wir davon ausgehen, dass der Mörder hinter Cedric Montgomery im Taxi saß, also auf der Rückbank, was sehr wahrscheinlich ist, da er ihn mit dem Schuss ansonsten nicht überrascht hätte, muss er mit der linken Hand die Waffe abgefeuert haben.«

Jetzt war Rachel schlagartig wieder hellwach.

»Ähnlich sieht es bei Frank Waldmann aus«, fuhr Carole fort. »Durch die Vielzahl der Hiebe mit dem Baseballschläger ist es hier natürlich viel schwieriger, die Schlagrichtung zuzuordnen. Aber anhand der Blutspritzer, die hinter der Leiche an der Wand gefunden wurden, wird auch hier mit großer Wahrscheinlichkeit von einem Linkshänder ausgegangen.«

Carole lehnte sich seufzend zurück und rieb sich die Augen.

Rachel sagte: »Alle unsere Morde sind also von einem Linkshänder begangen worden ... Ist dir klar, was das bedeuten könnte?«

Carole nickte. »Ja. Wir haben es mit einem verfluchten Serienkiller zu tun.«

19

Die Redaktionsräume der *Times* lagen auf dem Weg zum Putney Vale Cemetery. In zwei Stunden fing die Beerdigung an. Roger Miller, der Reporter des dreißig Jahre alten Artikels, arbeitete tatsächlich immer noch für die Zeitung. Inzwischen war er Ressortleiter und schrieb immer weniger Beiträge selbst.

Die morgendliche Redaktionskonferenz war gerade zu Ende, als Rachel den dunkel getäfelten Flur betrat. Hier, im achten Stock des Gebäudes, waren die Büros der Chefetage untergebracht. Roger Millers Büro lag ganz am Ende des Gangs.

»Rachel Hyatt von Scotland Yard«, stellte sie sich vor, als seine Assistentin sie in Millers Büro führte.

Er sah ganz anders aus, als sie sich einen Redakteur von der *Times* vorgestellt hatte. Irgendwie hatte sie immer das Bild von Robert Redford aus dem Watergate-Film *Die Unbestechlichen* vor Augen, wenn sie an einen Reporter dachte, doch davon war Roger Miller Meilen entfernt. Er war bestimmt schon sechzig, wenn nicht älter, hatte kaum noch Haare auf dem Kopf, dafür aber mindestens zwanzig Kilo zu viel auf den Rippen. Das ganze Büro roch nach abgestandenem Rauch und altem Schweiß.

»Detective Hyatt! Hervorragend, setzen Sie sich.«

Er hustete, und es war deutlich zu hören, wie sehr seine Lungen unter dem dauerhaften Nikotineinfluss zu leiden hatten.

»Sie haben meiner Assistentin gesagt, es ginge um irgendeinen alten Artikel von mir? Um was denn genau?«

Er blickte auf seine Armbanduhr und vermittelte nicht den Eindruck, als wenn er viel Zeit hätte.

In kurzen Worten brachte Rachel ihr Anliegen vor und legte ihm eine Kopie des Artikels auf den Tisch. »Ich hatte gehofft, dass Sie mir vielleicht noch mehr dazu sagen können, als in dem Artikel steht. Erinnern Sie sich noch an den Fall?«

Nachdenklich sah sich Miller den Bericht an und nickte dann langsam. »Ja. Ich erinnere mich. Das war eine riesengroße Schweinerei damals. Wenn Sie mich fragen, war das eine viel größere Story als das, was die Chefredaktion daraus gemacht hat. Ich hätte richtig auspacken und auf den Tisch hauen können. Aber das war damals nicht gewollt. Das politische Klima ließ es einfach nicht zu.«

»Heißt das, hinter der Ermordung der Familie Baran steckte mehr als hinter den vielen anderen Schreckenstaten, die damals verübt wurden?«

»Ja, ganz genau das heißt es. Mit den damals fast alltäglichen Gräueltaten hatte das nichts zu tun. Nida Baran wurde gezielt als leichtes Mädchen diffamiert. Sogar Hotelquittungen wurden gefälscht, um sie als Flittchen darzustellen.«

»Warum?«

»Das ist doch sonnenklar. Politische Morde sind bei uns verschrien und werden streng verurteilt. Wenn aber jemand aus moralischen Gründen von radikalen Moslems ermordet wird, schütteln im Westen alle mit dem Kopf und finden das ganz furchtbar – aber mehr passiert nicht. Dafür werden jeden Tag zu viele Ehebrecherinnen gesteinigt, als dass man sich über das einzelne Schicksal aufregen würde. Nida Baran war eine traumhaft schöne junge Frau mit zahlreichen Verehrern. Es war leicht, ihr ein solches Image zu verpassen. Wenn ich mich richtig an die ganze Sache erinnere, hatte sie nachweislich nur mit einem einzigen Mitarbeiter vom MI6 eine kleine Affäre. Warten Sie, wie hieß der noch gleich …«

»Cedric Montgomery?«

»Nein … Ich weiß es nicht mehr. Alles andere wurde ihr jedenfalls nur angedichtet.«

»Was war mit ihrer Schwester und ihrem Schwager?«

»Genau das stellte den Knackpunkt meiner Recherche dar. Nida war meiner Meinung nach nur ein Bauernopfer, ihr angeblich moralisch begründeter Tod sollte von etwas ganz anderem ablenken. Nämlich von Peter und Samia Caine. Wenn Sie mich fragen, waren die beiden das eigentliche Ziel dieser Schmutzkampagne – wenn man diese niederträchtigen Morde überhaupt so bezeichnen darf.«

Miller zündete sich eine Zigarette an und nahm einen tiefen Zug, woraufhin er sofort zu husten anfing.

»Sie meinen, jemand wollte die Caines gezielt auslöschen?«

»Schwer zu sagen … Aber es deutete alles darauf hin, dass sie irgendwie zwischen die Fronten geraten waren. Zwischen britische, amerikanische, russische und natürlich auch pakistanische und afghanische Interessen. Einfach komplett zur falschen Zeit am falschen Ort.«

»Was haben die Caines in Afghanistan gemacht?«

Miller hustete noch ein paarmal, bevor er Rachel antworten konnte.

»Kann ich Ihnen nicht genau sagen«, ächzte er. »Ich weiß, dass Samia als Dolmetscherin für den MI6 tätig und Peter Caine irgendwie für die Beziehungen zu den Afghanen zuständig war. Aber das ließ sich alles nicht genau recherchieren. Ich weiß nicht, ob Sie schon mal was mit dem MI6 zu tun hatten. Sie können leichter etwas über das Liebesleben des Papstes herausfinden, als etwas vom MI6 zu erfahren.«

Rachel nickte. Das kannte sie nur zu gut.

Wieder sah Roger Miller auf die Uhr. »Kann ich noch was für Sie tun? Ich habe gleich noch einen Termin.«

»Ja. Können Sie mir sagen, was aus Amir Caine, dem Sohn der Caines, geworden ist?«

»Der kleine Amir.« Miller nickte langsam. »Ja, das war auch so eine Sache …«

20

Die Mulde hinter der Brombeerhecke hatte die ideale Größe und wurde vom Blattwerk fast vollständig verdeckt. Sie würde sich nur kurzfristig als Versteck eignen, keinesfalls würde er hier warten können, bis der Spuk vorbei war. Das wäre viel zu riskant. Aber seine langjährige Erfahrung hatte ihn gelehrt, dass es stets von Vorteil war, einen Unterschlupf in petto zu haben, in den man notfalls abtauchen konnte. Das Versteck war gut. Von dort aus konnte man einen möglichen Verfolger besser auslöschen als von der geplanten Schussposition. Wobei er auch mit dieser sehr zufrieden war.

In dem dichten Wald war es relativ dunkel. Der Novemberhimmel war sowieso recht trist, und durch die hohen Nadelbäume drang nur wenig Licht.

John achtete darauf, dass er keine Spuren auf dem Waldboden hinterließ. Vorsichtig kletterte er die wackelige Leiter zum Hochsitz hinauf. Er lag am Rand des Waldes, verdeckt zwischen den Bäumen, aber mit freier Sicht auf den Friedhof.

Typisch Jäger, dachte er. Zu faul, um tief in den Wald zu laufen.

Aus diesem Grund waren die meisten Hochsitze relativ gut zu erreichen. Aber ihm sollte es nur recht sein, dass dieser hier so zugänglich war. Um zu ihm zu gelangen, musste man entweder über die Mauer des Friedhofs klettern oder sie umlaufen und dann von außen an der Mauer entlang einen Trampelpfad am Waldrand nehmen. Letzteres war der naheliegende Weg, da die Mauer recht hoch war und es nicht einfach schien, sie zu überwinden. Auch er hatte den Trampelpfad genommen, wusste aber jetzt schon, dass er für seinen Rückzug einen anderen Weg wählen würde. Er kannte ja schließlich die Stelle, an der die Mauer eingestürzt war – verborgen hinter dem dichten Gebüsch.

Selbst ohne sein Fernglas hatte John von dem Hochsitz aus eine sehr gute Sicht. Immer mehr schwarz gekleidete Anzugtypen kamen auf den Friedhof. Oh Mann! Glaubten die Bullen wirklich, sie wären auch nur ansatzweise unauffällig?

Er beobachtete sie durch sein Fernglas, und er hatte den Eindruck, dass sie alle denselben billigen Anzug trugen. Wie in einem schlechten Agentenfilm griffen sich einige von ihnen immer wieder ans Ohr und bewegten dabei ihre Lippen. John musste lachen. Er war ihnen wirklich meilenweit voraus.

Er überprüfte seine Waffe und zielte genau auf die ausgehobene Grube, die er vom Hochsitz aus bestens im Visier hatte. Nach der Sache würden die Bullen wissen, dass sie es mit einem Scharfschützen zu tun hatten. Das war nicht gut, es war eine Spur, die er lieber nicht hinterlassen würde. Aber er hatte in diesem Fall keine andere Wahl. Außerdem war er seinem Ziel schon so nah, dass er darauf keine Rücksicht mehr nehmen musste. Jahrelang war er nicht mehr als ein Phantom gewesen, keiner hatte auch nur eine Ahnung von seiner Existenz gehabt. Das hatte sich nun geändert. Langsam kamen seine Verfolger näher. Umso wichtiger, das Werk schnell zu vollenden.

Die Glocken begannen zu läuten. Sein Zeichen, dass es gleich losging.

John sah erneut durch das Fernglas. Er erkannte Hyatt und ihren glatzköpfigen Kollegen, und endlich kam auch der Trauerzug auf dem Friedhof an. Er wurde ganz ruhig, konzentrierte sich und entsicherte die Waffe.

21

Jason Paul ging direkt hinter dem Sarg. Rachel und Bob hatten sich unter die anderen Trauergäste gemischt. Sie schätzte, dass bestimmt hundert Personen auf dem Friedhof waren. Bob hatte seine Leute angewiesen, von jedem Trauergast möglichst diskret und unauffällig ein Foto zu schießen. Es wäre nicht das erste Mal, dass ein Mörder an der Beerdigung seines Opfers teilnahm.

Von der Kapelle bis zum Friedhof waren es nur wenige Meter. Der Trauerzug wurde von einer Blaskapelle angeführt, die Chopins Trauermarsch spielte. Dahinter gingen der Pfarrer und die Messdiener, gefolgt von den Sargträgern, die den mit Blumen geschmückten Sarg von Sir Ian trugen.

Durch den angrenzenden Wald wurde der Friedhof in eine besonders friedliche Stimmung getaucht, wie Rachel fand. Sie hörte die Vögel zwitschern und dachte, wie schön es doch war, dass eine riesige Stadt wie London diese grünen Oasen der Ruhe hatte. Der Friedhof war der ideale Platz, um der Hektik der Metropole zu entfliehen und in Ruhe um seine Angehörigen zu trauern.

Rachel sah in die Gesichter der Trauernden. Ernst, aber gefasst, so würde sie die Mienen der meisten beschreiben.

Sie ließen das schmiedeeiserne Friedhofstor hinter sich, und Rachel dachte darüber nach, was ihr der Journalist über die Barans erzählt hatte. Einige Zeit nach der Ermordung der Familie hatte er den Verbleib des kleinen Jungen recherchieren wollen. Miller beabsichtigte damals, eine Reportage über Waisenkinder zu schreiben, die aus Afghanistan nach England gebracht worden waren. Das Schicksal des kleinen Amir sollte der Aufhänger sein. Er recherchierte in allen Waisenhäusern Großbritanniens. Einen Amir Baran konnte er genauso wenig finden wie einen Amir Caine. Danach checkte er alle Waisenkinder mit dem Nachnamen Caine und Baran. Barans gab es 1983 keine, der Nachname Caine war in ganz England insgesamt sechsmal in solchen Einrichtungen verzeichnet worden. Darunter waren zwei Jungen. Ein zwei Wochen alter Säugling namens Christopher Caine und ein dreijähriger Junge, der als John Caine gemeldet war.

War aus Amir Caine John Caine geworden? Roger Miller war sich sicher, dass es so war. Er war davon überzeugt, dass John der Zweitname des Jungen war, den er von seinem britischen Vater erhalten hatte und den das Waisenheim dann als Rufnamen einsetzte. Die Vermittlung von Kindern mit ausländischen Namen war nämlich deutlich schwieriger. Alles, was englisch klang, bekam schneller eine neue Familie.

Im Alter von fünf Jahren war John an eine Pflegefamilie vermittelt worden, dort hatte Millers Recherche geendet. Der Artikel war auf Anweisung der Chefredaktion nie gedruckt worden. Für Miller ein weiteres Indiz, dass die ganze Sache um die Barans gewaltig stank.

Rachel hatte sich fest vorgenommen, nach der Beerdigung die Pflegefamilie des Jungen ausfindig zu machen. Vielleicht wussten die, ob John Caine tatsächlich Amir war und wo er sich zurzeit aufhielt.

Der Trauerzug blieb vor dem ausgehobenen Grab stehen. Die Musik verstummte, und der Priester wandte sich an die Anwesenden. Er würdigte das Leben von Sir Ian und sprach von einem sinnlosen Akt der Gewalt.

Rachel und Bob beobachteten die Trauergemeinde jetzt noch eingehender. Wenn der Täter wirklich auf dem Friedhof war, wäre jetzt der Moment, in dem seine Mimik ihn verraten könnte.

»Asche zu Asche, Staub zu Staub.«

Der Sarg wurde herabgelassen. Der Pfarrer warf etwas Erde in das Grab und ließ dann Jason Paul herantreten. Der ließ eine Rose auf den Sarg seines Onkels fallen und trat einen Schritt zur Seite. Ein Trauergast nach dem anderen kam nun an das Grab und warf entweder eine Blume oder etwas Erde hinein.

»Featherstone«, flüsterte Rachel Bob zu, als sie den Reporter entdeckte.

Dass der Kerl sogar vor einer Beerdigung nicht haltmachte, passte zu ihm. Er hielt sich dicht neben einem Mann auf, den Rachel nicht kannte, und flüsterte ihm immer wieder etwas zu. Der Unbekannte, der in der Nähe des Sargs stand und als einer der Nächsten dran war, ein Schippchen Erde in die Grube zu werfen, schien von Featherstone genervt. Zumindest deuteten sein Gesichtsausdruck und seine Gestik darauf hin, dass er den Reporter um etwas mehr Ruhe und Diskretion bat.

Dann ging alles sehr schnell. Als der Pfarrer sich zur Seite drehte, hörte Rachel einen lauten Knall. Im selben Moment sackte der Geistliche in sich zusammen. Er fiel auf Featherstone und riss ihn mit zu Boden. Überall war Blut zu sehen, und der Reporter schrie wie am Spieß, während sich der Priester nicht mehr rührte.

Bob reagierte innerhalb von Sekunden. Als Rachel den Notarztwagen rief, wies er seine Kollegen an, sofort den Friedhof abzuriegeln. Keiner durfte das Gelände verlassen.

Chris Featherstone lag immer noch schreiend auf dem Boden und versuchte, den blutüberströmten Priester von sich zu schieben, was ihm aber nicht gelang. Ganz offensichtlich war er ebenfalls getroffen worden. War er an der Schulter verletzt? Es sah ganz so aus.

Endlich hoben zwei Männer den leblosen Priester von Featherstone, der sich nun etwas beruhigte. Eine Frau musste sich beim Anblick des offensichtlich verstorbenen Seelenhirten übergeben, eine andere saß von Weinkrämpfen geschüttelt auf einer Grabplatte. Und tatsächlich, der Geistliche sah furchtbar aus. Sein Hals war aufgerissen, und das herausspritzende Blut hatte seine Brust innerhalb von Sekunden rot besudelt. Sein Mund stand offen, wie zu einem letzten Schrei verzerrt, und die Augen starrten kalt und tot in den Himmel.

Bleib cool, mahnte sich Rachel und versuchte, die Situation so nüchtern wie nur möglich zu erfassen. Für sie sah es so aus, als habe die Kugel den Mann im Genick getroffen und war dann vorn am Hals wieder ausgetreten, um anschließend Featherstones Schulter zu treffen. Rachel sah sich suchend um und versuchte, die Richtung auszumachen, aus der geschossen worden war. Schnell wurde ihr klar, dass der Täter nicht auf dem Friedhof sein konnte. In der Ferne war das Martinshorn des Krankenwagens zu hören.

»Der Wald. Er muss im Wald sein!«

Bob nickte zustimmend und rannte los. Nach vielleicht hundertfünfzig Metern hatte er die hohe Friedhofsmauer erreicht. Er brauchte einen Moment, bis er sie überwunden hatte, dann lief er in den Wald.

Rachel hatte ebenfalls einige Mühe, über die Mauer zu klettern, schaffte es aber und folgte Bob mit gezogener Waffe. Die Richtung stimmte, aber der Täter konnte hier unmöglich im dichten Unterholz gelauert haben. Zu viele Büsche hätten ihm die Sicht versperrt. Außerdem waren sie jetzt schon eine ganze Weile gelaufen, wie sollte der Schütze aus dieser Entfernung schießen können?

Denk nach, denk nach, ermahnte sie sich. Er kann nur auf einen Baum geklettert sein oder auf einen …

»Bob!«, rief sie. »Ein Hochsitz! Guck nach einem Hochsitz!«

Wenig später standen sie vor der wackeligen Holzkonstruktion.

Bob entsicherte seine Waffe und zielte nach oben. »Hallo? Ist da jemand?«

Keine Antwort.

Er kletterte die Leiter hinauf, während Rachel den Hochsitz nicht aus den Augen ließ und die Waffe genau auf das Ende der Leiter hielt. Sollte irgendjemand versuchen, von da oben auf sie zu schießen, würde sie schneller sein.

Schließlich war Bob oben. »Nichts«, sagte er. »Hier ist niemand.«

In dem Moment drehte sich Rachel erschrocken um. Was war das? Sie hatte das Gefühl, als hätte sie den Atem eines anderen in ihrem Nacken gespürt. Mit hektischem Blick suchte sie das dichte Unterholz hinter sich ab. Eine Brombeerhecke, viele Brennnesseln – nichts Verdächtiges. Hatte sie sich getäuscht? Wahrscheinlich war es ein Windzug gewesen. Oder hörte sie da doch jemanden atmen?

Erschrocken schrie sie auf, als eine Krähe neben ihr aus der Brombeerhecke flatterte.

»Alles okay?«, fragte Bob, der inzwischen von dem Hochsitz geklettert war und wieder neben ihr stand.

»Ja, alles in Ordnung. Ich dachte, ich hätte etwas …«

Gott, jetzt habe ich mich schon wieder von einem Tier durcheinanderbringen lassen! Was stimmt nicht mit mir?!

»Wir suchen jeden Zentimeter von diesem Scheißwald ab. Wenn der Typ noch hier ist, dann finden wir ihn.«

Ein Hubschrauber war zu hören.

»Komm, wir sollten die anderen einweisen.« Bob zückte sein Handy und marschierte mit festem Schritt zurück zum Friedhof. »Den ganzen Wald dichtmachen lassen«, hörte Rachel ihn sagen und folgte ihm langsam.

Werd bloß nicht paranoid, dachte sie und versuchte, sich zu beruhigen. Aber das Gefühl, dass sie jemand beobachtete, ließ sie nicht los.

22

Der Hubschrauber ist das geringste Problem, dachte er, als er Rachel Hyatt und ihrem glatzköpfigen Kollegen nachschaute.

Vorsichtig kletterte er aus seinem Versteck, das unter der Brombeerhecke verborgen lag. Gut, dass er es gehabt hatte. Er hatte nicht erwartet, dass die Bullen so schnell hier waren. Sie hatten die Schussrichtung eher ausgemacht, als er es vermutet hatte, und auch die Mauer schien nicht das erwartete Hindernis gewesen zu sein.

Egal, er war vorbereitet gewesen. Nur darauf kam es an. Jetzt musste es weitergehen.

John streifte die dunkle Schutzkleidung ab, die er für weniger als fünf Pfund im Baumarkt erstanden hatte, und strich den schwarzen Anzug darunter glatt. Jetzt sah er aus wie ein normaler Trauergast. Er nahm die Gipsattrappe und streifte sie unter dem Ärmel des Sakkos über seinen rechten Arm, sodass die Narbe an seiner Hand verdeckt war. Dann legte er den Arm in eine Schlinge, versteckte die Schutzkleidung in der Mulde und ging eiligen Schrittes in die entgegengesetzte Richtung, die Hyatt und ihr Kollege genommen hatten. Jetzt galt es, keine Zeit mehr zu verlieren. Falls die Bullen noch eine Hundestaffel durch den Wald schicken würden, konnte es eng werden.

Keine fünf Minuten später stand er am Grab von Howard Carter, dem Entdecker von Tutanchamun. Auf dem Friedhof wimmelte es inzwischen von Polizisten, die aber fast alle Richtung Wald stürmten, über dem der Hubschrauber bereits seine Kreise zog. Der tote Pfaffe wurde gerade weggebracht, und den Schmierlappen vom *Mirror* schob man auf einer Liege in den Krankenwagen.

John setzte eine betroffene Miene auf, wartete, bis der Krankenwagen außer Sicht war, und ging dann langsam Richtung Ausgang. Nach wie vor war er davon überzeugt, dass es die richtige Entscheidung war, die Flucht nach vorn anzutreten. Niemand würde den Schützen am Tatort vermuten. Der Beweis, dass er mit seiner Einschätzung richtiglag, war, dass sie den Wald auseinandernahmen. Der Gips rundete seine Tarnung perfekt ab. Den Trick mit dem Handicap hatte er schon häufig angewandt, sowohl in Afghanistan als auch in England hatte er immer funktioniert. Sein Asthmaanfall im Taxi von Cedric Montgomery war oscarreif gewesen.

Vor dem schmiedeeisernen Tor hatte sich inzwischen eine richtige Schlange gebildet. Jeder Besucher, der den Friedhof verlassen wollte, musste seine Personalien angeben. Viele der schwarz gekleideten Leute waren noch immer fassungslos von dem, was sie hatten mit ansehen müssen, einige Frauen weinten, und die meisten der Männer waren kreidebleich im Gesicht.

Was für Memmen, dachte John und konzentrierte sich darauf, ebenfalls möglichst mitgenommen auszusehen.

»Haben Sie Ihren Pass oder Ihren Führerschein dabei? Irgendwas, womit Sie sich ausweisen können?«, fragte ein junger Bobby ihn in dem Moment.

»Leider nicht. Ich war froh, dass ich es ohne Hilfe in meinen schwarzen Anzug geschafft habe«, sagte John und hob erklärend den rechten Arm. »Ist das ein Problem?«

»Nein. Die meisten können sich nicht ausweisen. Wer nimmt schon seinen Pass mit auf eine Beerdigung?«

John nickte lächelnd.

»Ihr Name?«

»Albert Cook.«

Der Bobby schrieb etwas auf seinen Notizblock.

»Geburtsdatum und Anschrift?«

»24. Oktober 1978«, log John. »639 Harrow Road, Kensal Green, London.«

»Was haben Sie von den Vorfällen mitbekommen?«

»Fast gar nichts. Ich stand ziemlich weit hinten. Ich hörte einen Schuss und dann jede Menge Geschrei. Gesehen habe ich eigentlich gar nichts.«

»Alles klar. Können Sie mir noch eine Telefonnummer geben?«

John nannte ihm eine Fantasienummer und rieb sich dann mit schmerzverzerrter Miene über den Gips. »Brauchen Sie noch etwas?«

»Nein, Mr. Cook. Das war's schon. Verlassen Sie die nächsten drei Tage nicht die Stadt, es könnte sein, dass wir uns noch mal bei Ihnen melden. Ansonsten gute Besserung.«

»Danke.«

Der Bobby wandte sich an den Nächsten in der Schlange, und John verließ den Friedhof. Er stieg in einen Bus, ohne darauf zu achten, in welche Richtung er fuhr. Durch das Fenster beobachtete er das Treiben auf dem Friedhof.

Dann sah er Rachel Hyatt. Während alle anderen Polizisten hektisch und wie aufgescheuchte Hühner durch die Gegend liefen, stand sie ganz ruhig da, an ein Mausoleum gelehnt. Sie schien nachzudenken. Die Sonne fiel in ihr Gesicht, und der Wind wehte ihr eine dunkle Haarsträhne vor die Augen, die sie mit einer Hand zu bändigen versuchte.

Sie ist schön, dachte John, als der Bus um die Ecke fuhr.

23

Es war eine unglaubliche Aufregung. Alle Fernsehstationen berichteten von dem Mordanschlag, einige Nachrichten sprachen bereits davon, dass der Terror von 2005 nach London zurückgekommen sei.

Das Waldgebiet hinter dem Friedhof wurde penibel abgesucht. Eine Stunde nach dem Anschlag traf auch endlich die Hundestaffel ein, die sowohl beim Hochsitz als auch bei einer Mulde in der Nähe anschlug. Dort fanden die Ermittler einen billigen Schutzanzug unter einer Brombeerhecke, der direkt ins Labor geschickt wurde. Vielleicht hatten sie Glück, und die Experten konnten ein wenig DNA sicherstellen.

Von fast zweihundert Personen waren die Personalien aufgenommen worden, die jetzt überprüft werden mussten. Mal wieder ein Job für Charly Benson und Luc Maladry, die es inzwischen gewohnt waren, die unbeliebten Arbeiten abzubekommen.

Rachel saß in der letzten Reihe des Konferenzraumes und hörte Bobs Ausführungen über den aktuellen Stand der Ermittlungen zu. Ihr Gefühl hatte sie also doch nicht getäuscht, der Killer war höchstwahrscheinlich wirklich in ihrer Nähe gewesen, als sie mit Bob den Hochsitz abgesucht hatte.

»Ich möchte, dass das Leben dieses Geistlichen komplett durchleuchtet wird«, sagte Bob in dem Moment.

»Glaubst du wirklich, dass der Anschlag ihm galt?«, warf Carole Spitman ein. »Kann ich mir kaum vorstellen.«

»Ich mir auch nicht. Trotzdem müssen wir diese Möglichkeit in Erwägung ziehen. Kannst du mit seiner Haushälterin sprechen?«

»Ja. Aber ist es nicht viel wahrscheinlicher, dass Featherstone der Anschlag galt? Er hatte Insiderwissen über Rachel und Robert Boulton, das er hemmungslos veröffentlicht hat. Vielleicht wollte er den Mörder erpressen? Und wurde so selbst zum Opfer?«

»Das ist absolut möglich, Carole. Rachel und ich werden gleich ins Krankenhaus fahren und mit Featherstone sprechen. Snyder, schnapp dir bitte ein paar Leute und werte die Fotos aus, die vor dem Anschlag von den Trauergästen gemacht wurden.«

Snyder kratzte sich an seinem dicken Bauch und nickte.

»Jedes Foto muss einer Personalie zugeordnet und überprüft werden. Am besten setzt du dich mit Charly und Luc zusammen. Ich will wissen, wer außer Featherstone und dem Priester noch in der Schusslinie war. Vielleicht galt die Kugel ja auch jemand ganz anderem.«

»Wird gemacht.«

»Okay. An die Arbeit, Leute! Und denkt daran: Wir stehen jetzt noch mehr im Fokus der Öffentlichkeit. Die Presse wird jeden Schritt von uns beobachten, wir dürfen uns keinen Fehler erlauben. Wenn das ganze Land in Terrorangst versinkt, haben wir richtig die Kacke am Dampfen.«

Die anderen murmelten etwas Zustimmendes und verließen dann den Raum.

»Warum bist du so still?«, fragte Bob, als er mit Rachel allein war.

»Es geht mir nicht aus dem Kopf, dass der Typ womöglich ganz in meiner Nähe war. Wenn er wirklich unter dieser Brombeerhecke lag, dann stand ich kaum mehr als einen Meter von ihm entfernt.«

»Mach dir keine Vorwürfe. Die dichte Hecke war schließlich auch noch zwischen euch.«

»Ich mache mir keine Vorwürfe. Trotzdem ... Warum hat er mir nichts getan?«

»Aber warum sollte er dir was tun? Er muss doch wissen, was hier los wäre, wenn er die Profilerin der Ermittlungen, die gegen ihn laufen, abknallen würde. Lass uns zu Featherstone fahren. Wenn uns der Arsch sagt, wer ihm die ganzen Insidergeschichten erzählt hat, kommen wir vielleicht einen Schritt weiter.«

Eine halbe Stunde später betraten sie das Queen Victoria Hospital, in das man Featherstone gebracht hatte. Zunächst wollten die Ärzte Rachel und Bob nicht durchlassen und verwiesen darauf, dass der Patient unter Schock stünde und sich erholen müsse. Aber nachdem Bob ihnen einen Vortrag über Terrorgefahr und nationale Sicherheit gehalten hatte, durften sie zu ihm.

Er lag mit sieben anderen Patienten auf der Überwachungsstation und war an zahlreiche Kabel angeschlossen. Um seine Schulter war ein großer Verband gebunden, und er zog gerade eine Urinflasche unter der Bettdecke hervor, als Rachel und Bob an sein Bett traten.

»Können Sie die ausleeren?«, fragte Featherstone und reichte Rachel grinsend die warme Flasche.

Sie bemühte sich, keine Miene zu verziehen, und drückte sie sofort einer jungen Schwester in die Hand, die an ihnen vorbeiging. Chris Featherstone war einer der ekelhaftesten Typen, die sie je kennengelernt hatte.

»Haben Sie eine Vorstellung davon, wer auf Sie geschossen haben könnte?«, fragte Rachel.

»Nein. Keine Ahnung. Aber wieso auf mich? Offensichtlich wollte doch jemand den Priester treffen. Wenn ich nicht so doof gestanden hätte, wäre mir doch gar nichts passiert.«

»Oder der Priester hat doof gestanden«, warf Bob ein. »Vielleicht galt die Kugel ja in Wirklichkeit Ihnen, und der arme Priester war einfach im Weg.«

»Ich wüsste nicht, wer mich umbringen sollte.«

»Vielleicht der Mann, der Ihnen die Informationen über Robert Boulton zugesteckt hat?«

»Blödsinn.«

»Wie heißt Ihr Informant?«

»Soll das ein Witz sein? Meinen Sie, ich gebe den Namen eines Informanten preis? Dann könnte ich gleich einpacken. Informantenschutz ist mir sehr wichtig.«

»Und wenn dieser Informant versucht Sie umzubringen?«

»Warum sollte er das tun?«

»Weil Sie vielleicht zu viel wissen?«

Featherstone lachte schmutzig und schüttelte amüsiert den Kopf.

»Warum waren Sie überhaupt auf der Beerdigung?«, fragte Rachel.

Er sah sie an, als hätte sie nicht mehr alle Tassen im Schrank. »Na, was denken Sie, warum ich da war? Vermutlich um eine gute Story zu schreiben, warum denn sonst. Glauben Sie etwa, wir Pressevertreter dürfen auf so einem Event fehlen?«

»War Ihr Informant auch auf dem Friedhof?«

»Ich habe ihn nicht gesehen. Aber selbst wenn ich ihn gesehen hätte, würde ich es Ihnen nicht sagen. Hören Sie, ich bin ein Vollblutjournalist, ein Profi, wie er im Buche steht. Nie und nimmer würde ich einen Informanten verraten! Ich bin zufällig das Opfer eines Anschlags geworden und werde das in meiner großen Story auch schreiben. Warum der Priester starb, weiß ich nicht – vielleicht hat er ja irgendwas mit dem Mord an Sir Ian zu tun? Sie können meine Theorie darüber morgen in der Zeitung lesen. Und wenn Sie mich jetzt entschuldigen würden«, er hielt ein Diktiergerät hoch und grinste, »ich muss mich ausruhen.«

24

Sie fühlte sich wie benommen und versuchte die Worte, die die junge Polizistin gerade gesagt hatte, zu verarbeiten.

Greg. Nein. Das kann doch nicht sein.

»Wie lange haben Sie schon für Mr. Ray gearbeitet?«, fragte Carole Spitman.

Bitte. Lass mich nicht allein!

»Miss Rossdale? Haben Sie meine Frage verstanden?«

»Ja ... Ja, natürlich ... Entschuldigen Sie, aber ...«

Sie konnte nicht weitersprechen. Lisa Rossdale merkte, wie ihre Unterlippe zu zittern begann und ein Weinkrampf durch ihren Körper schoss.

Greg. Mein geliebter Greg.

Vor sechs Jahren hatte sie als Haushälterin bei ihm angefangen und sich sofort in den attraktiven Priester verliebt. Er war lange Zeit nicht auf ihre Versuche eingegangen, auf ihre Blicke, auf die Berührungen, die wie zufällig wirken sollten, obwohl sie doch genau das Gegenteil davon waren. Aber in den letzten Monaten hatte sie das Gefühl gehabt, als wenn auch er einer Beziehung nicht abgeneigt war. Nach dem Gemeindefest letzten Monat hätten sie sich fast geküsst, doch seine Vernunft hatte sich im letzten Moment zu Wort gemeldet, und er hatte sich entgeistert von ihr abgewandt. Es gehöre sich nicht, wenn ein Priester etwas mit seiner Haushälterin anfange, hatte er gestammelt. Das gebe nur böses Gerede in der Gemeinde.

Aber als Anglikaner könne er sie doch sogar heiraten, hatte sie daraufhin gesagt, und er hatte herzlich gelacht. Sie liebte es, wenn er lachte. Sie liebte alles an ihm.

»Seit … sechs Jahren«, begann sie schließlich stockend, »habe ich für ihn … gearbeitet.«

»Wissen Sie, in welcher Beziehung er zu Sir Ian stand?«

»Ist das der Mann, den er heute beerdigen sollte?«

»Ja.«

»Er kannte ihn seit ein paar Jahren. Greg hat schon Lady MacKenzie beerdigt und war ab und zu bei Sir Ian zu Besuch.«

»Waren das seelsorgerische Besuche?«

»Soviel ich weiß, ja. Greg sprach nicht über den Inhalt der Gespräche, das waren vertrauliche Dinge. Aber er sagte mir mal, dass Sir Ian am Ende seines Lebens wohl noch eine Menge aufarbeiten müsste und seine Seele schwer belastet wäre.«

»Hat er Ihnen gegenüber irgendwie angedeutet, was Sir Ian belastet hat?«

»Nein. Wie gesagt, Greg war sehr verschwiegen.«

Oh ja, das warst du. Du hast mir nie gesagt, was du für mich empfindest – ob du überhaupt etwas für mich empfindest. Hast du meine Gefühle erwidert, Greg? Ich hätte dich glücklich machen können, wenn du es nur zugelassen hättest … Ich hätte dir Kinder schenken können, viele Kinder …

»Miss Rossdale?« Carole Spitman riss sie aus den Gedanken.

»Was?«

»Ich habe gefragt, ob sich Pfarrer Ray in letzter Zeit bedroht fühlte. Hatte er Feinde?«

»Greg?« Lisa Rossdale lachte bitter auf. »Nein. Greg war der beliebteste Mensch in ganz England. Ganz bestimmt hatte er keine Feinde. Die Gemeinde hat ihn vergöttert, und er hat die Gemeinde geliebt. Er hätte alles für seine Kirche getan und ist voll in seiner Arbeit aufgegangen. Für ihn war das Priesteramt eine Lebensaufgabe, eine Berufung, etwas, das er mit ganzer Kraft ausfüllen wollte. Und das haben die Menschen gespürt. Nein, Greg hatte keine Feinde. Und er fühlte sich auch nicht bedroht. Er war ein sehr ausgeglichener Mensch.«

Was würde nun eigentlich aus ihr werden? Sie hatte die letzten sechs Jahre nur für Greg und seine Kirche gelebt. Was kam jetzt? Ein neuer Priester würde doch seine eigene Haushälterin mitbringen. Wer bräuchte sie noch? Wenn Greg sie geheiratet hätte, dann wäre sie wenigstens abgesichert! Dann hätte sie jetzt eine hübsche Witwenrente und müsste sich keine Sorgen mehr machen. Aber so? Lisa Rossdale spürte, wie Wut in ihr aufstieg.

»Hat er über seine Besuche bei Sir Ian irgendwelche Notizen angelegt?«

»Nein. Er hatte nur einen Kalender, in den er sich seine Termine notierte. Das war alles.«

»Ich müsste mir den Kalender mal anschauen.«

»Natürlich.«

Lisa stand auf und ging in das Nebenzimmer. Über dem dunklen Schreibtisch hing ein silbernes Kreuz, an dem Greg schon eine künstliche rote Mohnblume für den anstehenden Poppy Day angebracht hatte. Er würde sie nicht mehr brauchen.

Ach, Greg …

Sie fand seinen Kalender in der Ablage auf seinem Schreibtisch. Direkt daneben lag sein Portemonnaie, aus dem mehrere Scheine herausschauten. Lisa riskierte einen Blick in die Geldbörse und zählte fünfhundert Pfund. Das musste das Geld sein, das er für die Renovierung der Marienstatue abgehoben hatte. Morgen sollte die dreihundert Jahre alte Figur abgeholt werden. Lisa wusste, dass der Restaurator fünfhundert Pfund Vorschuss gefordert hatte.

Und was sollte aus ihr werden?

Ohne weiter darüber nachzudenken, nahm sie das Geld aus dem Portemonnaie und steckte es ein. Jetzt würde eh keiner mehr an die alte Maria denken.

»Hier ist sein Kalender.«

Sie reichte Carole Spitman das lederne Büchlein. Die Polizistin blätterte es durch, hielt irgendwann inne und runzelte die Stirn.

»Ich werde es mitnehmen und Ihnen zuschicken, wenn wir es nicht mehr brauchen.«

Lisa nickte.

Mitnehmen, dachte sie. Ja, sie sollte die Zeit nutzen, um den Hausstand zu checken. Greg hatte einen Bruder, und der würde bestimmt einiges aus der Wohnung mitnehmen wollen. Sie musste sehen, dass sie die Wertsachen vorher für sich zur Seite legte. Die standen ihr schließlich zu. Immerhin war sie die letzten Jahre doch so etwas wie Gregs Lebensgefährtin gewesen, auch wenn er das nicht hatte wahrhaben wollen.

»In welcher Beziehung standen Sie eigentlich zum Verstorbenen?«

»Ich?« Lisa dachte einen Moment nach. Dann antwortete sie mit fester Stimme: »Ich war seine Haushälterin. Nichts weiter.«

25

Am nächsten Tag tat er das, was er immer tat, wenn er einen Menschen getötet hatte. Mit einem Nassrasierer hatte er gestern unter der Dusche jedes noch so kleine Haar entfernt, das er an seinem Körper entdeckt hatte. Die Rasur war für ihn stets, als würde er etwas abstreifen. Wie immer duschte er danach eiskalt, und das so lange, bis sein Körper versuchte, durch unkontrolliertes Zittern wieder zu einer normalen Temperatur zu gelangen. Dann erst fühlte er sich erneuert.

Er hatte sich abgetrocknet und sein noch nasses Haar zu einem Seitenscheitel gekämmt. Danach hatte er seine Hand eingecremt. Die Narbe schmerzte immer noch, obwohl er sie schon dreißig Jahre durchs Leben trug. Jeden Tag erinnerte sie ihn daran, was damals passiert war. Wenn sich das Wetter änderte, waren die Narbenschmerzen besonders schlimm.

Gestern hast du zum ersten Mal danebengeschossen, dachte er, während er seine Hand betrachtete. So etwas durfte sich nicht wiederholen. Er stand in einem Zeitschriftenladen in der Nähe von Kings Cross, wo er sich mit den aktuellen Tageszeitungen eindeckte.

Mit dem ganzen Stapel unter dem Arm überquerte er die Straße und ging in das Starbucks, bestellte sich einen doppelten Espresso und setzte sich in einen Ledersessel ganz hinten in der Ecke.

Er überflog die Headlines, die je nach Seriosität der Zeitung entweder von einem Mord- oder einem Terroranschlag sprachen. Der Schreiberling vom *Mirror* hatte es doch tatsächlich fertiggebracht, ein Foto von sich im Krankenbett aufs Titelblatt zu bringen, auf dem er sich mit leidender Miene als Opfer stilisierte. Für einen Moment verspürte John die Lust ihn umzubringen, ohne Auftrag und ohne Grund. Einfach nur, weil der Typ so ein unfassbarer Penner war.

Schnell verwarf er den Gedanken und nahm die *Times* zur Hand. Unter dem Hauptartikel zum Mordanschlag fand er einen Verweis auf den Wissenschaftsteil, der seinen Puls schneller schlagen ließ: »Die Psyche der Killer – Interview mit Profilerin Rachel Hyatt« war dort zu lesen.

Schnell blätterte er durch die Zeitung, bis er den Artikel gefunden hatte. Nach ein paar allgemeinen Fragen zum letzten Mordanschlag wurde es interessant:

Ms Hyatt, Sie haben sich in Ihren Arbeiten ausgiebig mit dem sogenannten Serien-Dispositionsmörder beschäftigt. Was genau ist das und wie unterscheidet er sich von einem »normalen« Serienkiller?

Während 93,4 % der Serientäter aus ein und demselben Grund töten, liegen die Dinge beim Serien-Dispositionsmörder anders. Das Motivspektrum ist viel breiter gefächert, unterschiedliche und sich aktualisierende Bedürfnisse führen hier zum Tatentschluss. Es gibt Täter, die vergewaltigen und ermorden eine junge Frau, erschießen zwei Wochen später im Streit eine Kneipenbekanntschaft und erstechen wieder etwas später einen Passanten, um an sein Geld zu kommen.

Was treibt solche Täter an?

Die Beliebigkeit, mit der diese Täter andere Menschen töten, belegen ihre erschütternden Selbstbekenntnisse: »Ich mache, was ich will«, »Ich löse es auf meine Art« oder »Besser der als ich« sind die Hauptargumente, die ein Serien-Dispositionsmörder nach seiner Verhaftung angibt.

Haben wir es in den aktuellen Fällen mit einem solchen Mörder zu tun?

Das ist schwer zu sagen. Diese besondere Täter-Gattung ist jedenfalls unberechenbar und dadurch auch besonders schwer zu fassen. Es gibt keine Beziehung zu den Opfern, kein wiederkehrendes Motiv, keine ähnliche Tatausführung. Nichts scheint die Taten zu verbinden, wodurch die Ermittlungen extrem schwierig werden.

Besonders kompliziert wird es, wenn alles auf einen Dispositionsmörder hindeutet, der Täter aber nur *vorgibt*, ein solcher zu sein. Diese Mörder sind hochintelligent und wissen, dass zum Beispiel eine sich wiederholende Tatausführung die Ermittler aufmerksam machen würde. Bewusst variieren sie ihre Taten, um unerkannt zu bleiben.

Auch einen solchen Täter halte ich im Moment für denkbar. Ich hoffe, dass wir der Öffentlichkeit hierzu bald mehr sagen können.

Wie weit sind Sie mit Ihren Ermittlungen?

Unterschiedliche Tötungsmethoden, keine Verbindung zwischen den Opfern oder zwischen Opfer und Täter, unklare und variierende Motivlage – all das ist ein kriminalistischer Albtraum. Dennoch: Es gibt Hinweise, dass es sich hierbei um bewusst gelegte falsche Fährten eines hochintelligenten Täters handeln könnte. Um die laufenden Ermittlungen nicht zu gefährden, kann ich im Moment aber nicht mehr dazu sagen.

John starrte das Foto von Rachel Hyatt an, das über dem Artikel prangte. Verdammt, dachte er. Diese Frau war so viel schlauer als alle Bullen, die ihm jemals auf den Fersen gewesen waren. Wusste sie etwa über all seine Opfer Bescheid? Über Catherine Bailey, den Deutschen, über Montgomery und Turpin, die alte Klemmschwester? Und womöglich auch über die restlichen?

John strich mit seinem Finger über das Foto. Sie war wirklich hübsch, das musste man ihr lassen. Ihre feinen Gesichtszüge und die großen dunklen Augen ließen sie feminin und weich wirken, obwohl sie auf diesem Bild so ernst in die Kamera blickte, dass auf ihrer Stirn eine kleine Zornesfalte zu sehen war. Der hochgebundene Pferdeschwanz verlieh ihr fast etwas Mädchenhaftes. Keine Frage, Rachel Hyatt war sehr attraktiv. Aber er war nicht der Typ, der sich von einer Frau aufhalten ließ.

Er interessierte sich nicht für Weiber, für ihr nerviges Getue, wenn sie mit ihm flirten wollten. Er hatte es oft genug erlebt, in der Bibliothek, wenn eine Studentin immer wieder herüberguckte und dann ganz verschämt den Kopf senkte, wenn er zurückschaute. Glaubten Frauen eigentlich wirklich, sie würden sexy wirken, wenn sie so einen dämlichen Dackelblick aufsetzten? Nein, das war alles nichts für ihn. Er wollte sich weder verlieben noch sein Leben mit irgendjemand teilen. Nie wieder wollte er Gefühle für einen anderen Menschen haben. Man hatte ihm alles genommen, und es gab kein Zurück mehr in eine Welt, in der Emotionen die Triebfeder der meisten Handelnden waren.

Rachel Hyatt. Leider bist du mir zu dicht auf den Fersen.

Er beschloss, die Sache mit Stan Bedford zu Ende zu bringen und Dr. Hyatt dann einen Besuch abzustatten.

26

»Hast du schon den *Mirror* gelesen?«, fragte Bob, als er mit einem Kaffee in der Hand ins Büro kam.

Rachel nickte und hielt die Zeitung hoch. »Gerade. Dieser Featherstone ist unglaublich. Bezeichnet sich selbst als ›embedded journalist‹ und vergleicht sich mit den Kriegsreportern im Irak. Hör dir das an: ›Durch meine exzellenten Kontakte bin ich ganz nah dran am Geschehen, am Terror, der in London Einzug hält. Mein Informant hatte mir den Tipp gegeben, zur Beerdigung von Sir Ian zu gehen. Aber wusste er, was dort passieren würde? Es ist möglich. Denn mein Informant stammt aus einem exklusiven Kreis von Geheimdienstlern, die nur mit ausgewählten Leuten sprechen. Vielleicht wollte er, dass ich die Verhinderung dieser Tat dokumentiere, die aber selbst ein Topmann wie mein Informant nicht verhindern konnte.‹ Mein Gott, was für ein Pathos! Der scheint diesen Scheiß tatsächlich selbst zu glauben.«

»Wahrscheinlich träumt er vom Pulitzer-Preis. Glaubst du, sein Informant ist tatsächlich beim Geheimdienst?«

»Nein. Die würden niemals mit dem *Mirror* sprechen. Ich bin mir gar nicht sicher, ob der überhaupt einen Informanten hat. Vielleicht macht er sich auch einfach nur wichtig.«

»Dein Interview in der *Times* hat mir übrigens gut gefallen. Wie kam das zustande?«

»Ich war vor Kurzem bei Roger Miller, dem Nahost-Experten der *Times*. Nach dem Anschlag auf dem Friedhof hat er mich angerufen und gefragt, ob ein Kollege mich interviewen dürfte.«

Jonathan Snyder schaute durch die offene Tür herein. »Könnt ihr mal eben?«

Wenig später saßen Rachel und Bob in seinem Büro. Es war viel zu warm in dem Raum, die Luft war abgestanden, es roch nach altem Kaffee. Snyder hatte einen Projektor aufgebaut, der großflächig Fotos an die weiße Wand warf. Davor stand Charly Benson mit einem Zettel in der Hand. Mit einem roten Filzstift zeichnete Snyder eine dicke Linie auf eine Folie, die über einem Foto lag, auf dem man die Trauergemeinde vor dem Grab stehen sah.

»Das hier ist die wahrscheinliche Schusslinie«, sagte er, während er erneut mit dem Stift über die Folie fuhr. »Auf dieser Höhe muss der Hochsitz sein, die Kugel hat also diese Flugbahn genommen.«

»Von welcher Distanz gehen wir aus?«, fragte Bob.

»Von gut dreihundert Metern«, antwortete Charly. »Das schafft man nur als geübter Schütze. Vielleicht ist unser Täter Sportschütze, Jäger oder Soldat.«

»Okay. War der Priester sein Ziel?«

»Es ist möglich, aber unwahrscheinlich«, sagte Snyder. »Hätte der Priester sich nicht in genau dem Moment gedreht, wäre die Kugel an ihm vorbeigeflogen. Dann wäre sie exakt hier eingeschlagen.«

Snyder legte die nächste Folie auf, auf der eine Personengruppe am offenen Grab zu sehen war. Wieder zeichnete er mit dem Stift die Schusslinie nach und ließ sie mitten auf der Stirn eines Mannes enden.

»Wer ist das?«, fragte Rachel.

»Stan Bedford«, sagte Charly Benson und sah auf seinen Zettel. »Er arbeitet für den MI6.«

»Welche Funktion?«

»Konnte ich noch nicht ermitteln. Auf jeden Fall kein hohes Tier. Er betreut irgendeinen Außenstützpunkt in Schottland.«

»Und seine Verbindung zu Sir Ian?«

»Ich bin dran. Warte noch auf einen Rückruf vom MI6.«

»Okay. Wo ist dieser Bedford jetzt?«

»In seinem Hotel. Er will aber heute noch nach Hause fahren.«

Bob sprang sofort auf. »Gib mir die Adresse. Ich will mit ihm sprechen.«

Rachel nickte zustimmend und stand ebenfalls auf. In der Tür stießen sie mit Luc Maladry zusammen. Er hatte einen jungen uniformierten Polizisten im Schlepptau.

»Bei der Überprüfung der Personalien bin ich auf was Interessantes gestoßen«, sagte er und zeigte auf seinen Kollegen. »Das ist David, er hat gestern die Personalien der Friedhofsbesucher aufgenommen.«

Der junge Mann nickte Rachel und Bob zu.

»Und?«

»Ein Trauergast hat falsche Angaben gemacht«, fuhr Luc fort. »Der Mann nannte sich Albert Cook. Die Adresse, die er angegeben hat, ist die eines Hostels, das seit fünf Monaten geschlossen hat und leer steht. Auch sein Geburtsdatum ließ sich nicht verifizieren. Alle Angaben, die dieser Mr. Cook gemacht hat, sind falsch.«

Rachel atmete tief durch. War er das? War das John Caine? Wenn er sie aus seinem Versteck heraus beobachtet hatte, war es ein geschickter Schachzug von ihm gewesen, sich im Anschluss an den Mordanschlag mitten ins Getümmel zu stürzen, anstatt zu versuchen, durch den Wald zu entkommen. Ihm musste klar gewesen sein, dass der Wald innerhalb kürzester Zeit von der Polizei abgesucht werden würde, während keiner den Schützen auf dem Friedhof vermutet hatte.

»Wo ist das Phantombild?«, fragte sie.

Charly Benson reichte ihr einen Ausdruck.

»Ist das der Mann?« Rachel hielt dem jungen Polizisten das Phantombild von John Caine hin, das sie nach den Angaben der alten Dame angefertigt hatten.

»Hm. Tja, also, er könnte es sein«, druckste der junge Mann herum. »Er trug allerdings kein Basecap, sondern hatte seine Haare seitlich gescheitelt. Außerdem hatte er einen Gipsarm.«

»Welcher Arm war eingegipst?«

»Der rechte, glaube ich.«

»Konnten Sie sehen, ob er auf der rechten Hand eine auffällige Narbe hatte?«

»Nein. Auch die Hand war vom Gips verdeckt, wenn ich mich richtig erinnere.«

»Okay. Luc, gehen Sie mit ... David?«

Der junge Mann nickte zustimmend.

»Gehen Sie mit David zum Grafiker, er soll das Phantombild nach seinen Angaben aktualisieren beziehungsweise vervollständigen.«

Eine halbe Stunde später standen sie vor einem Haus mit bestimmt fünfzehn Stockwerken, wie Rachel schätzte. Es war laut in dieser Ecke von London. Die Straße war stark befahren, hinter sich hörte sie das Knattern eines Motorrads, und direkt neben ihr ließ ein Porschefahrer den Motor seines Wagens aufheulen.

Im Inneren des Gebäudes war es deutlich ruhiger. In Stockwerk sieben und acht befand sich das London Trade Hotel, in dem Stan Bedford abgestiegen war. Sie fanden ihn im Foyer, wo er bei einer Tasse Tee Zeitung las.

»Ich habe Sie schon erwartet«, sagte Bedford und faltete seine Zeitung zusammen.

Er hatte einen hohen Blutdruck, da war sich Rachel sicher. Sein Kopf war rot, und er schien ein wenig zu schwitzen, was angesichts seiner Leibesfülle kein Wunder war.

»Ihr Kollege hat angerufen und Sie angekündigt. Möchten Sie auch einen Tee?«

Rachel bestellte sich einen Darjeeling, während Bob auf ein Getränk verzichtete. In kurzen Worten erklärte er Stan Bedford, dass möglicherweise er das Ziel des Anschlags gewesen war – nicht der Priester.

Bedford sah sie mit großen Augen an. »Ich? Aber das macht doch gar keinen Sinn! Warum sollte mich jemand ermorden wollen?«

»Das versuchen wir herauszufinden, Mr. Bedford«, sagte Rachel. »In welcher Beziehung standen Sie zu Sir Ian?«

»Er war früher mein Chef. Deshalb bin ich auch zur Beerdigung gekommen.«

»Wann haben Sie für ihn gearbeitet?«

»Ganz zu Beginn meiner Laufbahn. In den Achtzigerjahren, bis er pensioniert wurde.«

»Welche Funktion haben Sie beim MI6?«

»Ich bin seit 1991 in Mainland stationiert, oben in Schottland. Keine große Sache, eher eine Art Altersruhesitz. Zur Zeit des Kalten Krieges war das noch ein wichtiger Standort, strategisch gesehen jedenfalls, aber jetzt passiert da nicht mehr viel.«

»Und davor? Haben Sie damals etwas mit der Affäre Nida Baran zu tun gehabt?«, fragte Rachel freiheraus.

Stan Bedford zögerte. Suchte er nach den richtigen Worten? Sie hatte fast den Eindruck. Jedenfalls sah es nicht so aus, als wenn er offen und direkt sprechen wollte.

»Mit dieser Affäre hatten wir wohl alle damals zu tun«, sagte er schließlich. »Es war kein Ruhmesblatt für unsere Abteilung.«

»Was ist passiert?«

»Das kann ich Ihnen nicht sagen. Ich war ja nur eine kleine Nummer. Die Familie Baran war in irgendwelche Spionagegeschichten verstrickt, die wir nicht früh genug erkannt haben. Und wie das damals in diesen Ländern so üblich war, wurden die Leute ganz schnell hingerichtet.« Er räusperte sich.

»Was ist aus den beiden britischen Staatsbürgern geworden? Dem Vater und dem kleinen Jungen?«

»Keine Ahnung. Soweit ich weiß, ist der Vater doch auch gestorben, oder?«

»Alles weist darauf hin. Aber seine Leiche wurde nie gefunden.«

»Natürlich nicht. Die Afghanen verbrennen ihre Hingerichteten sofort. Um den Jungen hat sich Catherine damals gekümmert, das weiß ich.«

Rachel wurde hellhörig und warf Bob einen bedeutungsvollen Blick zu. »Catherine Bailey, geborene Bernhard?«

»Ja, genau. Catherine war damals in Afghanistan dabei. Sir Ian hatte sie extra engagiert, damit sie sich um den kleinen Jungen kümmern konnte. Seine Eltern waren ja schon in den Händen der Afghanen, als wir in Kabul eintrafen«, erinnerte sich Bedford.

»Warum sind Sie damals nach Afghanistan gereist? Hatten Sie die Aufgabe, die Caines da rauszuholen?«

Wieder zögerte er. »Ich kann mich nicht mehr an alle Details erinnern. Wir hörten, dass die Caines festgenommen worden waren, man verdächtigte sie der Spionage, wenn ich mich recht erinnere.«

»Das heißt, die Caines gehörten zu Ihren Leuten?«

»Ja und nein. Sie waren keine Agenten, sondern normale Mitarbeiter. Mrs. Caine arbeitete für uns als Übersetzerin, und Mr. Caine ... Ich weiß es nicht mehr genau. Ich glaube, er war Fahrer des Botschafters. Jedenfalls waren sie keine hohen Tiere. Aber dann haben sie wohl Scheiße gebaut. Vielleicht wurden sie mit Geld gelockt, ich weiß es nicht. Auf jeden Fall hatten sie sich auf irgendein Spionageding eingelassen und sind dabei aufgeflogen.«

Bedfords Kopf wurde noch röter als zuvor. Trotz der kühlen Temperatur im Foyer standen ihm Schweißtropfen auf der Stirn, und unter seinen Achseln breiteten sich dunkle Flecken aus. Rachel wurde das Gefühl nicht los, dass er ihnen nicht die ganze Wahrheit sagte.

»Wir sind dann runtergeflogen, um das Schlimmste zu verhindern. Was uns leider nicht gelungen ist.« Bedford wischte sich über die Stirn. »Aber was hat das alles mit dem Anschlag auf dem Friedhof zu tun?«

»Wenn der Anschlag nicht dem Priester galt, sondern Ihnen, könnte es sein, dass Amir Caine dahintersteckt, oder vielmehr John Caine, wie er heute heißen dürfte«, sagte Bob.

»Warum würde er ausgerechnet mich töten wollen?«

»Wir haben einige Auffälligkeiten entdeckt«, sagte Rachel. »Von den Leuten, die damals für Sir Ian gearbeitet haben, sind mindestens vier eines gewaltsamen Todes gestorben. Die einzige Verbindung, die zwischen den Opfern besteht, ist der MI6. Oder vielmehr die Affäre Baran.«

Rachel sah ihm an, wie er nervös wurde. Stan Bedford lockerte seinen Krawattenknoten und wischte sich erneut mit dem Handrücken über die Stirn.

»Und Sie glauben, jetzt bin ich an der Reihe? Das halte ich

für ausgeschlossen. Ich war damals in keiner verantwortlichen Position.«

»Das war Catherine Bailey auch nicht.«

Bedford nickte und nahm einen hastigen Schluck von seinem Tee.

»Wissen Sie, welche Aufgabe Frank Waldmann, Cedric Montgomery und Steve Turpin in dem Fall Baran hatten?«

»O Gott ... Das liegt alles so lange zurück. Waldmann, Waldmann ... War das der Wachmann?«

»Korrekt.«

»Ein Deutscher, glaube ich, oder? Ja, so ein großer, blonder Kerl. Ich glaube, er war als Wachmann dabei, als die Caines verhört wurden. Weil die doch britische Staatsbürger waren, da sollte einer von uns aufpassen, dass denen nichts Schlimmes passierte.«

»Das hat ja nicht so gut geklappt«, sagte Bob lakonisch.

»Und die anderen beiden?«, hakte Rachel nach.

»Cedric Montgomery war der offizielle Schreiberling. Im Prinzip hatte er die gleiche Aufgabe wie Waldmann, nur dass er auf Papier festhalten sollte, dass den Caines nichts Schlimmes passiert ist.« Bedford fuhr sich mit einer Hand durch seine rotbraunen Haare, die an einigen Stellen nur noch in geringer Anzahl vorhanden waren. »Was Turpin mit der Sache zu tun hatte, weiß ich nicht genau. Der war ja damals schon ein recht hohes Tier. Ich kann mich gar nicht erinnern, dass er in Afghanistan dabei war. Ich habe ihn immer nur in London getroffen.«

»Waren Sie anwesend, als die Caines starben?«, fragte Rachel.

»Ich? Ähm ... Also, das weiß ich nicht mehr. Das liegt ja alles schon so lange zurück ...«

Bedford knetete seine Hände, und Rachel war sich nun

sicher, dass er ihnen nicht die Wahrheit sagte. Wie konnte man vergessen, ob man dabei gewesen war, wenn ein junges Paar gefoltert und ermordet wurde?

»Was soll ich jetzt Ihrer Meinung nach machen?«, fragte Bedford in diesem Moment.

»Wir haben ein ziemlich gutes Phantombild, das an alle Polizeidienststellen rausgegangen ist. Der Kerl wird in London keine Straße mehr betreten können, ohne dass wir ihn aufspüren. Ich bin mir sicher, dass wir ihn bald haben.«

»Kann ich nach Hause fahren?«

»Nein, im Moment besser nicht. Aber wir bringen Sie von hier weg. Es ist besser, wenn Sie London verlassen.«

»Und wo soll ich hin?«

»Scotland Yard besitzt für solche Zwecke ein kleines Häuschen. Es liegt etwas außerhalb von London. Ein Kollege wird Sie nachher abholen und hinfahren. Selbstverständlich wird er bei Ihnen bleiben.«

»Na toll.« Stan Bedford stöhnte auf. »Ich bekomme also einen Babysitter und darf Verstecken spielen. Ist das wirklich notwendig?«

»Ich befürchte, ja. Aber es wird nur für ein paar Tage sein«, sagte Rachel. »Wir sind uns sicher, dass wir den Kerl bald schnappen.«

Bob und Rachel standen auf und verabschiedeten sich.

Als sie vor dem Fahrstuhl warteten, bemerkte Rachel plötzlich einen jungen Mann, der in der Nähe der Rezeption hinter einem Pfeiler stand und sie beobachtete. Dunkle Haare, dunkle Augen ... Unverwandt erwiderte sie seinen Blick. Ist er das, dachte sie, und ihr Herz schlug heftiger, als der Mann direkt auf sie zukam.

»Ist das Ihr Portemonnaie?«, fragte er freundlich und hielt ihr etwas hin.

Sie musterte erst ihn, dann die Geldbörse, die er ihr reichte. »Oh, ja, danke«, sagte sie und versuchte, einen Blick auf seine rechte Hand zu werfen. »Es muss mir aus der Jackentasche gerutscht sein.«

Seine Hand sah völlig normal aus.

Der Mann nickte ihr zu und drehte sich wieder um. Rachel folgte Bob in den Fahrstuhl und sah dem dunkelhaarigen Kerl nach. Ohne sich umzudrehen, verschwand er in den Restaurantbereich.

Du leidest schon an Verfolgungswahn, dachte Rachel, als sie das Gebäude verließen. Das war doch wirklich albern, ihr krankhaftes Misstrauen gegen alles und jeden. Die Nachbarskatze hatte sie dazu gebracht, Bob anzurufen und ihn mitten in der Nacht zu sich kommen zu lassen. Dann hatte sie sich vor einem Vogel zu Tode erschrocken. Okay, im Nachhinein wusste sie, dass der Täter wirklich in dem Busch gelauert hatte. Aber stand deswegen jeder unter Generalverdacht? Die Frau, die auf der gegenüberliegenden Seite einen Kinderwagen vor sich herschob, die hatte darin vermutlich kein Baby, sondern eine Bombe. Oder der ältere Herr, der da langsam die Straße entlanglief, der trug seinen Stock wahrscheinlich auch nur zur Tarnung. Von dem Typen mit dem Basecap ganz zu schweigen, der sich von links dem Gebäudekomplex näherte. Aus dem Augenwinkel nahm sie seine fremdländisch anmutenden Gesichtszüge wahr.

Sie schüttelte innerlich den Kopf über sich. Vermutlich plante der gerade einen Anschlag auf das London Eye, so wie alle Araber, die man seit 2001 in Europa traf. Pah! Es war einfach lächerlich, wie schreckhaft und ängstlich sie geworden war, seitdem sie in diesem Fall ermittelte.

27

Bob drückte sein Handy aus und bog links ab in die East River Street.

»Das war einer von den Gruftis«, sagte er, und Rachel stellte wieder einmal fest, dass sie zu den wenigen Mitarbeitern bei Scotland Yard gehörte, die die im Untergeschoss des Gebäudes untergebrachten Pathologen nicht so nannte. »Wir sollen kurz bei Dr. Clive vorbeischauen.«

Noch auf dem Parkplatz liefen sie Carole Spitman in die Arme. Sie hatte es offensichtlich sehr eilig.

»Gut, dass ich euch noch treffe. In zwei Stunden geht mein Flieger. Ich muss nach Belfast, die Witwe von Steve Turpin treffen. Am Telefon kann man leider kaum mit ihr sprechen.«

»Warum nicht?«

Carole Spitman ahmte eine Trinkbewegung nach.

»Verstehe. Wann bist du wieder zurück?«, fragte Rachel.

»Ich bin morgen früh wieder im Büro. Eine Sache noch: Ich habe den Kalender des Priesters ausgewertet. Er gibt leider nicht sonderlich viel her, aber zwei Eintragungen könnten ganz interessant sein.«

Carole kramte in ihrer Tasche herum und zog schließlich einen in dunkles Leder gebundenen Kalender hervor. Sie blätterte etwas darin herum, bis sie die Stelle gefunden hatte, die sie suchte.

»Hier, ein Eintrag vom 5. September diesen Jahres: ›15 Uhr Sir Ian, Wiedergutmachung besprechen‹. Und ein paar Seiten später, am 3. Oktober heißt es: ›17 Uhr, Sir Ian, Testament besprechen‹.«

»Interessant«, sagte Bob und nahm den Kalender an sich. »Scheint so, als ob Sir Ian kurz vor seinem Tod den Rat eines Geistlichen gesucht hat.«

»Wiedergutmachung ... Ob er damit die Baran-Affäre meinte?«, überlegte Rachel. »Vielleicht war er am Ende seines Lebens von Schuldgefühlen geplagt und wollte sein Gewissen reinigen.«

»Aber warum hatte er Schuldgefühle? Nach allem, was wir bisher wissen, wurden die Caines und die Barans vom afghanischen Geheimdienst ermordet.«

»So lautet aber nur die offizielle Version. Vielleicht gibt es noch eine inoffizielle.«

»Nach meinen bisherigen Recherchen gehe ich davon aus, dass der Priester etwas über Sir Ians Vergangenheit wusste«, sagte Carole. »Er wusste, dass da irgendwann mal etwas schiefgelaufen ist – inwieweit er Details kannte, kann ich nicht sagen. Aber so wie ich sein Leben bisher durchleuchtet habe, war er einzig und allein in seiner Funktion als Seelsorger bei Sir Ian. Mit der Affäre Baran hatte er definitiv nichts zu tun. Dafür war er viel zu jung, 1983 war er ja gerade mal zehn Jahre alt.«

»Okay, das spricht alles für unsere These, dass der Priester ein zufälliges Opfer war und der Anschlag eigentlich jemand anderem galt.«

»Stan Bedford.«

»Vermutlich. Wenn du mit Mrs. Turpin sprichst, frag sie bitte auch nach Bedford und den vier Toten. Vielleicht weiß sie ja noch etwas, was uns weiterbringen könnte«, sagte Bob.

»Mach ich. Wir sehen uns morgen.«

»Guten Flug, Carole!«

»Danke.«

Schweigend gingen sie in das Gebäude und fuhren ins Untergeschoss. Jeder hing seinen Gedanken nach.

»Ich habe das Gefühl, dass wir ganz nah dran sind«, sagte Bob.

Rachel betrachtete ihr Gesicht in der verspiegelten Fahrstuhlwand. Sie hatte dunkle Augenränder, ein deutliches Zeichen, dass sie in letzter Zeit schlecht geschlafen hatte.

»Irgendwie schon«, meinte sie. »Jedenfalls dringt langsam etwas Licht in die Hintergründe. Trotzdem kommt es mir immer noch so vor, als würden wir einem Phantom hinterherjagen. Wir fahnden mittlerweile sogar mit einem wahrscheinlich recht genauen Bild vom Täter, und trotzdem tut sich nichts.«

»Nun ja, London ist voll von Touristen und Ausländern. Ein ständiges Kommen und Gehen, Menschen verlassen die Stadt, andere kommen. Wahrscheinlich überprüfen unsere Jungs dauernd irgendjemanden, der so ähnlich aussieht wie unser Mann.«

»Wahrscheinlich hast du recht.«

Sie bogen in den linken Flur, in dem es weniger nach Desinfektionsmitteln roch als noch einige Tage zuvor, als Rachel mit dem Neffen von Sir Ian hier gewesen war.

»Hallo, Doc«, sagte Bob, als sie das Arbeitszimmer von Dr. Clive betraten.

Er gehörte zu Rachels Lieblingskollegen. Ein sehr höflicher und gebildeter Mann, dessen Aussagen grundsätzlich Hand und Fuß hatten. Er zählte zur alten Garde unter den Pathologen und stand kurz vor der Pensionierung. Seine schlohweißen Haare waren etwas zu lang und fielen ihm immer wieder in die gebräunte Stirn. Rachel hatte sich schon oft gefragt, warum Dr. Clive immer so braun gebrannt war. Eigentlich kam er doch nie ans Tageslicht, witzelte man im Kollegenkreis. Und dass ein Mann wie Dr. Clive auf die Sonnenbank ging, konnte sich Rachel auch nicht vorstellen.

»Sie sehen gut aus, Rachel«, sagte er zur Begrüßung, und sie wusste genau, dass das gelogen war.

Dann musterte der Pathologe Bob. »Fünf Pfund mehr als beim letzten Mal«, sagte er und klopfte ihm herzlich auf die Schulter.

»Es sind nur vier, Doc«, erwiderte Bob und grinste schief. »Was haben Sie für uns?«

»Treten Sie näher.«

Sie folgten Dr. Clive zu einem großflächigen Tisch, auf dem ein heilloses Durcheinander herrschte. Dr. Clive wusste aber offenbar genau, wo welcher Gegenstand lag. Zielsicher zog er etwas aus dem Wirrwarr.

»Das ist ein Kabelbinder wie der, mit dem Robert Boulton ermordet wurde«, sagte er. »Das Original wird immer noch auf DNA-Spuren untersucht. Eine schwierige Angelegenheit.«

Er drehte sich zu einer Art Schaufensterpuppe um, die neben dem Tisch stand. Ein Corpus mit Kopf, aber ohne Arme und Beine.

»Die Auffindesituation der Leiche zeigt, dass jemand dem Opfer den Kabelbinder von hinten um den Hals geschlungen und dann kraftvoll zugezogen haben muss. Der Kabelbinder wurde zur linken Seite gezogen.« Dr. Clive zog den Kabelbinder mit der rechten Hand nach links. »Sehen Sie, wie schwierig das für mich ist? Ich kann ihn nicht mit besonders viel Schwung und Kraft in diese Richtung ziehen, was bei einer solchen Tötungsart aber notwendig ist. Außerdem verkantet so der Mechanismus, der Kabelbinder zieht sich nicht weiter zu. Mit der linken Hand ist es dagegen sehr einfach.« Er demonstrierte Rachel und Bob, wie leicht er die Plastikstrippe nach links ziehen konnte.

»Er hat es also mit links gemacht?«, fragte Bob.

»Ja. Mit ziemlich großer Wahrscheinlichkeit ist der Mörder von Robert Boulton Linkshänder.«

Rachel nickte nur. Sie hatte sich gleich gedacht, dass sie es hier mit ein und demselben Täter zu tun hatten. Jetzt sprach noch mehr dafür.

»Außerdem wusste der Täter sehr genau, was er tat«, fuhr Dr. Clive fort. »Ein ungeübter Mörder hätte den Kabelbinder wahrscheinlich nur irgendwie um den Hals geschlungen und halbherzig zugezogen, sodass sein Opfer langsam und elendig erstickt wäre. Nicht so in diesem Fall. Der Täter hat die Lasche mit sehr viel Kraft zugezogen, sogar mit so viel Schwung, dass Boultons Kehlkopf brach. Das ist gar nicht so einfach. Erst recht nicht, wenn man es zum ersten Mal macht. Ich habe nicht das Gefühl, dass wir es mit einem Ersttäter zu tun haben.«

Wieder nickte Rachel. »Wir hatten schon die Befürchtung, dass es sich um einen Wiederholungstäter handeln könnte.«

»Wenn es der Mann von dem Überwachungsvideo ist«, fuhr der Pathologe fort, »wundert es mich nicht, dass er Linkshänder ist. Schauen Sie.«

Er ging zu seinem Computer und klickte ein Standbild von der Aufzeichnung aus der Bibliothek an. Er vergrößerte es so stark, dass Rachel nur noch rote Konturen zwischen den Pixeln sehen konnte.

»Wenn mich nicht alles täuscht, ist das eine Narbe auf seiner Hand«, sagte Dr. Clive. »Ich habe solche Narben bei Arbeitern gesehen, die durch schwere Stromschläge verletzt wurden. Ich würde daher davon ausgehen, dass Ihr Mann irgendwann einmal einen ziemlichen Schlag bekommen hat.«

»Ist die Verletzung frisch?«

»Nein, ganz im Gegenteil. So gezerrt, wie sie ist, unterlag sie einer Wachstumsphase. Vermutlich ist er im Kindesalter verletzt worden. Wahrscheinlich sind seine Nerven durch den Stromschlag in Mitleidenschaft gezogen worden, und er ist deshalb zum Linkshänder geworden – was er natürlich theoretisch auch von Geburt an sein könnte.«

»Was kann er mit der Hand noch machen?«

»Er wird sie durchaus noch nutzen können, aber feinmotorische Bewegungsabläufe wie schreiben oder puzzeln dürften ihm damit schwerfallen.«

»Woher könnte er eine solche Verletzung haben?«

»Oh, da gibt es jede Menge Möglichkeiten. Vielleicht von einem Starkstromkabel? Die gibt's in jeder Küche. Vielleicht ist er als Jugendlicher auf die Oberleitung der Bahn geklettert? Vielleicht wurde sie ihm aber auch absichtlich zugefügt. Das kann ich wirklich nicht sagen.«

Rachel kaute auf ihrer Unterlippe. Es war nur eine Idee, die sie nicht beweisen konnte, ein Gedanke, der ihr gerade durch den Kopf schoss.

»Doktor, kennen Sie sich mit Foltermethoden aus?«, fragte sie.

»Einigermaßen. Pedro Mendez ist ein enger Freund von mir. Ich habe ihn neulich getroffen.«

Rachel schaute ihn ratlos an.

»Professor Pedro Mendez«, erklärte Dr. Clive. »Er war maßgeblich an der Aufklärung der Foltermorde während der Militärdiktatur in Argentinien beteiligt. Seitdem gilt er weltweit als Koryphäe auf dem Gebiet. Ich habe mich häufig mit ihm ausgetauscht. Jedes Land foltert anders, sagt er immer. Die Chinesen gehen viel subtiler vor als die Amis, die es ja meistens beim Waterboarding belassen. Da sind die Chinesen schon einfallsreicher.«

»Und wie sieht es im Nahen Osten aus?«, unterbrach Rachel. »Afghanistan, Pakistan?«

»Denken Sie an die Sachen, die die Amerikaner dort gemacht haben?«

»Nein. Ich will wissen, wie die Einheimischen foltern.«

»Das beginnt meist recht klassisch mit Schlägen und Tritten, gern auch mit einem Gürtel oder mit Kabeln, aber auch mit dornigen oder nesselnden Pflanzen. Kopf, Genitalien und Gelenke sind die bevorzugten Ziele. Verdrehen und Überdehnen von Gliedmaßen sind ebenfalls sehr gängig. Häufig werden die Opfer auch an Händen oder Füßen aufgehängt und dann mit Elektroschocks gefoltert. Sowohl äußerlich als auch innerlich.«

»Innerlich?«

»Ja. In Mund, Hals, Rachen, Vagina – die Fantasie dieser Folterknechte ist grenzenlos. Ich kann Ihnen da einen interessanten Aufsatz von meinem Kollegen ...«

»Was hat das mit dem Foto zu tun?«, unterbrach Bob und sah Rachel fragend an. »Glaubst du, unser Täter wurde selbst gefoltert? Das kann ich mir nicht vorstellen. Er war doch damals erst drei Jahre alt.«

»Halten Sie es für möglich, dass ein Dreijähriger vom afghanischen Geheimdienst gefoltert wurde?«, gab Rachel die Frage an Dr. Clive weiter.

Der zuckte ratlos mit den Schultern. »Schwer zu sagen. Normalerweise natürlich nicht. In der Regel wird ja nicht einfach so gefoltert, sondern weil man aus dem Opfer etwas rauskriegen will. Und was wollen Sie aus einem Kleinkind rauskriegen? Andererseits ...« Dr. Clive kratzte sich am Kopf und seufzte.

»Was andererseits?«

»Nun ja. Professor Mendez hat in Argentinien einige

furchtbare Fälle bearbeitet, bei denen die Kinder von Gefangenen eingesetzt wurden, um aus ihren Eltern etwas herauszubekommen, wenn Sie verstehen, was ich meine.«

Rachel verstand. Kinder wurden gefoltert, um ihre Eltern durch diesen schrecklichen Anblick zum Reden zu bringen. Unwillkürlich musste sie an Noah denken, und ihr wurde schlecht. Dr. Clive schien zu merken, wie sehr sie das Thema mitnahm.

»Es gibt aber auch eine abgeschwächte Form dieser grausamen Folter«, sagte er schnell. »Dabei werden die Kinder nur zu Zeugen der Folter gemacht. Allein durch ihre Schreie und ihr Weinen sollen die Eltern weichgekocht werden. Diese Form ist gängiger. Die meisten Folterer sind nämlich nicht besonders scharf darauf, sich ein Kleinkind vorzunehmen.«

»Du denkst, unser Täter hat zugesehen, wie seine Eltern ermordet wurden?«, fragte Bob, als sie Dr. Clives Büro verlassen hatten und mit dem Fahrstuhl in die oberen Stockwerke fuhren.

»Überleg doch mal. Wir haben es mit einem Mörder zu tun, der extrem gefühlskalt und rational vorgeht – was sehr ungewöhnlich für einen Killer ist, der aus einem persönlichen Motiv heraus mordet.«

Sie stiegen aus dem Fahrstuhl und gingen den Flur entlang in ihr Büro.

»Auftragsmörder gehen so vor«, sagte sie und ließ sich auf ihren Stuhl fallen, als sie in ihrem Büro angekommen waren. »Aber nichts spricht dafür, dass Sir Ian und die anderen von einem angeheuerten Killer ermordet wurden. Wenn John Caine unser Mann ist und er die Taten begangen hat, warum agiert er dann so emotionslos?«

Bob sah sie fragend an, und Rachel gab sich im nächsten Atemzug selbst die Antwort.

»Weil er traumatisiert ist. Aufgrund eines schweren Traumas ist er nicht mehr in der Lage, normale Emotionen zu empfinden. Dabei ist er nicht komplett gefühllos, sonst würde er solche Taten kaum begehen, aber seine Gefühlswelt ist stark eingeschränkt. Wie in Watte gepackt.«

»Okay.« Bob lehnte sich in seinem Schreibtischstuhl zurück und verschränkte die Hände hinter dem Kopf. »Er kam also als Kind mit seinen Eltern nach Afghanistan. Aus welchen Gründen auch immer gerieten die in Schwierigkeiten und wurden vom Geheimdienst verhaftet.«

»Ja. Der Junge wurde Zeuge der Folter und Ermordung seiner Eltern, bis der MI6 ihn im letzten Moment retten konnte.«

»Und als erwachsener Mann bringt er seine Retter um? Das passt doch irgendwie nicht.«

»Bis jetzt behaupten ja alle nur, dass sie die Retter in der Not waren. Was ist denn, wenn das gar nicht stimmt? Wenn der MI6 damals Mist gebaut hat?«

28

Es war beeindruckend leicht gewesen. Manchmal dachte er, Rachel Hyatt merkte, wenn er sie beobachtete. Aber immer wenn er glaubte, es könnte eng werden, wurde ihm klar, dass sie nicht mehr als eine Ahnung haben konnte.

Nein, sie wusste nicht, dass er es war, der morgens mit einem Motorrad ihrem Wagen folgte, immer auf ausreichenden Abstand bedacht. Auch wenn er sich nicht permanent an ihre Fersen heftete, so hatte er inzwischen einen ganz guten Überblick über ihren Tagesablauf. Sie war Single – jedenfalls traf sie niemanden außer dem Vater ihres Sohnes. Und mit dem war sie garantiert nicht zusammen, da war sich John sicher. Sie schien ohnehin nicht viel Privatleben zu haben, jedenfalls sah er sie nur mit ihrem Sohn, niemals mit einer Freundin oder einem Freund. Wahrscheinlich ist sie durch die Suche nach dem Mörder von Sir Ian zu sehr eingespannt, dachte John.

Konzentrier dich auf den Straßenverkehr, mahnte er sich im gleichen Augenblick zur Vorsicht. Der Wagen, in dem Bedford und der Bulle saßen, war gut fünfzig Meter vor ihm. Ein idealer Abstand, um nicht aufzufallen – trotzdem bestand das Risiko, ihn zu verlieren. Das durfte auf keinen Fall passieren.

Bald hatten sie den Stadtrand von London erreicht. Sie würden ihn an einen sicheren Ort bringen, so machten es die Bullen doch immer. Er musste aufpassen, häufig waren solche Wohnungen etwas abseits gelegen, sodass man jeden Besucher schon aus zig Kilometern Entfernung sehen konnte.

Der Verkehr wurde weniger, und John drosselte sein Tempo. Er sah, wie der Wagen vor ihm abbog, und er wusste, dass es nun auf einer wenig befahrenen Landstraße weiterging. Hier konnte er dem Fahrer im Rückspiegel schnell auffallen. John hielt am Straßenrand an und wartete, bis ein anderes Auto in die Landstraße abbog, dann fuhr er dem Wagen hinterher.

Das Auto von Bedford und dem Bullen konnte er nicht mehr sehen. Solange die Straße ohne Abzweigungen und Kreuzungen geradeaus führte, war das kein Problem. Aber nach ungefähr zwei Kilometern teilte sie sich. Rechts ging es Richtung Oxford, links stand keine Beschilderung.

Dann links, dachte John intuitiv und lenkte sein Motorrad in den kleinen Feldweg. Wie er es erwartet hatte, führte die unbefestigte Straße auf ein einsam gelegenes Haus zu. Den Wagen der Polizei konnte er schon von Weitem sehen. Er stoppte sein Motorrad und drehte wieder um. Nur zu Fuß käme er jetzt weiter, sonst würden sie ihn zu schnell bemerken.

Er zuckte kurz zusammen, als ihm ein Polizeiwagen auf dem schmalen Weg entgegenkam. Ruhig fuhr er an dem Wagen vorbei und würdigte die Bullen keines Blickes. Im Rückspiegel konnte er zwei Polizisten im Fahrzeug erkennen. Würden die jetzt zu dritt auf Bedford aufpassen? Nein, das war gänzlich unwahrscheinlich. So viel Personal konnte Scotland Yard gar nicht entbehren. Wahrscheinlicher war, dass sie das Haus absichern sollten. Vielleicht durch Kameras oder Bewegungsmelder, das hatte John schon häufiger erlebt.

Er musste sich einen besseren Überblick über die Umgebung verschaffen, am besten mithilfe von Google Earth checken, wie gut das Haus von hinten zu erreichen war, wie viel Wald, Felder, Nachbarhäuser oder was sonst noch in der Nähe war. Dann musste er herausfinden, was die Bullen in dem Haus machten, wie viele von ihnen bei Bedford blieben, wie häufig und wann die Schicht gewechselt wurde. Seiner Erfahrung nach gab es meist zwei Polizisten, einen für den Tag und einen für die Nacht. Er würde auf dieser Jägerseite im Netz nachschauen müssen, wo es Wanderwege und Hochsitze in der Nähe des Hauses gab. Länger als zwei, maximal drei Tage wollte er Bedfords Versteck nicht beobachten. Dann würde er zuschlagen.

Am besten wäre es, wenn er direkt von Bedford zu Hyatt fahren würde und da den Job zu Ende brachte. Er musste also Bedford und den Bullen so umbringen, dass sie möglichst spät von der Ablösung entdeckt würden. Wenn alles gut lief, blieb ihm vielleicht ein Zeitfenster von acht Stunden, um danach in Ruhe Hyatt loszuwerden.

John gab Gas. Bald war das Ende seiner Reise erreicht. Aber dafür musste er noch ein paar Vorbereitungen treffen.

29

Der Scotch war viel zu warm. Wo waren die Eiswürfel? Warum hatte ihr Laureen keine hingestellt? Seit zwanzig Jahren arbeitete Laureen schon hier, und seit zwanzig Jahren wusste sie, dass sie Eiswürfel in ihren Scotch brauchte, verdammt noch mal!

»Laureen! Wo zur Hölle ist das Eis?«, rief Sarah Turpin in den Flur. Sie merkte, dass ihre Stimme sich überschlug und etwas kreischend wurde.

»Verzeihung, Mrs. Turpin.«

Laureen kam mit schnellen Schritten ins Wohnzimmer gelaufen – nein, eher getrippelt. Sie trippelte immer so, das machte Sarah fast wahnsinnig.

»Tut mir leid. Ich dachte, Sie wollten damit warten, bis die Dame von der Polizei weg ist.«

»Die ist doch noch nicht mal da! Warum sollte ich dann warten, bis sie weg ist? Du redest manchmal so einen Stuss zusammen!«

Genervt verdrehte Sarah die Augen und ließ klirrend zwei Eiswürfel in ihr Glas fallen. Dann nahm sie einen kräftigen Schluck.

Ah! So schmeckt es doch gleich viel besser.

»Was glotzt du mich so an?«, fragte sie genervt, als ihr Laureens Blick auffiel. »Ist es noch nicht fünf?«

Sie lachte auf. Früher hatten sie immer gescherzt, dass man vor siebzehn Uhr nicht trinken dürfe. Sogar Queen Mum hatte sich erst um siebzehn Uhr den ersten Gin Tonic genehmigt. Ja, früher hatte sie nie vor fünf getrunken. Das war heute anders.

»Es ist gerade mal drei«, sagte Laureen. »Soll ich Ihnen noch einen Tee bringen?«

»Nein. Wozu?«

In diesem Moment hallte ein Gong durch den Raum.

»Na endlich«, murmelte Sarah und sah Laureen nach, die den Raum verließ, um die Haustür zu öffnen.

Sie wusste nicht, warum sie das tat, aber kurz bevor die Polizistin das Wohnzimmer betrat, versteckte Sarah ihr Scotchglas hinter einer chinesischen Vase.

»Carole Spitman von Scotland Yard«, stellte sich die junge Frau vor, die unverschämt schlank war.

Und diese Haut! Warum hatte diese Frau nur so eine makellose Haut? Ihre eigene war inzwischen von roten Äderchen durchzogen, die sie nur noch mit sehr viel Make-up verdecken konnte. Aber auch das wurde immer schwieriger. Ihre Figur ging außerdem immer mehr aus dem Leim. Anfangs hatte sie sich noch gesagt, dass es an den zwei Schwangerschaften liegen musste. Wenn man Kinder in die Welt gesetzt hat, geht man halt etwas auseinander. Heute waren Daniel und Kristen aber zwölf und vierzehn Jahre alt, und ihren dicken Bauch konnte Sarah ihren Kindern beim besten Willen nicht mehr in die Schuhe schieben. Alkohol macht fett, so ist es nun mal, dachte sie und hasste den flachen Bauch und den winzigen Hintern von Carole Spitman.

»Was kann ich für Sie tun?«

Sie bemühte sich, deutlich und klar zu sprechen, und bot der Polizistin mit einer Geste an, Platz zu nehmen.

»Möchten Sie etwas trinken? Ich wollte gerade einen Tee nehmen.«

»Nein, danke. Mrs. Turpin. Ich bin hier, um über den Mord an Ihrem Mann zu sprechen.«

»Natürlich.«

Natürlich ... Alle wollten ja immer über Steves Tod sprechen. Mit wie vielen Reportern hatte sie seitdem gesprochen? Sie wusste es nicht. Zuerst hatte sie sich geschmeichelt gefühlt, so im Interesse der Öffentlichkeit zu stehen. Aber dann war ihr schnell klar geworden, was die Journalisten da schrieben. Keiner war ohne eine gewisse Häme ausgekommen. Für alle war es ein gefundenes Fressen gewesen, dass Steve sich in der Schwulenszene hatte abschlachten lassen, der Idiot!

»Ist Ihnen in den Tagen vor dem Mord etwas an Ihrem Mann aufgefallen?«, fragte die Polizistin.

Sarah dachte an die Zeit zurück. Erst wenige Wochen vor Steves Tod hatte sie herausgefunden, dass er schwul war. Sie hatte zwar schon lange geahnt, dass irgendetwas nicht mit ihm stimmte, aber dass es das war ... Nein, daran hatte sie nicht gedacht. Es war schon Jahre her gewesen, dass er mit ihr geschlafen hatte. Nach Daniels Geburt hatte er sie eigentlich nie wieder angerührt. Zuerst dachte sie, es läge an der Schwangerschaft, an der Geburt, an der stressigen Zeit mit einem Baby und einem Kleinkind. Als er ihre Annährungsversuche immer wieder zurückwies, dachte sie, es läge an seinem Job, an der Karriere, die er als Abgeordneter im Parlament machte, an seiner stressigen Arbeit. Nach ein paar Jahren glaubte, ja *hoffte* sie fast, dass er eine Freundin hätte und sie deshalb nicht mehr wollte. Dass er stattdessen auf Schwänze gestanden hatte ... Nein, das hätte sie niemals für möglich gehalten.

Sarah zog ihren Scotch hinter der Vase hervor und nahm einen großen Schluck.

»Meine Mandeln sind entzündet«, sagte sie schnell, als ihr

Carole Spitmans Blick auffiel. »Mein Arzt sagt, das wäre besser als jede Medizin. Das Zeug brennt alle Bakterien weg.«

»Schon okay.«

»Also, aufgefallen an meinem Mann ... hm ...«

Nein, ihr war damals nichts aufgefallen, weil sie auch damals schon morgens zum Frühstück ihren ersten Scotch getrunken hatte. Aber das würde sie dieser gut aussehenden Frau nicht auf die Nase binden.

»Ich weiß, dass er sich manchmal beobachtet fühlte. Aber ganz ehrlich, rückblickend verwundert mich das nicht sonderlich.«

»Wegen seines homosexuellen Doppellebens?«, fragte die blonde Polizistin unverwandt.

»Ja. Deswegen. Wer sich als konservativer Abgeordneter mit Frau und zwei Kindern regelmäßig von irgendwelchen Strichern den Schwanz lutschen lässt ...«, sie merkte, dass sie ordinär wurde, doch sie konnte sich nicht zusammenreißen, »... der kann sich doch auch schon mal verfolgt fühlen, oder? Mich wundert das ehrlich gesagt überhaupt nicht. Er wusste, dass das ganze Kartenhaus in sich zusammenfallen würde, wenn sein verdammtes Doppelleben rauskommt. Natürlich fühlte er sich verfolgt und beobachtet! Das hätte doch wohl jeder getan.«

»Wissen Sie, ob er bedroht wurde?«

»Nein, weiß ich nicht. Mein Mann hat nicht viel mit mir gesprochen. Entweder hat er gearbeitet oder er war unterwegs, wo auch immer ...«

»Verstehe.«

»Ach, nichts verstehen Sie!« Nun wurde ihre Stimme doch laut. »Sie können sich doch gar nicht vorstellen, wie das ist, wenn der eigene Mann eine Schwuchtel ist. Hätte er sich doch wenigstens vor einer Kirche abschlachten lassen – aber nein, mit heruntergelassener Hose in der Nähe eines Saunaclubs. Und das hier! In Belfast. Haben Sie eigentlich eine Vorstellung davon, was das für mich bedeutet? Mein gesellschaftliches Leben ist doch auf dem Tiefpunkt! Die Witwe des schwulen Abgeordneten lädt doch keiner mehr ein.«

Carole Spitman räusperte sich. Sie suchte offensichtlich nach den richtigen Worten.

»Okay. Eine andere Frage. Bevor Ihr Mann in die Politik ging, arbeitete er für den MI6.«

»Ja. Ein schwuler James Bond.« Sarah Turpin lachte heiser auf und nahm noch einen Schluck von ihrem Scotch.

»Kannten Sie Ihren Mann in den Achtzigerjahren schon?«

»Nein, natürlich nicht. Was glauben Sie, wie alt ich bin?«

»Natürlich. Wissen Sie, was Ihr Mann für den MI6 gemacht hat?«

»Er war irgendein hohes Tier. Genau weiß ich es nicht. Wie gesagt, wir haben nicht viel miteinander gesprochen.«

Der Mistkerl hat mich doch nur geheiratet, weil er eine Ehefrau brauchte, um als Politiker Karriere zu machen, fluchte sie in Gedanken. Und sie war jung und hübsch gewesen und hatte nicht viele Fragen gestellt, die ideale Gattin.

Mein Gott, Steve ... Am Anfang habe ich dich wirklich geliebt. Und ich habe gedacht, dass du mich auch liebst. Ich habe geglaubt, dass wir so eine Art modernes Powerpaar sind, reich, schön und erfolgreich. Aber in Wirklichkeit hast du mich nur gebraucht, damit niemand was von deinen widerlichen Neigungen erfährt, du perverser alter Bock!

»Kennen Sie diese Personen? Oder eine davon?«

Carole Spitman hielt ihr einen Ordner hin. Die Fotos von vier Personen waren darin, eine Frau und drei Männer. Unter jedem Bild stand ein Name.

»Nein, die kenne ich nicht. Bis auf Sir Ian. Von dem habe ich in den Nachrichten gehört.«

»Ihr Mann hat früher mit Sir Ian zusammengearbeitet. Wissen Sie etwas über die Zusammenarbeit?«

»Nein. Ich weiß nur, dass Steve irgendwie für den Nahen Osten zuständig war. Aber ich glaube, er ist selbst nie hingefahren. Er hat alles von England aus gelenkt. Ein Schreibtischtäter, sagt man das nicht so?«

»Sagt Ihnen der Name Stan Bedford etwas?«

»No, nada.«

»Mrs. Turpin, gibt es noch irgendwelche Unterlagen aus der Zeit, in der Ihr Mann für den MI6 tätig war?«

»Er ist ja erst nach seiner Zeit beim MI6 nach Belfast gezogen. Da haben wir uns kennengelernt, und hier hat er nie von zu Hause aus gearbeitet. Entweder war er in Stormont Castle, dem Regierungssitz, oder in seinem Büro im Abgeordnetenhaus direkt daneben. Sein Arbeitszimmer hier hat er praktisch nie betreten.«

»Könnte ich es mir trotzdem mal ansehen?«

Sie sah Carole Spitman erstaunt an. »Aber Steve ist seit anderthalb Jahren tot! Ihre Kollegen haben sich nach dem Mord alles genau angeschaut. Was glauben Sie denn, was Sie da heute noch finden?«

»Ich weiß es nicht. Ich würde mir einfach gern selbst einen Eindruck verschaffen, wenn Sie nichts dagegen haben.«

»Bitte!«

Sie hievte sich aus dem Sessel und begleitete die Polizistin durch die Eingangshalle in die Bibliothek, die Steve offiziell als Arbeitszimmer genutzt hatte. Sein Schreibtisch war immer noch tadellos aufgeräumt – nach seinem Tod wurde der Raum genauso wenig genutzt wie vorher. In den Regalen standen ausschließlich historische Bücher, mit goldenem Buchschnitt und in Leder gebunden, eben alles, was optisch etwas hermachte. Gelesen hatte noch niemand in diesen alten Schinken. Aktenordner oder Unterlagen gab es hier erst recht nicht.

Carole Spitman ging ein paar Schritte in den Raum und sah sich aufmerksam um. Sie blickte über den Schreibtisch und bückte sich schließlich, um unter die Tischplatte zu schauen.

Streckt die mir jetzt etwa ihren kleinen Knackarsch entgegen? Damit mir ihre tolle Figur noch mal richtig auffällt? Blöde Kuh.

»Ich schaue nur, ob es hier vielleicht eine Art Geheimfach gibt«, sagte Carole Spitman, als hätte sie Sarahs Gedanken gelesen.

»Für seine schwule Pornosammlung, oder was?«

»Daran hatte ich jetzt nicht gedacht ...« Die Polizistin strich mit ihrer Hand unter der Tischplatte entlang. »Nein, hier ist nichts. Hm.«

Aufmerksam sah sie sich im Raum um. Dann fiel ihr Blick auf eine alte Schwarz-Weiß-Fotografie, die gegenüber vom Schreibtisch an der Wand hing und auf der Strand und Palmen zu sehen waren.

»Was ist das für eine Insel?«

»Das ist eine Aufnahme von Guantanamo.«

»Wie bitte?«

»Von früher natürlich. Bevor die Amerikaner dort ihren Knast gebaut haben.«

»Warum hat Ihr Mann dieses Foto hier hängen?«

»Er war ein großer Fan von George W. Bush und dessen Kampf gegen den Terror. Er war für Guantanamo, hielt die ganze Einrichtung für vollkommen richtig. Die Verhörmethoden, die man dort verwendet, waren für ihn die einzige Sprache, die diese Verbrecher verstanden, das sagte er zumindest immer. Also, das muss man Steve ja lassen: Auch wenn er kein richtiger Kerl war, wenn es um den Umgang mit Verbrechern ging, kannte er keine Gnade.«

Sie wusste, dass sie bitter klang. Natürlich, wie sollte sie auch nicht bitter klingen? Steve hatte als Hardliner gegolten, als einer, für den Waterboarding nicht mehr als eine erfrischende Dusche und Folter eine probate Verhörmethode im Umgang mit Terroristen waren. Sarah hatte sich später häufig gefragt, ob er bei diesen Themen bewusst so hart gewesen war, damit niemand auf die Idee kam, dass er schwul sein könnte. Von Schwulen dachte man doch, sie wären eher künstlerische und sensible Typen und nicht solche harten Kerle wie Steve. Sein ganzes Leben war einfach ein einziges Lügenmärchen gewesen.

Jetzt war auch noch ihr Glas leer. Verdammt. Die Polizistin würde bestimmt blöd gucken, wenn sie sich noch einen einschenkte. Hoffentlich verschwand die bald.

»Mrs. Turpin, wissen Sie, ob Ihr Mann eine außereheliche Beziehung führte?«

»Wollen Sie mich verarschen? Es ist doch allgemein bekannt, dass er …«

»Das meine ich nicht«, unterbrach Carole Spitman sie. »Ich meine, ob er eine Beziehung zu einem Mann pflegte, die über den sexuellen Kontakt hinausging.«

»Und Sie glauben, dass er ausgerechnet *mir* davon erzählt hätte?«

Jetzt brauchte sie doch noch einen Scotch. Kopfschüttelnd ging Sarah zu der kleinen Bar, die im Wandschrank der Bibliothek untergebracht war.

»Vielleicht ist Ihnen ja irgendetwas aufgefallen, ein Mann, der häufiger anrief oder aus anderen Gründen Kontakt zu ihrem Mann suchte. Sein Fahrer, der Gärtner …«

»Unser Gärtner ist fast siebzig, und Steves Fahrer hatte sieben Kinder von drei Frauen. Nein, nein …«

Doch als Sarah eine neue Flasche Scotch öffnete, hielt sie für einen Moment nachdenklich inne. »Lewis ...«

»Wer ist Lewis?«

»Lewis ist der junge Mann vom Getränkehandel. Er kam mindestens einmal in der Woche vorbei, um die Bar und den Weinkeller aufzufüllen ... Und natürlich, um Wasser und Saft zu liefern.«

»Und was war mit diesem Lewis?«

»Mit ihm war eigentlich nichts. Aber jetzt, wo Sie so fragen ... Mein Mann war komischerweise immer hier, wenn Lewis uns einen Besuch abstattete. Jedenfalls fast immer. Und Sie müssen wissen, dass mein Mann tagsüber sonst nie Zeit hatte. Er hat es in seinem ganzen Leben nicht geschafft, sich *eine* Aufführung seiner Kinder in der Schule anzuschauen. Nie hatte er Zeit. Aber wenn Lewis kam, war er erstaunlich oft zu Hause.«

»Kommt dieser Lewis heute noch zu Ihnen?«

»Nein, das ist ja gerade das Komische. Nach Steves Tod kam er nie wieder. Seitdem besucht uns dieser stinkende Clay.«

Auf Wunsch von Carole Spitman wies Sarah Laureen an, ihr die Adresse des Getränkehandels rauszusuchen.

»Glauben Sie, Lewis hat Steve umgebracht?«, fragte Sarah, als sie die Polizistin zur Tür brachte.

»Nein, das glaube ich nicht. Aber vielleicht kannte er Ihren Mann besser als ... Vielleicht kann er mir noch etwas Neues sagen.«

Sarah wusste genau, was Carole Spitman sagen wollte. Vielleicht war der hübsche Lewis so etwas wie Steves Vertrauensperson gewesen. Ein Mann, den er nicht nur körperlich geliebt hatte.

Sie merkte, wie ihre Hände zitterten. Sie verabschiedete die Polizistin und zog sich mit einer Flasche Scotch in ihr Zimmer zurück. Ein Glas nahm sie gar nicht erst mit.

30

Rachel biss frustriert in ihr Eiersandwich, das sie sich heute Morgen bei Marks & Spencer geholt hatte. Ein wenig Mayonnaise tropfte auf ihre Bluse. Genervt versuchte sie, mit einer Papierserviette den Fleck zu beseitigen, was ihn nur noch größer machte.

Seit drei Stunden versuchte sie nun, weitere Akten vom MI6 zur Einsicht zu bekommen, und telefonierte deshalb immer wieder mit Agent Billings und anderen Mitarbeitern aus der Abteilung. Aber entweder waren die Akten angeblich schon geschickt worden (und leider niemals bei ihr angekommen) oder unterlagen einer solch hohen Geheimhaltungsstufe, dass man sie Rachel nicht geben konnte. Dieser bürokratische Wahnsinn nervte sie unendlich.

Wenigstens war Bedford erst mal aus der Schusslinie gebracht worden. Da das Cottage schon eine ganze Weile nicht mehr benutzt worden war, waren zwei Kollegen vom technischen Sicherheitsdienst von Scotland Yard bei ihm, um das Haus auch technisch zu einer Festung zu machen. Ihr Killer müsste schon ein verfluchter Halbgott sein, wenn er die Bewegungsmelder und Kameras ausschalten, den Kollegen überwältigen und dann auch noch Bedford töten wollte.

Rachel schaute nachdenklich aus dem Fenster. Und wenn er ein verfluchter Halbgott war? Zumindest war er verdammt gerissen – und ein Profi, das wusste sie mittlerweile fast mit Sicherheit. Sie hatten mehrere Hinweise, dass ihr Täter wahrscheinlich ein Wiederholungstäter war. Einer der ziemlich genau wusste, was er tat. Sie musste dringend noch mehr über ihn herausfinden, um endlich ein anständiges Täterprofil erstellen zu können. Durch den Anschlag auf dem Friedhof hatte sie völlig vergessen, die Pflegeeltern von John Caine zu ermitteln.

Rachel griff zum Telefon und wählte die Nummer des Jugendamtes. Sie erklärte ihr Anliegen, und nachdem sie mehrfach hin und her verbunden worden war, glaubte sie, endlich den richtigen Ansprechpartner an der Strippe zu haben.

»Es geht um eine Pflegefamilie, aber ich habe leider nur den Namen des Pflegekindes und einen groben Zeitraum, wann es vermutlich in dieser Familie untergebracht wurde. Meinen Sie, das reicht, um die Adresse der Pflegeeltern ausfindig zu machen?«

»Ja, das ist durchaus möglich. Wie heißt das Kind denn?«

»Er hieß ursprünglich Amir Baran oder Amir Caine. Sein Name wurde aber in John geändert, als er in England ankam. Er wurde 1983 hierhergebracht, war dann erst in Krankenhäusern und Waisenheimen und kam 1985, im Alter von fünf Jahren, in eine Pflegefamilie.«

»Okay. Warten Sie, das kann einen Moment dauern.«

Rachel landete in der Warteschleife. War das *Sympathy for the devil?* Sie musste grinsen. Ein netter Song für das Jugendamt. Wahrscheinlich hatten die Stones früher selbst mal mit dieser Behörde zu tun gehabt.

Kurze Zeit später war wieder die Stimme des Mitarbeiters zu hören, dessen Namen Rachel vergessen hatte.

»Ms Hyatt?«

»Ja, ich bin noch dran. Haben Sie die aktuelle Adresse der Pflegeeltern gefunden?«

»Wenn Sie so wollen. Sie liegen auf dem East Finchley Cemetery.«

»Sie sind nicht mehr am Leben?«

Rachel stöhnte auf. War eigentlich jeder tot, der irgendwann mal etwas mit John Caine zu tun gehabt hatte?

»Sie starben 1997. Alle beide. Sind wohl ertrunken.«

»Wie ist das passiert?«

»Warten Sie, ich suche den Vorgang raus.«

Wieder landete Rachel in der Warteschleife und summte leise die Stones mit.

»So, hier habe ich es.« Der Mann war wieder in der Leitung. »Also, es gab keine Zeugen. Aber Ann Grocer, die Pflegemutter, konnte wohl nicht schwimmen. Bei einem Spaziergang muss sie unglücklich gestürzt und in die Themse gefallen sein. Die Polizei vermutete, dass Simon Grocer hinterhersprang, um seine Frau zu retten. Aber der Fluss ist tückisch. Beide sind dann ertrunken. Ihre Leichen hat man erst Wochen später gefunden. Eine Fremdeinwirkung konnte man nicht feststellen. Insofern muss es sich wohl um einen tragischen Unfall gehandelt haben.«

»Was wurde aus John?«

»Er verschwand, nachdem seine Pflegeeltern verunglückt waren. Natürlich hat die Polizei damals nach ihm gesucht, aber er war nicht aufzufinden. Da kein Fremdverschulden vorlag und es keinen Verdacht gab, John könnte etwas mit dem Tod der Grocers zu tun haben, hat man die Suche irgendwann eingestellt. Er war damals ja schon fast achtzehn und konnte eigentlich machen, was er wollte. Ich habe hier jede Menge Protokolle über seinen Gesundheitszustand, die zunächst vom Heim und dann von den Pflegeeltern verfasst wurden.«

»Können Sie mir die schicken?«

»Ja. Dauert nur ein bisschen, bis ich die alle zusammenhabe. Aber dann maile ich sie Ihnen.«

»Danke. Gab es noch andere Pflegekinder in der Familie?«

»Ja. Zwei. Wollen Sie die Adressen?«

»Bitte.«

Rachel notierte sich Namen und Anschrift der beiden anderen Pflegekinder und beendete das Gespräch.

»Ich fahre nach Kensington«, sagte sie zu Bob, der mit einem Stapel Unterlagen ins Büro kam.

»Willst du Prinz William besuchen?«

Mit einem lauten Knall landeten die Akten auf dem Schreibtisch.

»Sehr lustig. Ich will zu Abigail van Houten.«

»Wow! Was ein Name! Ist die irgendwie prominent oder so?«

»Nein. Sie lebte in der gleichen Pflegefamilie wie John Caine. Eine Art Schwester also.«

»Schön. Ich ackere mich in der Zeit durch diese schätzungsweise hundert gefaxten Seiten vom MI6.«

»Ach! Haben die endlich was geschickt? Ich hab mir schon die Finger wund telefoniert.«

»Ja, sie haben es zu Juanita gefaxt.«

»Die hat doch heute frei.«

»Deshalb fiel das ja auch erst auf, als die Seiten auf den Boden purzelten.«

»Warum haben die das nicht mir geschickt?«

»Weil es Ärsche sind?«

Kopfschüttelnd verließ Rachel das Büro. Die Zusammenarbeit mit dem MI6 war schon immer schwierig gewesen, aber jetzt hatte sie fast den Eindruck, als wenn die ihre Ermittlungen behindern wollten. Unterstützung sah jedenfalls anders aus.

Zwanzig Minuten später parkte sie vor dem Haus von Abigail van Houten. Auch wenn die Frau nicht prominent ist, Geld muss sie haben, vermutete Rachel, als sie vor dem modernen Townhouse stand. Es war in strahlendem Weiß verputzt, eine schwarze, glänzende Holztür prangte in der Mitte der Fassade, und alles an diesem Haus sah nach Geld aus.

Kurz nachdem sie geklingelt hatte, wurde ihr von einer rot gelockten Frau die Tür geöffnet. Ihre Haare leuchteten fast und standen wild durcheinander von ihrem Kopf ab. Sie selbst war sehr schlank und trug einen eng anliegenden grünen Catsuit. Sie sah aus, als käme sie gerade vom Sport.

Rachel stellte sich vor und fand sich wenig später in einem cremefarbenen Wohnzimmer wieder. Auch hier war alles sehr elegant und teuer, aber geschmackvoll eingerichtet.

»Möchten Sie ein Limonenwasser?«

Rachel schüttelte den Kopf, während Abigail van Houten ihr Glas in einem Zug leer trank.

»Sorry, mein Personal Trainer war eben da. Ich muss dringend was trinken.«

Rachel fragte sie nach John Caine.

»Nun, ich würde ihn nicht gerade als meinen Bruder bezeichnen. Wir lebten zwei Jahre gemeinsam bei den Grocers. Meine leiblichen Eltern sind damals bei einem Verkehrsunfall ums Leben gekommen, und ich musste zwei Jahre in einer Pflegefamilie überbrücken, bevor ich allein leben konnte. Als ich auszog, war John gerade mal zwölf. Wir hatten nicht viele Berührungspunkte.«

»Wie war das Verhältnis zwischen John und den Pflegeeltern?«

»Ach, Ann und Simon waren feine Leute. Sehr liebevolle Pflegeeltern. Sie waren selbst kinderlos und stürzten sich daher in die Pflege der Kinder, die ihnen vom Jugendamt vermittelt wurden. Und das war mit Sicherheit kein leichter Job. Irgendwie waren wir ja doch alle traumatisiert. Ich war über Nacht zur Vollwaise geworden, John hatte Schreckliches in Afghanistan erlebt ... Es war nicht einfach, uns ein normales Familienleben zu bieten. Aber Ann und Simon kümmerten sich wirklich wie verrückt. Vielleicht ein bisschen arg viel. Gerade John wurde von ihrer Fürsorge fast erdrückt.«

»Wissen Sie, was John Caine in Afghanistan erlebt hat?«

»Na ja, nicht so richtig. Er hatte diese wirklich schlimme Narbe an der Hand und erzählte mir irgendwann mal, dass er sie bekommen hätte, als seine Eltern starben. Aber wie das passiert ist, weiß ich nicht. Ich glaube, er wusste es selbst nicht. Unsere Pflegemutter hat mir später mal erzählt, dass seine Eltern an den Folgen der Folter gestorben wären. Sie vermutete, dass John irgendwie dabei war und dann versehentlich was abbekommen hat. Aber ob das stimmt, weiß ich nicht.«

»Wie würden Sie seine Persönlichkeit beschreiben? War er ein introvertierter Junge, oder neigte er zu Gefühlsausbrüchen?«

»Eher introvertiert, würde ich sagen. Er hat sich so oft zurückgezogen, wie es nur ging. Das war allerdings nicht so häufig der Fall, da Ann und Simon es kaum aushielten, wenn sich einer ihrer Schützlinge in sein Schneckenhaus verkroch. Sie waren so sehr darauf bedacht, unsere Traumata mit Liebe zu heilen, dass wir praktisch keine Privatsphäre hatten. Das war manchmal ganz schön nervig.«

Das konnte Rachel gut nachvollziehen. Es war einer der Gründe, warum ihre Beziehung mit Mike zerbrochen war. Wegen seiner rasenden Eifersucht hatte er sie kaum noch allein gelassen. Selbst wenn sie in der Badewanne gelegen hatte, war er hereingekommen, um zu sehen, ob sie heimlich mit einem anderen Mann telefonierte.

»Hatten Sie nach Ihrem Auszug bei den Grocers noch Kontakt zu der Familie?«

»Nicht besonders viel. Mein echter Vater hat mir ein ordentliches Vermögen hinterlassen, und als ich endlich darüber verfügen konnte, wollte ich nur noch frei und selbstständig leben und die Vergangenheit hinter mir lassen. Ich bin dann ein paar Jahre nach Paris gegangen und habe dort studiert. Und bald darauf sind Ann und Simon ja auch schon verunglückt.«

»Können Sie sich vorstellen, dass John etwas mit ihrem Tod zu tun hat?«

»Nein. Ehrlich gesagt nicht. Warum sollte er ihnen etwas antun?«

Rachel zuckte die Achseln.

»Haben Sie noch irgendwelche Fotos von früher, auf denen John zu sehen ist?«

»Bestimmt. Einen Moment.«

Abigail van Houten stand auf und verließ den cremefarbenen Raum. Rachel blickte ihr gedankenverloren nach. Hätte sie diese attraktive Frau in ihrem wunderschönen Haus unter anderen Umständen kennengelernt, hätte sie sie wahrscheinlich schnell als neureiche Ehefrau abgestempelt. Häuser in der Lage und Größe wurden überwiegend von superreichen Russen oder Arabern bewohnt. Dass Mrs. van Houten einen schweren Schicksalsschlag in ihrer Jugend erlitten hatte und so recht früh zu ihrem Reichtum gekommen war, passte gar nicht zur vermeintlich glamourösen Fassade der Nachbarschaft.

Mit einer geblümten Kiste kam sie zurück ins Wohnzimmer. »Hier müsste in jedem Fall was dabei sein«, sagte sie und kippte den Karton kurzerhand auf dem Wohnzimmertisch aus. Briefe, Fotos, lose Zettel, Kinderzeichnungen und Postkarten fielen auf den großen Tisch. Mit wehmütigem Gesichtsausdruck wühlte Abigail van Houten in den Erinnerungen ihrer Kindheit.

»Hier, das ist ein Foto von uns allen. Es muss Weihnachten gewesen sein. Sonst wären wir nicht so rausgeputzt. Die etwas dickere Frau links im Bild ist Ann Grocer. Und der dunkelhaarige Junge, um den sie den Arm legt, ist John.«

Sie reichte Rachel das Foto.

Ja. Das war er. Sie erkannte ihn sofort. Die dunklen Augen, der intensive Blick, die markanten Gesichtszüge – die Ähnlichkeit mit dem Phantombild war verblüffend. Und diese Augen ... Waren es dieselben, die sie neulich durch ihr Wohnzimmerfenster beobachtet hatten? Ja. Es war möglich.

»Gibt es ein Foto, auf dem man vielleicht die Narbe auf der Hand sehen kann?«

Abigail van Houten wühlte sich durch die Papiere.

»Nein ... Hier ist noch eines von Mummy-Anns Geburtstag. Aber seine Hand sieht man dort auch nicht. Hm, ich glaube, mehr Fotos habe ich nicht. Ich war ja nur zwei Jahre dort, allzu viele Familienfeste habe ich nicht mitbekommen.«

»Hat John Caine irgendwann einmal versucht, Kontakt zu Ihnen aufzunehmen?«

»Nein. Ich habe ihn seit damals nie wieder gesehen.«

»Haben Sie sich in der letzten Zeit belästigt oder bedroht gefühlt?«

Falls John Caine für den Tod seiner Pflegeeltern verantwortlich war, konnte Rachel nicht ausschließen, dass er weitere Mitglieder seiner Ersatzfamilie umbringen würde.

»Nein, überhaupt nicht. Ich lebe sehr zurückgezogen und bin nur in den Sommermonaten in London. Den größten Teil des Jahres lebe ich in Monaco. Mein Mann hat dort beruflich viel zu tun.«

»Gut. Falls John hier auftauchen oder sich bei Ihnen melden sollte, sagen Sie uns bitte sofort Bescheid.«

Rachel wollte sich gerade von Abigail van Houten verabschieden, als ihr Handy klingelte. Es war Bob.

»Wir haben es nicht nur mit einem Serienmörder, sondern mit einer perfekt ausgebildeten Killermaschine zu tun!« Seine Stimme klang aufgeregt. »Du musst sofort ins Büro kommen.«

31

Sein Rücken schmerzte, als er die achte Kiste Wasser von der Palette auf den Verkaufsstand gehievt hatte. Seitdem es unter dem wohlhabenden Teil der Bevölkerung in Mode gekommen war, Wasser wieder aus richtigen Glasflaschen zu trinken, musste er deutlich mehr Gewicht von A nach B schleppen als früher. Und obwohl er gut trainiert war und seine Muskulatur nichts zu wünschen übrig ließ, machte sich sein Kreuz immer häufiger bemerkbar.

Du wirst alt, dachte Lewis und brachte die leere Palette zurück ins Lager, um sie dort erneut zu beladen. Sein dreißigster Geburtstag lag noch nicht lange zurück, und er musste sich eingestehen, dass er mittlerweile ein ziemlich großes Problem mit der Dreißig hatte. Jugendwahn und Körperkult wurden in der Szene immer wichtiger, und obwohl er von allen Seiten hörte, wie attraktiv er war, wurden die Selbstzweifel mit den Jahren eher mehr als weniger.

Besonders seit Steve nicht mehr da war.

Obwohl er jeden Tag körperlich sehr hart arbeitete, ging Lewis nach Feierabend noch ins Fitnessstudio, bevor er in den angrenzenden Park zum Cruisen fuhr. Natürlich stattete er nicht jeden Abend dem Park einen Besuch ab, manchmal war er so erschöpft, dass er wahrlich keine Lust mehr auf anonymen Sex hatte. Aber häufig genug zog er die Nähe zu einem Fremden der Einsamkeit seines Apartments vor.

Warum bindest du dich nicht endlich, fragte ihn seine Mum

immer wieder. Er liebte sie abgöttisch, besonders, weil sie mit seiner Homosexualität nie ein Problem gehabt hatte. Im Gegensatz zu seinem Vater. Während Mum es wahrscheinlich schon seit seiner Kindheit geahnt hatte, hatte sein Vater einen Tobsuchtsanfall bekommen, als Lewis sich damals geoutet hatte. Bis heute hatten sie keinen Kontakt, und wenn Harald seinen Sohn doch mal zufällig traf, sprach er kein Wort mit ihm. Eine Situation, unter der Lewis nach wie vor litt. Mum hatte ihn dagegen immer verstanden. Aber von Steve hatte er ihr trotzdem nichts erzählen dürfen, niemand hatte von ihm und Steve gewusst.

»Sind Sie Lewis Craig?«, sagte plötzlich eine Stimme hinter ihm.

»Ja. Und wer sind Sie?«

Die Frau stellte sich als Carole Spitman von Scotland Yard vor und zeigte ihm ihren Ausweis. Dann sagte sie, dass sie mit ihm über Steve reden müsse.

Er schluckte. Er dachte die ganze Zeit an Steve, Tag und Nacht. Immer malte er sich aus, wie seine letzten Minuten gewesen waren. Warum war er mit heruntergelassener Hose gefunden worden? Hatte er doch noch einen anderen gehabt, oder war es nur irgendein kleiner Stricher gewesen? Wahrscheinlich würde er das nie erfahren.

Sie gingen in die kleine Teeküche, in der um diese Uhrzeit niemand war, und setzten sich an den klebrigen Tisch, der mit einer alten Wachsdecke überzogen war.

»Ist es richtig, dass Sie eine Beziehung mit dem verstorbenen Steve Turpin hatten?«

Woher weiß sie das?

»Äh … Ja. Das stimmt.«

»Wie lange waren Sie zusammen?«

Er zögerte. Immerzu hatte Steve ihm eingebläut, dass er

niemals jemandem von ihrer Beziehung erzählen durfte. Damals, bei den ersten Verhören, hatte er sich auch noch daran gehalten. Aber welchen Sinn machte das heute noch? Anderthalb Jahre nach seinem Tod?

»Wir waren fast fünf Jahre ein Paar«, sagte er dann. »Aber es war nicht so, wie Sie sich vielleicht denken. Wie alle sich denken. Er war nicht der ältere, heimlich schwule Prominente, der sich einen jungen Lover hielt. Wir waren echte Partner, Seelenverwandte, lagen total auf einer Wellenlänge. Ich habe seinen Tod bis heute nicht überwunden.«

Jetzt wollte sie bestimmt wissen, wo sich Steve in der Schwulenszene überall herumgetrieben hatte, welche sexuellen Vorlieben er besaß und mit wem er es alles getrieben hatte. Das hatten ihn die Bullen damals auch gefragt, als sie alle Leute vernommen hatten, die für das Haus Turpin tätig waren. Und da sie wussten, dass Lewis schwul war, hatten sie ihn fast ausschließlich über die Szene befragt. Die Angaben hatten ihnen gar nicht detailliert und schmuddelig genug sein können. Es war fast so gewesen, als hätten sie ihren Spaß daran gehabt, dass ein konservativer Politiker wie Steve auf diese Art und Weise ums Leben gekommen war. Lewis hatte damals alle seine Kräfte mobilisieren müssen, um sich zusammenzureißen. Denn von ihrer Beziehung hatte er den Bullen beim besten Willen nichts erzählen wollen. Schon gar nicht diesen geifernden Typen, die nach dem Mord bei ihm gewesen waren.

Aber diese Polizistin war anders. Sie interessierte sich nicht für Steves Sexleben, sondern wollte etwas ganz anderes erfahren, das spürte er.

»Hat Mr. Turpin mal mit Ihnen über seine Zeit beim MI6 gesprochen?«

Lewis strich sich seine schwarzen Haare aus der Stirn, die er von seiner puerto-ricanischen Mutter geerbt hatte. Er musste sie dringend mal schneiden, sie reichten ihm jetzt schon fast bis zur Schulter.

»Interessant, dass Sie danach fragen.«

Er betrachtete seine gebräunten Hände. Steve hatte sie geliebt, er hatte immer gesagt, sie seien feingliedrig und zart, was Lewis zum Lachen gebracht hatte. Für ihn waren es Arbeiterhände, aber Steve hatte das anders gesehen.

»Seine Zeit beim MI6 war immer ein schwieriges Thema.«

»Warum?«

»Weil ich der Meinung war, dass er eine ganze Menge unverarbeitetes Zeug mit sich herumschleppte. Durch die Erfahrungen, die ich seit meinem Coming-out gemacht habe und die wahrlich kein Zuckerschlecken waren, weiß ich, wie nützlich psychologische Hilfe sein kann. Und meiner Meinung nach brauchte Steve die dringend.«

Er dachte kurz an seinen Vater, der ihn einmal fast totgeprügelt hätte, als er ihn mit einem Freund im Schlafzimmer erwischt hatte. Als Lewis nach drei Wochen aus dem Krankenhaus entlassen worden war, hatte er zum ersten Mal einen Psychologen aufgesucht. Anders hätte er den Schock, vom eigenen Vater fast umgebracht worden zu sein, niemals verarbeitet.

»Steve sah das anders. Für ihn waren Psychologen Quacksalber, und er war davon überzeugt, dass sie ihm nicht helfen würden.«

»Warum wollten Sie, dass Mr. Turpin psychologische Hilfe in Anspruch nimmt?«

»Die Zeit beim MI6 lastete auf ihm. Er war seinerzeit so auf seine Karriere fixiert, dass er wohl Entscheidungen traf, die er später selbst infrage stellte.«

»Können Sie etwas konkreter werden? Um welche Entscheidungen handelte es sich dabei?«

»Dieser ganze Afghanistan-Kram. Rückblickend ist das doch ein Wahnsinn gewesen. Da unterstützen wir jahrelang die Mudschahedin, nur um den Russen eins auszuwischen, und am Ende entstehen daraus die Taliban, die das World Trade Center zum Einsturz bringen und die halbe Welt in Angst und Schrecken versetzen. Da ist doch wirklich einiges schiefgelaufen. Steve war damals in einer ziemlich verantwortungsvollen Position. Da fragt man sich selbst natürlich schon manchmal, ob man eine gewisse Mitschuld trägt.«

»Wissen Sie, was er bei den Afghanistan-Einsätzen genau gemacht hat?«

»Nein. Ich weiß nur, dass er selbst nie unten war. Er hat immer alles vom Schreibtisch aus geregelt. Aber das spricht ihn natürlich nicht von der Verantwortung frei. Im Gegenteil.«

»Hat er mit Ihnen mal über einen konkreten Fall gesprochen?«

»Nein. Er hat meine Fragen meistens abgeblockt und versucht, das alles nicht so nah an sich ranzulassen. Aber ich habe gespürt, was für ein Problem das für ihn war. Es gab da manchmal so Momente ... da kam das richtig aus ihm raus.«

»Was hat er dann zu Ihnen gesagt?«

»Na ja, er war immer ein bisschen kryptisch. Aber wenn wir zum Beispiel im Bett waren, strich er mir manchmal über meine Haare und meinte, die wären genauso schwarz wie die eines kleinen Jungen aus Afghanistan.«

Lewis erinnerte sich, wie er ihn nach dem Kind gefragt und wie sich Steves Augen mit Tränen gefüllt hatten, als er ihm sagte, dass der Junge womöglich wegen ihm zum Waisenkind geworden war.

Als Lewis Carole Spitman davon erzählte, sah er die Verwunderung im Gesicht der Polizistin.

»Heißt das, dass Steve Turpin für den Tod der Eltern des kleinen Jungen verantwortlich war? Hat er sie umgebracht?«

»Nein, nein, wie gesagt, er selbst war nie in Afghanistan. Natürlich habe ich ihn auch sofort danach gefragt, aber er wich meinen Fragen immer wieder aus. Er sagte nur, dass jemand die Eltern von dem kleinen Jungen denunziert und dass er das von Anfang an geahnt hätte. Aber er hat nichts unternommen, um sie zu retten.«

»Wie muss ich mir das vorstellen? Ich meine, er konnte doch nicht von seinem Schreibtisch in London einzelne Personen in Afghanistan retten. Das funktioniert doch nicht.«

»Das habe ich auch gefragt. Es gab wohl einen Denunzianten, und Steve glaubte, den hätte er theoretisch aufhalten können.«

»Warum hat er es dann nicht getan?«

»Er meinte, die politischen Umstände wären damals schwierig gewesen, und es hätte nicht nur für ihn und die ganze Abteilung schwere Konsequenzen gehabt, wenn alles rausgekommen wäre.«

»Wegen beruflicher Konsequenzen hat er das Leben dieser Menschen geopfert?«

»Ja, nein, so einfach war das wohl nicht. Er sprach von internationalen Konsequenzen, vom Kalten Krieg, der dann womöglich eskaliert wäre. Mehr wollte er meistens nicht dazu sagen.« Lewis fuhr sich mit den Händen durch die Haare. »Ich weiß, wie Steve auf Sie wirken muss. Aber Sie müssen die gesamte Situation sehen. Sein Weg war nicht einfach. Steve wuchs in Belfast auf, und das zu einer Zeit, als hier Bürgerkrieg herrschte. Er war von Kindesbeinen an mit dem Terror vertraut, er wusste, dass man manche Dinge einem höheren Ziel opfern muss. Dann war da noch seine private Situation. Er kam aus einem sehr konservativen und religiösen Elternhaus, seine Homosexualität hätte er niemals ausleben können. In London hoffte er, dass alles besser würde. Er arbeitete konsequent an seiner Karriere. Aber er war nicht so ein harter Kerl, wie viele es immer glaubten. Er hatte ein weiches Herz und trug schwer daran, dass es Menschen gab, die aufgrund seiner Entscheidungen den Tod fanden. Aber ist das nicht das Schicksal vieler Politiker?«

»Ich bin nicht hier, um über Mr. Turpin zu urteilen.«

»Ja, ich weiß. Ich wollte ja auch nur erklären, wie er war. Wie er wirklich war, meine ich. Die Dinge sind halt meistens nicht einfach nur schwarz oder weiß. In der Regel steckt dahinter eine lange Geschichte.«

Die Polizistin nickte. »Seine Witwe scheint ein anderes Bild von ihm gehabt zu haben. Sie sagte mir, er wäre ein George-Bush-Fan gewesen, hätte Guantanamo gutgeheißen, und härtere Verhörmethoden, womöglich sogar Folter, hätte er auch befürwortet.«

»Tja, die Gute sieht das wohl ein bisschen eindimensional.« Lewis seufzte. »Es stimmt, er war dafür, Terroristen nicht mit Samthandschuhen anzufassen. Einerseits setzte er sich dafür ein, dass hart gegen solche Leute vorgegangen wird, andererseits rührte ihn das Schicksal Einzelner. Wenn man genauer darüber nachdenkt, muss das kein Widerspruch sein. Durch Einzelschicksale bekommt das Grauen doch oft erst ein Gesicht. Das musste Steve schmerzhaft lernen. Dass seine Frau das nicht verstehen konnte, wundert mich allerdings nicht.«

»Hielt Mr. Turpin Kontakt zu ehemaligen MI6-Mitarbeitern?«

»Das weiß ich nicht. Ich kann mir nicht vorstellen, dass seine Zeit das zuließ.«

»Eine letzte Frage noch.« Carole Spitman zog ein Blatt

Papier aus ihrer Tasche. »Haben Sie diesen Mann schon einmal gesehen?«

Lewis starrte auf das Phantombild, das ihm die Polizistin hinhielt. Er spürte, wie ihm schlecht wurde. Dann nickte er langsam.

32

Rachel hatte noch nicht mit Bob sprechen können, der mit Agent Billings telefonierte, seitdem sie ins Büro zurückgekommen war. Sie hatte die Zeit genutzt und die Mail vom Jugendamt ausgewertet, in der jede Menge Protokolle über John Caines Gesundheitszustand enthalten waren.

Jetzt saß sie mit ihren Kollegen im Besprechungsraum. Bis auf Carole Spitman, die immer noch in Belfast war, waren alle Kollegen da. Snyder verspeiste zum großen Ärger der anderen ein Thunfischsandwich, sodass der kleine Besprechungsraum von einer Wolke aus Zwiebelaroma und Fischgestank durchzogen wurde.

»Snyder, ehrlich, das ist ekelhaft!«, schimpfte Luc Maladry.

»Wenn du schon dauernd was in dich reinstopfen musst, dann steig doch wenigstens auf Schokolade um«, schlug Charly Benson vor. »Dann hätten wir vielleicht eine Chance, nicht alle den Erstickungstod zu sterben!«

»Ha-ha.« Demonstrativ biss Snyder noch einmal in sein Sandwich und rülpste dann leise, was für eine erneute Welle der Empörung sorgte.

Rachel konnte sich ein Grinsen nur schwer verkneifen und wollte gerade für Ruhe sorgen, als Bob das Wort ergriff.

»So, jetzt bitte die Aufmerksamkeit auf unseren Fall lenken, Herrschaften!«, sagte er und klatschte in die Hände.

Luc Maladry kippte das Fenster, damit wenigstens ein bisschen frische Luft zu ihnen hineinkam, dann wurde es ruhig im Raum.

»Wie ihr wisst, läuft die Zusammenarbeit mit dem MI6 eher suboptimal, um es mal vorsichtig zu formulieren. Nach langem Hin und Her haben sie uns aber endlich ein paar Akten gefaxt, die ich heute durchgesehen habe. Und da waren ein paar wirklich interessante Informationen dabei.«

Er schaltete den Beamer an, und das Porträt eines jungen Mannes wurde an die Wand projiziert. Er trug die Uniform der britischen Armee.

»Das hier ist unser momentaner Hauptverdächtiger: John Caine.«

Rachel sah Bob verwundert an. Woher hatte er das Foto vom erwachsenen John?

»Es ist die einzige Spur, die wir seit seinem Verschwinden aus dem Haus der Pflegeeltern Ann und Simon Grocer haben«, fuhr Bob fort. »Es zeigt ihn im Alter von zwanzig Jahren bei seinem Eintritt in die Army.«

»Er ist Soldat?«, fragte Rachel erstaunt.

»Nein. Er *war* Soldat. Er meldete sich freiwillig für Afghanistan. Für diesen Einsatz wurde er in allen Nahkampftechniken ausgebildet, die man sich nur vorstellen kann. Er war einer der Besten in seiner Truppe. Der Mann weiß, wie man tötet. Und das hat er in der Armee auch unter Beweis gestellt.«

Bob berichtete ihnen, dass John Caine unehrenhaft aus der Armee entlassen worden war. Er war in Afghanistan bei seinem dritten Einsatz auf eigene Faust losgezogen und hatte mehrere Zivilisten getötet, deren Eliminierung niemand angeordnet hatte. Nachdem er aus der Armee geflogen war, tauchte er wieder in der Anonymität Londons unter. Seitdem gab es von ihm keine Spur.

»Warum hat der MI6 Daten über John Caine gesammelt?«, fragt Luc.

»Das ist eine berechtigte Frage. Vielleicht hat der MI6 irgendwas mit dem Tod der Familie Baran zu tun, also auch mit der Ermordung von Johns Eltern. Wie er in die Sache verstrickt ist, wissen wir nicht, aber klar ist, dass der Junge nach England gebracht wurde und man seither versucht hat, seinen Lebensweg zu dokumentieren.«

»Wir haben es also mit einem ausgebildeten Killer zu tun«, sagte Rachel nachdenklich. »Das erklärt einiges.«

»Zum Beispiel?« Snyder hatte endlich aufgehört zu kauen.

»Es erklärt, warum die Spurenlage an den Tatorten so schlecht ist – der Täter weiß offensichtlich, wie man keine Spuren hinterlässt. Es erklärt auch, warum die Tötungsarten so stark variieren – er weiß, dass er die Ermittler so auf eine falsche Fährte führt. Und es erklärt die Emotionslosigkeit, mit der er offensichtlich vorgeht. Der Mann hat das Töten gelernt, er setzt es um wie einen Job.«

»Interessanterweise gibt es in den Akten einen Vermerk, dass die getöteten Zivilisten in Afghanistan überprüft werden sollten«, fuhr Bob fort. »Diese Überprüfung wurde aber nie durchgeführt.«

»Warum sollten die Opfer gecheckt werden? Gibt es nicht immer wieder Soldaten, die durchdrehen und dann marodierend durch die Dörfer laufen?«, fragte Charly Benson.

»Ja, solche Fälle gibt es natürlich. Ganz offensichtlich glaubte der MI6 aber nicht, dass das bei John Caine der Fall war. Während ihn die Armee einfach entließ und über die Vorfälle den Mantel des Schweigens ausbreitete, vermutete der MI6 wohl mehr hinter den Morden«, sagte Bob.

»Können wir rausfinden, wen er damals umgebracht hat?«

»Schwierig. Wenn uns der MI6 dazu keine Infos gibt, sehe

ich schwarz. Aber ich habe noch etwas in den Akten gefunden.«

Bob drückte auf einen Knopf, und der Beamer warf ein anderes Foto an die Wand. Es zeigte einen aschblonden Mann um die sechzig. Sein Gesicht war aufgedunsen und rötlich verfärbt, insgesamt sah er ziemlich fertig aus.

»Das ist Richard Caine, der Bruder von Peter Caine. Johns Onkel. Auch er wurde eine Weile vom MI6 beobachtet. In erster Linie allerdings, um zu klären, ob er das Sorgerecht für den kleinen John übernehmen konnte. Wegen seiner Alkoholsucht kam das aber nicht infrage.«

»Lebt er noch?«

Bob nickte.

»Ich werde mit ihm sprechen«, sagte Rachel. »Vielleicht kann er uns noch etwas über die Hintergründe sagen.«

»Gut.« Bob wandte sich wieder an die anderen. »Auch wenn es eine aufwendige Puzzlearbeit war, die lose Blättersammlung zu lesen, die uns der MI6 freundlicherweise zur Verfügung gestellt hat, haben wir endlich einen Zusammenhang zwischen den Opfern gefunden.«

Bob drückte erneut den Knopf am Beamer, und eine Skizze wurde an die Wand geworfen.

»Hier haben wir die Namen unserer Opfer. Der Fall begann mit Sir Ian, alles deutet aber daraufhin, dass er bereits das fünfte Opfer war. Die Mordreihe begann demnach im Jahr 2007 mit Catherine Bailey.«

»Falls John Caine mit dem Tod seiner Pflegeeltern 1997 nichts zu tun hat«, warf Rachel ein.

»Da wir hierfür keinerlei Anhaltspunkte haben, möchte ich das gern außen vor lassen«, sagte Bob.

Rachel nickte. Er hatte recht, sie sollten sich nur auf das konzentrieren, was sie mit Fakten belegen konnten.

»Catherine Bailey arbeitete für Sir Ian und wurde 1983 mit nach Afghanistan genommen, als man versuchte, die Familie Caine aus der afghanischen Haft rauszuholen.«

Bob projizierte ein Bild von Catherine Bailey an die Wand.

»Aus den Akten geht hervor, dass sie sich in ihrer Funktion als Kindermädchen um den kleinen John gekümmert hat. Unsere Vermutung hat Stan Bedford bestätigt.«

Bob drückte erneut auf den Knopf, jetzt waren Cedric Montgomery und Frank Waldmann zu sehen.

»Auch sie waren in Afghanistan, als die Caines starben. Montgomery hielt alles in seinen Protokollen fest, und Waldmann war eine Art Bodyguard für die ganze Truppe. Aus den MI6-Akten geht hervor, dass beide Augenzeugen der Ermordung der Caines wurden. Das gilt aber nicht für Steve Turpin und Sir Ian. Sie haben das Geschehen von London aus gelenkt, wobei Sir Ian wohl später noch nach Afghanistan reiste.«

»Die klassischen Schreibtischmörder«, murmelte Snyder.

»Der Einzige aus der Truppe, der noch lebt und ebenfalls in dem Fall verwickelt war, ist Stan Bedford – der Mann, der unserer Meinung nach bei der Beerdigung von Sir Ian hätte sterben sollen. Seine Aussage ist lückenhaft, hat uns aber weitergebracht. Dennoch glaube ich, dass er viel mehr weiß, als er uns bisher gesagt hat. Er steht unter Polizeischutz und wurde an einen sicheren Ort gebracht. Rachel und ich werden ihn auf jeden Fall noch mal befragen.«

»Was ist mit dem Freund von Rachel, diesem Robert Boulton, und dem Priester?«, fragte Charly.

»Im Moment gehen wir davon aus, dass sie Zufallsopfer sind. Boulton arbeitete zwar für den MI6, aber er war ein kleines Licht. Der Priester kümmerte sich seelsorgerisch um Sir Ian, das schon, alles deutet jedoch darauf hin, dass Stan Bedford das eigentliche Ziel des Anschlags war. Wie wir wissen, sind Opfer und Motiv meist der Schlüssel, der uns zum Täter führt. Über die Verbindung zu den Opfern konnten wir schon in anderen Fällen einige Rückschlüsse ziehen.« Bob wandte sich erneut an Rachel. »Kannst du uns etwas über das Motiv sagen?«

Sie stand auf und ging nach vorn. »Es ist bisher nur eine Theorie, die sich allerdings mit einigen Indizien untermauern lässt«, sagte sie. »Dr. Clive aus der Pathologie hält die Narbe an der Hand von John Caine für relativ alt. Das deckt sich mit den Aussagen eines ehemaligen Pflegekindes, das zwei Jahre in der gleichen Familie wie Caine gelebt hat. Im Moment können wir davon ausgehen, dass John Caine bei der Ermordung seiner Eltern dabei oder zumindest in unmittelbarer Nähe war. Es ist wahrscheinlich, dass er entweder selbst Opfer von Misshandlungen oder versehentlich verletzt wurde, als er die Folter seiner Eltern mit ansehen musste. Die Narbe an seiner Hand scheint aus dieser Zeit zu stammen. In jedem Fall ist von einer schweren Traumatisierung im frühsten Kindesalter auszugehen.«

»Wie müssen wir uns so ein Trauma vorstellen?«, fragte Luc. »Ich denke da eher an eine verängstigte Person. Jedenfalls keinen eiskalten Serienkiller.«

»Es gibt kein einheitliches Verhalten«, erklärte Rachel. »Aus Untersuchungen ist bekannt, dass Kinder, die Gewalt oder Katastrophen erlebt haben, ein breites Spektrum von Reaktionen zeigen. Einige sind nur beunruhigt und haben schlimme Erinnerungen, die im Laufe der Zeit und bei guter emotionaler Unterstützung verblassen. Andere leiden stärker und entwickeln dauerhafte Störungen. Die Erinnerungen an das belastende Ereignis sind in jedem Fall mit tiefen Emotionen verbunden und in der Struktur des Gehirns gespeichert.«

»Die Störung ist also umso größer, je direkter das traumatische Ereignis erlebt wurde?«, fragte Luc.

»Richtig. Deshalb gehe ich auch davon aus, dass John Caine unmittelbarer Zeuge der Ermordung seiner Eltern wurde. Ich habe ausführlich mit dem Jugendamt gesprochen, wo sein Gesundheitsverlauf relativ genau dokumentiert wurde.«

Rachel berichtete ihren Kollegen, was sie den Protokollen entnommen hatte. Während seiner Zeit im Heim zeigte John Caine die typischen Reaktionen, die bei kleinen Kindern mit traumatischer Störung im Allgemeinen beobachtet wurden: Schreien, Wimmern, Erstarrung, Zittern, ängstlicher Gesichtsausdruck und extremes Anklammern notierten die Erzieher im Heim. Als er dann im Alter von fünf Jahren zu den Grocers kam, beobachteten die ein Zurückfallen in frühere Verhaltensmuster: Daumenlutschen, Bettnässen und Angst vor Dunkelheit prägten Johns erstes Jahr bei seinen Pflegeeltern. Ein Verhalten, das aber auch im Zusammenhang mit der Neuintegration in die Familie zu tun haben konnte.

»Im Alter von ungefähr sechs Jahren änderte sich Johns Verhalten dann«, fuhr Rachel fort. »Er zog sich extrem zurück, was seine Pflegeeltern immer wieder zu verhindern versuchten. Er litt an Konzentrationsstörungen, hinzu kamen Albträume, Schlafprobleme, Reizbarkeit, Schulverweigerung, Wutausbrüche und Prügeleien. Die Pflegeeltern berichteten auch von einer gewissen emotionalen Taubheit. Bis auf die Wutausbrüche zeigte er kaum noch gefühlsmäßige Reaktionen. Und obwohl die Eltern sehr erfahren im Umgang mit Pflegekindern waren und als sehr liebevoll galten, konnten sie nichts dagegen tun, um die Verschlechterung seines Zustands aufzuhalten. Sie kamen einfach nicht an ihn ran.«

Die Protokolle der Grocers aus der Zeit, als John zwischen zwölf und siebzehn Jahre alt war, waren die aufschlussreichsten gewesen. John hatte sich immer mehr isoliert, die Pflegeeltern sprachen sogar besorgt von antisozialem Verhalten, deuteten an, mit dem Kind überfordert zu sein, und suchten psychologischen Rat, weil sie John nicht aufgeben wollten. Seine schulischen Leistungen ließen stark nach, und der Junge hatte immer häufiger unter Schlafstörungen gelitten.

»Außerdem sprachen die Pflegeeltern in diesem Zusammenhang auch von Rachefantasien, die John ihrer Meinung nach hatte. Sie erwähnten, dass er im Kunstunterricht ausschließlich Bilder malte, auf denen Menschen getötet wurden. Und zwar von ihm selbst.«

Rachel sah, wie einige ihrer Kollegen kopfschüttelnd dasaßen.

»Hat der Junge denn keine psychotherapeutische Behandlung bekommen?«, fragte Charly erstaunt.

»Doch, das wurde versucht«, antwortete Rachel. »Aber die Therapie scheiterte. Zum einen, weil er jegliches Gespräch verweigerte, zum anderen aber wohl auch, weil die Pflegeeltern immer wieder dazwischenfunkten. Sie waren extrem besorgt um ihren Schützling und wollten ihn von allem abschirmen. Eine richtige Aufarbeitung der traumatischen Erlebnisse war daher kaum möglich, da bestimmte Punkte gar nicht angesprochen werden konnten.«

»Wobei man hier sagen muss, dass letztendlich keiner Kenntnis darüber hat, was John Caine erlebt hat«, schaltete Bob sich ein. »Was er in Afghanistan wirklich gesehen hat, weiß bis heute keiner.«

»Beziehungsweise die, die es wissen könnten, sind alle tot«, sagte Rachel. »Bis auf Stan Bedford, der uns dazu aber auch nicht mehr sagen konnte oder wollte.«

»Wir haben jetzt ein Fahndungsfoto, das dem aktuellen Aussehen von John Caine relativ nahekommen dürfte.« Bob war sein Tatendrang regelrecht auf die Stirn geschrieben. »Das geht sofort an alle Polizeidienststellen raus. Ich will, dass jeder verfügbare Kollege nach diesem Mann sucht. Auch wenn ein Teil von uns versucht, weiterhin die Hintergründe zu klären, um den Täter so besser einkreisen zu können, hat die Personenfahndung jetzt oberste Priorität. Die Gefährlichkeit von John Caine kann nicht hoch genug eingeschätzt werden. Ich bin davon überzeugt, dass er jederzeit wieder töten wird, erst recht, wenn er sich bedroht fühlt. Also seid bitte vorsichtig!«

Bevor sich die Besprechung auflöste, meldete sich Charly Benson noch einmal zu Wort.

»Hat schon mal jemand in Erwägung gezogen, dem Mörder einen Köder hinzuwerfen?«, fragte er vorsichtig.

»Du denkst an Stan Bedford?«, sagte Rachel.

»Ja. Wenn er wirklich derjenige ist, auf den Caine es noch abgesehen hat, wäre er doch der ideale Köder.«

»Wegen seines überaus professionellen Vorgehens ist das leider nicht machbar«, sagte Bob. »Wir haben auf dem Friedhof gesehen, was für ein Schütze er ist. Der Mord an Sir Ian war von äußerster Brutalität geprägt, der an Catherine Bailey zeugt von großer Raffinesse. Ehrlich gesagt möchte ich so einem Kerl ungern einen Zivilisten zum Fraß vorwerfen. Die Gefahr, dass er ihn mit einem Happs verschlingt, ist mir viel zu groß.«

Die anderen murmelten etwas Zustimmendes und verließen dann den Raum.

Nachdenklich blieb Rachel zurück. Bob hatte recht, es war viel zu gefährlich, Stan Bedford als Köder auszulegen. John Caine verfügte immer noch über einen nicht zu verachtenden Wissensvorsprung. Außerdem hatte er im Gegensatz zu ihnen kein Zeitproblem. Er hatte Jahrzehnte gewartet, um seine

Rache nach und nach umzusetzen. Er konnte Stan Bedford auch noch in fünf Jahren töten, das würde seinen Plan nicht weiter stören. Sie mussten es irgendwie schaffen, diesen kühl kalkulierenden Mörder aus dem Konzept zu bringen.

Aber wie?

33

Lewis Craig sah der Polizistin nach, als sie in das Taxi stieg und vom Hof des Getränkehandels fuhr. Ihm war immer noch schlecht. Das Phantombild, das Carole Spitman ihm gezeigt hatte, ließ ihn nicht mehr los. Ja, er kannte den Mann. Er hatte ihn gesehen, vor anderthalb Jahren. Lewis sah ihn genau vor sich, hörte seine Stimme, spürte seinen Atem.

»Hey, wo kriegt man denn so einen Sixpack her?«, hatte er zu ihm gesagt und ihn dabei derart charmant angelächelt, dass Lewis ihn sofort sympathisch gefunden hatte.

Groß war er, gut aussehend mit funkelnden schwarzen Augen. Lewis war gerade auf dem Weg in den Saunaclub gewesen, wo er sich später am Abend mit Steve treffen wollte. Sie hatten oft überlegt, ob es für Steve zu riskant war, in den Club zu gehen, ob die Gefahr bestand, dass jemand ihn erkannte und sein Doppelleben öffentlich machte. Aber die schwule Community war eine eingeschworene Gemeinschaft. Viele von ihnen waren nicht geoutet, Diskretion war Ehrensache. Steve nannte sich in dem Club nur Timothy, und tatsächlich wurde er nie auf seine wahre Identität angesprochen.

An dem Abend war es heiß gewesen, und Lewis hatte ein viel zu kurzes Shirt getragen, unter dem sein Bauch hervorschaute, als er sich neben dem Mann auf die Bank fallengelassen hatte. Er wusste noch genau, was er damals gedacht hatte. Der andere war nicht nur sympathisch, er war auch sein Typ, und Lewis hatte noch eine Stunde Zeit, bis Steve kommen wollte. Warum sollte er nicht mit einem hübschen Mann etwas plaudern und die laue Sommernacht genießen? Ein bisschen flirten und quatschen, mehr nicht?

Seit damals hatte er nie wieder an den Mann gedacht. Er traf ständig so viele schwule Männer, dass er dieser Begegnung keine Bedeutung beigemessen hatte. Auch nachdem Steve tot war und die Polizei ihn befragt hatte, hatte er nicht an diesen flüchtigen Flirt gedacht.

Aber jetzt erinnerte er sich wieder genau an den Kerl, ganz genau. Als Lewis auf seine Frage nach dem Sixpack lächelnd »Harte körperliche Arbeit!« geantwortet hatte, hatte der andere nämlich seine Hand ausgestreckt und seine Muskeln berühren wollen. Lewis war erschrocken zurückgeschreckt, als er die riesige Narbe auf der Hand des anderen gesehen hatte.

»Sieht schlimmer aus, als es ist«, sagte der hübsche Mann, und Lewis bekam ein schlechtes Gewissen, dass er so blöd auf die entstellte Hand reagiert hatte. Er entschuldigte sich, und der andere erklärte, dass er mit einem Silvesterböller nicht aufgepasst habe und dass alles halb so wild sei. Sie unterhielten sich vielleicht noch eine halbe Stunde, länger nicht. Der Fremde fragte ihn, ob er einen Partner habe, und Lewis erzählte ihm mit einem Lächeln, dass er vergeben sei. Leider. Ohne ein Wort über Steve zu verlieren, schwärmte er dann von seinem Freund, von ihrer Beziehung, von den Gemeinsamkeiten, die sie hatten. Und der andere beglückwünschte ihn und fragte, wie der Typ denn sei, der sich so einen hübschen Jungen wie Lewis geangelt habe.

Hatte er ihn ausgehorcht? Lewis hatte fast Kopfschmerzen vom vielen Grübeln. Hatte er dem Kerl versehentlich Informationen über Steve verraten? Aber er hatte Steves Namen mit keiner Silbe erwähnt! Und wenn der andere längst gewusst hatte, wer Lewis' Lover war? Wenn er nur mehr über seine Lebensumstände hatte herausfinden wollen?

Wenn er dieser Carole Spitman glauben wollte, dann war es so. Dann war es mehr als wahrscheinlich, dass der andere ihn gezielt angesprochen hatte, dass er genau gewusst hatte, wer Lewis war.

Aber was hatte er ihm Wichtiges erzählt? Lewis versuchte sich genau zu erinnern, versuchte jedes Wort, das er mit dem Unbekannten gewechselt hatte, zu rekapitulieren.

Und dann fiel es ihm ein.

»Ich bin nie besonders lange im Club«, hatte Lewis irgendwann gesagt. »Mein Freund muss heute um elf gehen, ich bleibe vielleicht noch ein Stündchen länger und gehe dann auch nach Hause.«

»Wieso muss dein Freund denn so pünktlich gehen? Wartet seine Mama zu Hause auf ihn?«, fragte der andere lachend.

»So ähnlich. Er ist verheiratet.« Lewis erinnerte sich genau an den mitfühlenden Blick, den der andere ihm zugeworfen hatte, und er hatte schnell hinzugefügt: »Seine Frau ist heute im Theater. Um elf Uhr ist die Aufführung zu Ende. Wenn sie eine halbe Stunde später nach Hause kommt und er ist nicht da, gibt's Ärger.«

Wieder hatte der andere gelacht und noch etwas über nervige Ehefrauen gesagt. Kurz darauf waren sie auseinandergegangen.

Lewis spürte, wie wieder die Übelkeit in ihm hochkam. Steve war zwischen elf Uhr und halb zwölf ermordet worden. Und er, der ihn über alles geliebt hatte, er, Lewis Craig, hatte seinem Mörder verraten, wann er ihn allein antreffen konnte.

Lewis stürzte zum nächsten Papierkorb. Während er sich erbrach, dachte er an Steve und den jungen dunkelhaarigen Mann mit den schwarzen Augen

34

Am nächsten Morgen war Rachel wieder Mal spät dran. Noah hatte sich geweigert, eine Leggins unter seine Jeans zu ziehen, und sie hatte minutenlang mit ihm über das Für und Wider warmer Kleidung im Herbst diskutiert. Unter lautstarkem Protest hatte sie ihm schließlich eine Thermohose angezogen, was er erst zugelassen hatte, nachdem sie ihm das Thermometer auf der Terrasse gezeigt hatte. Die Temperaturen waren gefallen, es waren nur noch knapp fünf Grad. Als Noah sich endlich beruhigt hatte, war es schon fast halb neun. Wenn sie sich jetzt nicht beeilten, kamen sie mal wieder zu spät.

Rachel hasste es, unpünktlich zu sein, zumal es ihr wieder mal deutlich vor Augen führte, dass ihr Perfektionismus Grenzen hatte. Aber das hatte sie in letzter Zeit ja häufiger zu spüren bekommen.

Mit Noah an der Hand lief sie über die Straße, öffnete die Wagentür und hob den Kleinen in den Kindersitz. Während sie nach dem Gurt suchte, der sich schon wieder irgendwo zwischen Rückenlehne und Sitzpolster verheddert hatte, beobachtete Noah das morgendliche Treiben auf der Straße.

»Da ist wieder das coole Motorrad«, sagte er, und die Begeisterung in seiner Stimme war nicht zu überhören.

»Aha.«

Warum kriegte sie diesen verdammten Gurt nicht los? Wie konnte der sich überhaupt so festklemmen?

»Das ist echt so cool, Mum. Wie bei Batman.«

»Endlich!« Rachel stöhnte erleichtert auf und gurtete Noah fest, gab ihm ein Küsschen auf die Wange und schloss dann die Autotür. Eilig setzte sie sich ans Steuer und lenkte ihren Wagen aus der Parkbucht.

»Kann ich später auch mal ein Motorrad haben?«

»Das sehen wir dann.«

Sie ordnete sich in den Verkehr ein und fuhr los. Dann besprach sie den Tagesablauf mit ihm. Nach dem Kindergarten sollte er mit zu Carlos gehen, seinem Freund. Dort würde er den Nachmittag über spielen, bis Rachel ihn abholte. Noah freute sich. Er war gern bei Carlos, und Rachel wusste, dass er dort gut aufgehoben war.

Eine halbe Stunde später kam sie im Büro an. Carole Spitman saß auf dem Sofa hinter Bobs Schreibtisch und berichtete gerade von ihrem Besuch in Belfast.

»Wenn er sich an den heimlichen Lover von Turpin rangemacht hat, bedeutet das dann, dass unser Killer schwul ist?«, fragte Bob.

»Nein. Das bedeutet, dass er seine Opfer genau ausspioniert, bevor er zuschlägt«, sagte Carole. »Lewis Craig hat mir versichert, dass er und Turpin ihre Beziehung so geheim wie nur möglich gehalten haben.«

»Kein Wunder bei Turpins Job ...«

»Eben. Sie sind immer extrem vorsichtig gewesen. Und trotzdem sieht es so aus, als hätte sich John Caine gezielt an Mr. Craig herangemacht. Er muss also über Turpins Lebenssituation, ja selbst über seine sexuellen und gut verborgenen Vorlieben Bescheid gewusst haben.«

»Okay.« Rachel ließ sich nachdenklich neben Carole aufs Sofa fallen. »Er beobachtet sie also über einen längeren Zeitraum ...«

»Was gar nicht so einfach war«, fiel Carole ihr ins Wort.

»Als Abgeordneter wurde Turpin gut bewacht. Sein Haus stand vierundzwanzig Stunden am Tag unter der Obhut eines Wachdienstes.«

»Aber da patrouillieren doch nicht den ganzen Tag irgendwelche Securityleute, oder?«

»Nein. Das Haus ist kameraüberwacht, und ein Wachmann geht regelmäßig auf Streife. Dreimal täglich geht er über die Einfahrt in den Hof, von da aus in den Garten und einmal ums Gebäude rum. Die Zeiten ändern sich täglich, damit niemand einen Rhythmus ausspionieren kann. Außerdem gibt es Bewegungsmelder und im Haus in jedem Raum einen Panikknopf.«

»Und du meinst, Caine hat gewusst, wie hoch der Sicherheitsstandard in dem Haus ist, und hat deshalb gezielt außerhalb des Anwesens zugeschlagen?«, fragte Rachel.

»Ja. Das halte ich für wahrscheinlich. Ich gehe sogar noch weiter.« Carole zog ihren Notizblock aus der Tasche. »Ich glaube, dass er im Vorfeld der Morde Kontakt zu seinen Opfern sucht.« Sie blätterte in ihrem Block. »So, hier habe ich es. Auf meinem Rückflug von Belfast fiel mir ein, dass der Witwer von Catherine Bailey von einem ominösen Wanderprediger gesprochen hat, der wenige Tage vor dem Tod seiner Frau bei ihnen geklingelt hat.«

»Du glaubst, das war Caine?«

»Ich kann es nicht ausschließen. Dieser Wanderprediger wurde nach dem Tod von Catherine Bailey jedenfalls nie wieder gesehen, obwohl die Polizei intensiv nach ihm gefahndet hat.«

»Caine sucht eine Art von Kontakt zu seinen Opfern, um an Informationen zu kommen«, meinte Bob nachdenklich. »Wir müssen also davon ausgehen, dass er sich sehr unauffällig verhalten kann. Wahrscheinlich kann er leicht sein Äußeres verändern.«

»Und: Er scheint kein Zeitlimit zu haben. Er kann seine Opfer so lange beobachten, wie er will. Er hat keinen Druck, weder muss er sich um seine Finanzen sorgen, noch scheint er Angst vor Aufdeckung zu haben.« Carole klappte ihren Notizblock wieder zu. »Er fühlt sich total sicher.«

»Wir müssen ihn aus der Reserve locken«, sagte Rachel. »Wir müssen ihn unter Druck setzen. Vielleicht macht er dann einen Fehler.«

»Und wie sollen wir das anstellen?«

Nachdenklich stand Rachel auf und ging zum Fenster. »Featherstone«, sagte sie dann.

»Der Schmierfink vom *Mirror?*«

»Ja. Überlegt doch mal: Featherstone hat behauptet, sein Informant käme vom MI6. Wir wissen alle, wie unwahrscheinlich das ist. Und wir wissen jetzt, dass John Caine seine Opfer bestmöglich ausspioniert. Falls Caine der ominöse Informant von Chris Featherstone war, dann hat er den Reporter für seine Zwecke benutzt. Vielleicht sollten wir dasselbe machen.«

»Und wie?«, fragte Bob.

»Wie wäre es, wenn ich Featherstone ein Interview gebe?«, überlegte Rachel. »Eines durch das Caine sich provoziert und unter Druck gesetzt fühlt. Wie das genau aussehen soll, weiß ich allerdings noch nicht.«

»Okay. Denk darüber in Ruhe nach. Wir dürfen nichts Unüberlegtes machen«, sagte Bob. »Soll ich allein zu Richard Caine fahren?«

Den Onkel von John Caine hatte Rachel fast vergessen. Natürlich, der hatte oberste Priorität. Schließlich war es durchaus möglich, dass er noch Kontakt zu seinem Neffen hatte und womöglich dessen Aufenthaltsort kannte.

»Nein, ich komme mit. Du kannst mir unterwegs ein bisschen was über Featherstone erzählen. Du kennst ihn besser als ich. Und je mehr ich über ihn weiß, desto besser kann ich mein Interview planen.«

»Okay. Carole, es gibt noch ein weiteres ehemaliges Pflegekind, das mit John Caine bei den Grocers gelebt hat. Ein gewisser ...« Bob sah Rachel fragend an.

»Marc Lin. Hier ist die Adresse.« Rachel reichte Carole einen Zettel.

Die seufzte leise. »Irgendwann muss ich auch noch die Protokolle schreiben.«

»Ich weiß. Du schaffst das schon.«

35

Er hatte ein Jobangebot. Jetzt, ausgerechnet jetzt. Eigentlich wollte er sich nur auf diese eine Sache konzentrieren, Hyatt nicht aus den Augen lassen und darauf achten, dass alles so lief, wie er es geplant hatte. Er hatte keine Muße, jetzt auch noch zu arbeiten.

John verließ die Telefonzelle und steckte die *Times* in die Innentasche seiner Jacke. Dann setzte er sich auf sein Motorrad, das gut verborgen hinter einem Ahornbaum stand, und dachte nach.

Wenn seine Aufgabe erledigt war, würde er London verlassen, das war klar. Nicht für immer, aber auf jeden Fall für ein Weilchen. Am besten würde er ganz England für eine Zeit den Rücken kehren.

»Du kriegst zwanzig Riesen, wenn du den Job übernimmst«, hatte Sandman senior zu ihm gesagt.

John hatte schon häufig für den Ölmagnaten gearbeitet, und in der Regel verlief die Zusammenarbeit problemlos, geradezu harmonisch. Sandman kontaktierte ihn auf die immer gleiche Art. Eine Kontaktanzeige in der *Times*, immer am dritten Montag des Monats, klein und unauffällig, und immer mit demselben Text: *Ich brauche dich! Bitte ruf mich an!* Von einer öffentlichen Telefonzelle aus rief John ihn dann an, um die Details zu besprechen.

Diesmal sollte ein Zuhälter dran glauben, der Sandmans Sohn Philip zum wiederholten Male schwer vermöbelt hatte.

Sandman junior geriet dauernd in Schwierigkeiten. Er war hochgradig pervers und hatte ständig Probleme mit Nutten, die er andauernd übel zurichtete. Mit dem Zuhälter, den John nun übernehmen sollte, hatte er schon mehrfach Ärger gehabt.

Kein Wunder, dachte John. Philip stand auf Snuffvideos und zahlte Unmengen an Kohle, um an irgendwelche kranken Originale aus Osteuropa ranzukommen. Er hatte John schon mehrfach gefragt, ob er ihm nicht mal bei der Arbeit zuschauen dürfe. Natürlich hatte John das immer abgelehnt. Wenn er eines nicht gebrauchen konnte, dann waren das Zeugen, schon gar nicht solche, die sich dabei einen runterholten.

Der alte Sandman liebte seinen perversen Filius aus unerfindlichen Gründen abgöttisch und tat alles dafür, Philips Sadismus unter den Teppich zu kehren. Als einer der reichsten Männer Großbritanniens war das relativ einfach.

Eigentlich hatte John im Moment keine besonders große Lust, diesem kleinen Pisser mal wieder aus der Patsche zu helfen. Andererseits: Zwanzig Riesen waren zwanzig Riesen. Und einen Zuhälter hatte man schnell kalt, so ein Typ war nicht das geringste Problem. Vielleicht sollte John ihn als Probelauf betrachten? Um die neue Waffe zu testen, die bei seiner eigenen Angelegenheit zum Einsatz kommen sollte? Damit hätte er zwei Fliegen mit einer Klappe geschlagen. Zwanzig Riesen verdient und gleichzeitig ein bisschen geprobt.

Er klappte das Visier herunter, als er von seinem Versteck aus sah, wie sie aus dem Gebäude kam.

36

Sie brauchten über eine Stunde bis nach Havering, einem östlichen Stadtteil am Rande von London. Während der Fahrt beschrieb Bob Chris Featherstone als skrupellosen und ehrgeizigen Reporter, der für eine gute Story alles tun würde. Rachel erfuhr, dass er schon mehrfach verklagt worden war, aber stets auf die erstklassigen Anwälte des *Mirror* hatte zurückgreifen können und daher immer glimpflich davongekommen war. Er war für die reißerischsten und auflagenstärksten Storys in der Geschichte der Zeitung verantwortlich. Sie würde ihm also etwas Futter geben müssen, wenn sie ihn für ihre Zwecke vor ihren Karren spannen wollte.

Vor einem baufälligen Mehrfamilienhaus parkte Bob den Wagen. »Laut Navi soll es hier sein.«

Sie stiegen aus und sahen sich in der heruntergekommenen Gegend um. Der Asphalt auf dem Bürgersteig war an vielen Stellen aufgeplatzt, Unkraut wucherte aus jeder Ritze, garniert mit reichlich Hundekot. Die meisten Häuser in der Straße waren renovierungsbedürftig, aus einigen Fenstern hingen Bettdecken, die zum Lüften über das Fensterbrett gelegt worden waren. Irgendwo kläffte ein Hund, und ein Baby weinte.

Sie gingen auf das Haus zu, dessen Fassade mit bunten Graffiti beschmiert war, und suchten die zahlreichen Klingelschilder nach Richard Caines Namen ab. Kurz darauf fanden sie sich in einem muffigen Flur wieder. Es roch widerlich, eine Mischung aus altem Curry und Zigarettenqualm, die Rachel an einen indischen Imbiss erinnerte, bei dem sie sich als Studentin mal eine handfeste Lebensmittelvergiftung eingefangen hatte.

»Rachel Hyatt und Bob Hall von Scotland Yard«, stellte Bob sie vor.

»Kommen Sie mit ins Wohnzimmer, da ist es gemütlicher.«

Nachdem er ihnen die Tür geöffnet hatte, schlurfte Richard Caine in Jogginghose und Badelatschen durch den Flur. Sein Sweatshirt war speckig, und Rachel wollte sich gar nicht ausmalen, wie lange es der Mann wohl schon trug. Im Wohnzimmer vermied sie es, die Polster genauer zu betrachten, die schon auf den ersten Blick eklig ausgesehen hatten. Ohne etwas anzufassen, setzte sie sich vorsichtig auf die Kante eines fleckigen Sessels.

»Ich hab gestern erst erfahren, dass der Fernseher geklaut war«, begann Richard Caine das Gespräch und machte sich ein Bier auf. »Ehrlich! Wenn Sie mich jetzt dafür drankriegen wollen, bitte. Aber ich habe es vorher nicht gewusst. Ich würde niemals Hehlerware kaufen.«

»Deshalb sind wir nicht hier«, sagte Bob. »Wir wollen mit Ihnen über Ihren Neffen John Caine sprechen. Wissen Sie, wo er zurzeit ist?«

Richard Caine sah sie überrascht an. »John? Nein. Keine Ahnung. Was wollen Sie denn von ihm? Der Junge hat genug mitgemacht. Sie sollten ihn in Ruhe lassen. Oder hat er etwas angestellt?«

»Haben Sie noch Kontakt zu ihm?«

Richard Caine nahm einen großen Schluck aus der Flasche und schüttelte dann traurig den Kopf. »Nein. Ich hab's vermasselt. Ich hab alles vermasselt. Ich hätte für ihn da sein müssen, mich um ihn kümmern sollen. Aber der Alkohol ... Wissen

Sie, früher habe ich sehr viel getrunken. Das war keine einfache Zeit.«

Früher, dachte Rachel und schaute auf die Uhr. Es war noch nicht mal elf Uhr, und sie hatte nicht den Eindruck, dass es das erste Bier war, das Richard Caine an diesem Morgen trank.

»Können Sie uns sagen, was Ihr Bruder und seine Frau in Afghanistan gemacht haben?«, fragte Bob.

»Offiziell arbeitete sie als Dolmetscherin und er als Fahrer für den britischen Botschafter in Kabul. Aber die haben noch irgendwelche anderen Geschäfte gemacht, da bin ich mir sicher. Für einen einfachen Chauffeur hatte mein Bruder viel zu viel Geld. Und dann lief irgendwas schief. Ich erinnere mich, dass Samia häufig zu Peter gesagt hat, sie müssten damit aufhören, worauf er immer sagte, dass sie das zusätzliche Geld doch gut gebrauchen könnten. Sie hatten häufig Streit deshalb.«

»Haben Sie denn nie nachgefragt, woher das viele Geld kam, das Ihr Bruder zur Verfügung hatte?«

»Er hat manchmal was erzählt ... Aber ich war damals leider ständig blau. Es interessierte mich nicht, was andere Leute machten.«

»Für wen arbeitete Ihre Schwägerin denn als Dolmetscherin?«, fragte Rachel, und zu ihrer großen Überraschung antwortete Richard Caine: »Für den britischen Botschafter. Immer wenn der Besuch von Afghanen, Pakistanis oder Russen hatte, war sie dabei.«

»Russen?« Bisher waren sie immer davon ausgegangen, dass Samia Caine ausschließlich Paschtu ins Englische übersetzt hatte.

»Ja, sie sprach fließend Russisch. So hat sie Peter ja überhaupt erst kennengelernt. Auf einem Empfang des russischen

Botschafters. Er fuhr den Wagen, und sie saß neben dem britischen Botschafter auf der Rückbank, um ihm später beim Abendessen alles zu übersetzen.«

»Lebten die beiden damals in Kabul?«

»Nicht direkt. Amir, also John, ist in London geboren, aber kurz nach seiner Geburt zogen sie nach Afghanistan. Sie wollten nur für ein paar Jahre unten bleiben, die Situation war damals ja schon nicht die beste in dem Gebiet. Tja ...« Richard Caine starrte ins Leere.

»Noch mal zurück zu der zusätzlichen Geldquelle, die Ihr Bruder und seine Frau damals hatten.« Man musste kein Prophet sein, um zu wissen, dass geheime Geldquellen nur selten einen legalen Hintergrund hatten. »Sie kannten Ihren Bruder am besten. Halten Sie es für möglich, dass er in krumme Geschäfte verstrickt war?«

»Ich konnte mir bei Peter so einiges vorstellen. Er und Samia waren eine Zeit lang leidenschaftliche Hippies, und in Afghanistan wächst das Kraut ja bekanntlich fantastisch.«

Richard Caine steckte sich eine Zigarette an und hustete. Bevor Rachel etwas fragen konnte, sprach er mit krächzender Stimme weiter.

»Aber als der Kleine da war, änderten sie ihr Leben natürlich etwas.«

»Einen Moment«, unterbrach Rachel. »Wollen Sie damit andeuten, Ihr Bruder hätte eventuell mit Drogen gedealt?«

»Weiß ich nicht genau, aber ich könnte es mir schon vorstellen. Er schwärmte häufig vom Schwarzen Afghanen. Natürlich wusste ich, was das war. Aber vielleicht haben sie auch Ärger gekriegt, weil sie ihre Klappe nicht halten konnten. Peter sagte mir mal, dass er als Fahrer wahnsinnig viel mitkriegen würde. Dinge, die keiner wüsste. Vielleicht hat er sein Wissen teuer verkauft? Das waren doch damals andere Zeiten.

So jemand wie Samia, der Russisch, Paschtu und Englisch sprach, war doch damals Gold wert. Vielleicht hat irgendein Russe zu ihr gesagt, ›Ich geb dir tausend Pfund, wenn du mir dafür verrätst, in welchen Puff der britische Botschafter geht‹?«

Caine lachte heiser. Dann starrte er wieder ins Leere.

»Wann hatten Sie das letzte Mal Kontakt zu Ihrem Neffen John Caine?«

»Ich hab ihn seit dem Tod seiner Eltern nie wieder gesehen. Irgendwie hat mich Peters Tod damals noch mehr runtergezogen, und ich habe so viel gesoffen, dass mir jeder Kontakt mit dem Jungen verwehrt wurde. Nachdem ich in den Neunzigerjahren einen Entzug gemacht hatte, wollte ich das eigentlich ändern. Aber gerade als das Jugendamt ein Treffen organisieren wollte, hatte ich dummerweise einen Rückfall ... Ich sag ja, ich habe alles vermasselt.«

Während Richard Caine weiter voller Selbstmitleid über seine Alkoholkrankheit sprach, dachte Rachel über das nach, was er ihnen gesagt hatte. Sie konnte sich nicht vorstellen, dass Peter und Samia Caine damals nur wegen Drogenhandels verhaftet und hingerichtet worden waren. Zum einen hätten sie dafür große Mengen aus dem Land schaffen müssen – für ein bisschen Opium oder Marihuana hätte niemand die diplomatischen Beziehungen zu Großbritannien aufs Spiel gesetzt. Zum anderen kam es Rachel sinnlos vor, einen solchen Verhaftungsgrund zu verschweigen. Aber weder in dem *Times*-Artikel noch in den Unterlagen des MI6 wurde ein Grund für die Verhaftung der Caines und der Familie Baran angegeben. Ein einfacher Vermerk »Drogenhandel« oder Ähnliches hätte doch alle kritischen Fragen aus dem Weg geräumt.

Und wenn die Caines wirklich zu viel gewusst hatten? Als Fahrer und Dolmetscherin waren sie ganz nah an geheimen

Informationen dran gewesen. Vielleicht waren sie von einer Seite als Spione angeheuert worden?

»Wissen Sie eigentlich, woher der Junge seine Narbe hat?«, fragte Richard Caine Rachel in diesem Moment.

»Nein.«

»Er war wohl dabei, als man seine Eltern verhört hat. Ich kann mir gut vorstellen, wie die Schweine Samia und Peter rangenommen haben. Auf jeden Fall riss sich der Kleine irgendwann los und wollte zu seiner Mutter. Dabei ist er versehentlich an einen der Elektroschocker gekommen. So hat man mir das damals jedenfalls erzählt.«

Richard Caine schüttelte sich und wischte sich mit der Hand über die tränenfeuchten Augen.

Das deckte sich mit der Aussage von Abigail van Houten. Sie wurden also gefoltert, dachte Rachel. Das sprach wieder gegen die Theorie der Drogendealer, die lieber das Versteck der Ware preisgeben würden, anstatt sich einer mörderischen Folter auszusetzen.

»Wissen Sie noch, wer Ihnen das damals erzählt hat?«

»Nein. Keine Ahnung. Wie gesagt, ich war andauernd blau.«

»Gibt es noch irgendeine Bezugsperson, zu der John Caine Kontakt aufnehmen könnte?«, fragte Bob. »Weitere Verwandte oder Freunde der Familie?«

Richard Caine schüttelte den Kopf. »Nein, ich bin der letzte Verwandte, den John hat. Vielleicht gibt es aufseiten der Barans irgendwo noch jemanden, aber hier in England bin ich der einzige.« Jetzt liefen dem Mann die Tränen über das Gesicht. »Und ich war nie für ihn da ...«

37

Sie haben also Onkel Richard gefunden, dachte John und lenkte sein Motorrad auf die Straße, die vom Haus wegführte. Er hatte heute nicht viel Zeit, um Rachel Hyatt im Auge zu behalten.

Wenn sie den alten Schluckspecht aufgespürt hatten, kannten sie seine Identität. Dann hatten sie Johns Namen und wussten vermutlich auch, wie er aussah.

Aber ob sie ahnten, was er vorhatte? Waren sie schon so weit, dass sie eins und eins zusammenzählen konnten? Sollte er den Job eventuell doch absagen und sich nur noch um Bedford kümmern?

John gab Gas. Er spürte, wie Ärger in ihm aufstieg. Zeitdruck. Er hasste es, unter Zeitdruck zu stehen! Normalerweise hatte er nie ein zeitliches Problem und konnte immer alles in Ruhe vorbereiten und ausführen.

Er versuchte, sich zu konzentrieren. Lass dich jetzt nicht aus dem Takt bringen, dachte er. Alles würde so laufen wie immer, alles würde glattgehen. Erst der Job, dann Bedford, und dann wieder unsichtbar werden – im Zweifelsfall noch Hyatt dazwischenschieben, ja nachdem, ob es notwendig wurde.

Onkel Richard ... Was konnte der alte Säufer den Bullen wohl erzählen? John hatte in den letzten Jahren mehrmals darüber nachgedacht, Richard zu töten. Vor allem zu der Zeit, als die Grocers baden gegangen waren, und danach, als John in die Army eingetreten war. Bevor er nach Afghanistan gegangen war, hatte er Urlaub bekommen und sich als Entspannungsprogramm eigentlich Richards Tod vorgenommen. Wäre er damals für ihn da gewesen, er, sein einziger Verwandter, hätte sein Leben vielleicht anders verlaufen können. Dann wäre er nicht bei den Grocers gelandet, wäre von ihrer nervigen Fürsorge nicht erdrückt worden. Vielleicht hätte er mit Onkel Richards Hilfe sogar den Tod von Mum und Dad verkraften können.

Aber Richard hat sich lieber fast totgesoffen, als sich um ihn zu kümmern. Als er damals vor seinem Haus gestanden hatte, ein Teppichmesser in der Hand und den festen Vorsatz im Kopf, Richard damit abzustechen, wusste er nicht, wie krank sein Onkel war. John drang dann in seine Wohnung ein und fand ihn. Er lag stockbesoffen auf dem Boden, die Hosen mit Kot und Urin besudelt. Um ihn herum lagen jede Menge Fotos, Johns Dad als Kind, als Jugendlicher, als verliebter Mann mit Samia im Arm. Ein Foto nahm er dem besinnungslosen Mann aus der Hand, es war schwierig, seine Finger auseinanderzukriegen, so fest umklammerte der Bewusstlose das Bild. Danach hatte John beschlossen, seinen Onkel leben zu lassen.

Das Foto war kurz nach seiner Geburt aufgenommen worden. Seine Mutter hatte ihn, den winzigen Säugling, im Arm und strahlte über das ganze Gesicht. Neben ihr saß sein Dad, seinen Arm um ihre schmalen Schultern gelegt, und er sah so glücklich auf dem Foto aus, wie nur ein frischgebackener Vater aussehen konnte. Niemand hätte zu diesem Zeitpunkt geahnt, dass diese glücklichen jungen Eltern nur drei Jahre später von der Decke eines finsteren Kellerloches baumeln sollten, während ihre Genitalien unter Strom gesetzt wurden.

Bis heute bewahrte John das Foto in der kleinen Schublade seines Nachttisches auf. Er war bei Weitem kein sentimentaler Typ, aber die einzige Erinnerung an das Leben, das er hätte führen sollen, wollte er nicht wegwerfen.

Er wartete, bis die Ampel vor ihm auf Grün umsprang, und bog dann links ab. Er hatte sich über Bedfords momentanen Aufenthaltsort gut informiert. Es war schon bemerkenswert, wie viele Informationen das Internet bereithielt. Das Cottage war tatsächlich nur über eine Straße zu erreichen, die direkt auf das Haus zuführte und von dort aus gut einsehbar war. Hinter dem Haus lag ein See, daneben eine Wiese, die kaum eine Möglichkeit bot, sich zu verstecken. Aber der See, der konnte vielleicht interessant sein. Er war recht groß und grenzte am gegenüberliegenden Ufer an einen kleinen Wald. Eine alte Ziegelei fand sich ganz in der Nähe, die schon vor Jahren stillgelegt worden und vermutlich nicht mehr als eine Ruine war.

John bremste und hielt vor einem Laden für Anglerbedarf an. Er parkte und setzte seinen Helm ab, zog sich aber sofort eine blaue Wollmütze auf den Kopf und betrat das Geschäft. Nachdem er einen Neoprenanzug in seiner Größe gefunden hatte, betrachtete er die Harpunen, die in einem Regal hingen.

»Die sind in erster Linie fürs Hochseefischen«, erklärte der junge Mann, der ihn schon beim Neoprenanzug beraten hatte. Er nahm eine lange Harpune aus dem Regal. »Hiermit können Sie zum Beispiel auch auf eine größere Entfernung einen Thunfisch erlegen. Die ist also eher was für weite Strecken. Während diese hier«, er nahm eine kurze, kräftige Harpune, »ideal ist, wenn Sie nicht viel Zeit haben und das Tier schnell ausgeschaltet werden muss. Also beispielsweise bei einem Haiangriff.«

John nahm die kurze Harpune in die Hand. Sie war nicht viel länger als eine abgesägte Schrotflinte, lag leicht in der Hand und war einfach zu bedienen. Und man konnte sie sich beim Schwimmen auf den Rücken schnallen. Er sah sie sich genau an und zielte dabei auf den Verkäufer.

»Na, na, na!«, sagte der und machte eine abwehrende Handbewegung. »Bitte schön vorsichtig. Wenn Sie mich aus der Entfernung treffen, geht das Ding glatt durch meinen Körper. Und mit der ausladenden Spitze reißt mir das ein tennisballgroßes Loch in meinen Speckbauch. Also lieber auf den Boden zielen.«

»Was kostet die?«

»110 Pfund.«

John zählte die Geldscheine in seinem Portemonnaie.

»Master, Visa, American Express – wir nehmen alle Karten.«

»Ich zahle bar.«

»Auch gut. Wohin geht die Reise denn?«

»Welche Reise?«

»Na, Sie wollen mit der Harpune doch keine Stichlinge in der Themse fangen, oder?« Der Verkäufer lachte. »Karibik? Südsee?«

»Karibik. Anguilla.« Davon hatte John mal gelesen.

»Ah. Herrlich.«

Er legte die Geldscheine auf den Tresen, während der Verkäufer von den Korallenriffen rund um die Kleinen Antillen schwärmte. Da fiel John noch etwas ein. Er durfte seine Waffe unter keinen Umständen am Tatort zurücklassen.

»Eine Rückholleine«, sagte er. »Ist die dabei? Ich will die Harpune nicht verlieren.«

»Natürlich. Die liegt in der Verpackung. Wenn die Spitze im Bauch des Fisches ist, können Sie ihn bequem an der Leine rausziehen.«

»Und wie kann ich die Harpune dann entfernen? Die kann man doch nicht so einfach rausziehen, die hängt doch im Fleisch fest, oder nicht?«

»Doch, doch, natürlich. Die Widerhaken an der Spitze verhindern, dass sich der Fisch einfach so losreißen kann. Wenn Sie ihn an Bord haben und dann diesen Knopf drücken«, der junge Mann betätigte einen kleinen schwarzen Knopf, der am unteren Rand des Harpunengriffs war, »dann klappen die Widerhaken automatisch ein, und Sie können die Harpune ganz einfach aus dem Fisch ziehen. Durch das Einklappen wird die Verletzung im Inneren des Fisches zwar noch mal größer, aber dann müssen Sie dem Tier vielleicht nicht mehr eins über den Schädel geben. Das ist doch auch ganz angenehm.«

John nickte zufrieden. Das war in der Tat ... angenehm. Er wollte die Harpune auf keinen Fall im Brustkorb stecken lassen. Zu schnell würden die Bullen sonst zurückverfolgen können, woher die Waffe stammte. Und schließlich musste er nach dem Zuhälter ja noch Bedford erledigen.

In der Verpackung sah die Harpune wie ein Golfschläger aus. John schnallte sich die Waffe auf den Rücken, als er weiterfuhr. Jetzt galt es, den Wald und den Zugang zum See auszukundschaften. Dann musste er herausfinden, wie oft sich Bedfords Babysitter abwechselten. Alles andere war ein Kinderspiel.

38

»Ich will es Ihnen in einem persönlichen Gespräch erläutern, Mr. Featherstone.«

Rachel merkte, dass ihre Stimme gereizt klang. Seit einer halben Stunde telefonierte sie mit Chris Featherstone, und der Typ ließ sie die ganze Zeit auflaufen.

»Ich frage mich, warum Sie plötzlich so handzahm sind«, hörte sie seine zynische Stimme am anderen Ende der Leitung. »Sie konnten mich doch nie leiden. Und wie Sie über meine Zeitung denken, kann ich mir ebenfalls bestens vorstellen. Ich verstehe einfach nicht, warum Sie mir plötzlich ein Exklusivinterview geben wollen.«

Verdammt, dachte Rachel. Sie hatte erwartet, dass er ihr Angebot sofort annehmen würde, dass er es nicht abwarten konnte, als einziger Reporter Hintergrundinfos über den Fall zu bekommen. Aber ganz so einfach gestrickt war er wohl doch nicht. Er roch den Braten und schien zu ahnen, dass Rachel etwas ganz anderes vorhatte. Da half nur eines: Sie musste in die Offensive gehen.

»Sie haben recht, Mr. Featherstone, ich möchte Ihnen nicht völlig grundlos dieses Interview geben. Aber es wird sich für Sie lohnen, das verspreche ich Ihnen. Wenn alles so läuft, wie ich mir das vorstelle, werden Sie der Held in dieser Geschichte sein. Nicht nur der Held. Sie werden die Person sein, die einen der schlimmsten Verbrecher in der Geschichte Großbritanniens zur Strecke gebracht hat.«

»Ach so?« Jetzt schien er angefixt. »Dann erzählen Sie mal.«

»Nein. Ich werde das auf keinen Fall am Telefon erläutern, das ist mir viel zu riskant. Ich könnte in einer Stunde bei Ihnen im Krankenhaus sein. Dann besprechen wir alles ausführlich.«

Featherstone murmelte noch irgendetwas Zustimmendes und legte dann auf.

»Kriegst du das hin?«, fragte Bob, der das Gespräch verfolgt hatte.

»Ich hoffe. Ich glaube, ich habe den Kerl unterschätzt. Ganz so dumm, wie ich dachte, ist der nicht.«

»Nein. Aber er ist extrem eitel. Es war sehr geschickt von dir, ihm den Ruhm zu versprechen. So kriegst du ihn auf jeden Fall.« Bob reichte ihr ein Dokument. »Schau dir das mal an.«

»Was ist das?«

»Aus den MI6-Akten. Es ist zum Teil geschwärzt, und es scheint auch nicht vollständig zu sein. Aber für mich klingt das wie eine Zusammenfassung des Untersuchungsberichts der Affäre Baran.«

Aufmerksam las Rachel die Zeilen:

> Die Hinweise auf einen illegalen Informationentransfer zwischen [redacted] sowie Mitarbeitern des KGB verdichteten sich. Aus heutiger Sicht ist festzuhalten, dass sich der Spionagefall bestätigt hat, auch wenn die Inhalte aufgrund der veränderten politischen Situation differenzierter zu bewerten sind. Das war zum damaligen Zeitpunkt aber nicht möglich. Was die Schuld der [redacted] angeht, so stellt sich dem Ermittlungsausschuss heute ebenfalls eine andere Sachlage dar als 1983. Ohne die Aussagen von [redacted] wäre die Haft von [redacted] sicherlich anders verlaufen.

»Na super, alle Namen sind geschwärzt. Trotzdem ganz aufschlussreich.«

»Ja. Wenn wir mal davon ausgehen, dass die geschwärzten Namen durch Peter Caine oder die Barans ersetzt werden könnten, wäre das Futter für unsere Spionagetheorie.«

»Es hört sich für mich so an, als wenn jemand Informationen an den KGB weitergegeben hätte. Aber es waren nicht die Caines.«

»Da gebe ich dir recht. Fakt ist, jemand hat sie denunziert. Ich könnte mir vorstellen, dass das einer der Toten war.«

»Oder Stan Bedford.«

»Oder der. Sir Ian scheint sich jedenfalls noch für den Jungen eingesetzt zu haben, schau mal auf die nächste Seite.«

Rachel blätterte weiter:

Aufgrund der massiven Intervention von Ian MacKenzie gelang es einer Sondereinsatztruppe, [redacted] nach England zu bringen. MacKenzie reiste persönlich mit einem Team nach Kabul, um den Einsatz durchzuführen. Dass weitere Opfer nicht vermieden werden konnten, ist zu bedauern. Die Fehlinformationen wurden erst im weiteren Verlauf aufgedeckt und führten zu einer Strafversetzung von [redacted].

»Okay. Ich sag dir mal kurz, was ich über diesen Bericht denke.« Rachel lehnte sich zurück und sammelte sich. »Jemand hat Peter und Samia Caine …«

»Und die Barans.«

»Genau, und die Barans, denunziert. Wir – also Großbritannien, die USA, der Westen eben – haben damals mit den Mudschahedin zusammengearbeitet.«

»Unglaublich, wenn man sich das heute vorstellt.«

»Ja. Aber Iwan war der Feind. Also dürfte Spionage für die Russen der Vorwurf gewesen sein. Das würde auch die massive Folter und den persönlichen Einsatz von Sir Ian und seinen Leuten erklären, die Caines da rauszuholen.«

»Richtig. Der MI6 dürfte ein großes Interesse daran gehabt haben, vermeintliche Spione selbst zu verhören und sie nicht den Folterknechten aus Kabul zu überlassen. Ein toter Spion bringt denen schließlich gar nichts.«

»Stimmt. Vielleicht haben sich die Caines nicht richtig verhalten, vielleicht haben sie sich etwas zuschulden kommen lassen. Aber der Grund, warum sie 1983 zu Tode kamen, war vorgeschoben. ›Was die Schuld der – hmhmhm, der Name ist geschwärzt – angeht, so stellt sich dem Ermittlungsausschuss heute ebenfalls eine andere Sachlage dar als 1983.‹ Das steht hier. Sie waren also nichts weiter als ein Bauernopfer, wenn du mich fragst.«

»Klingt schlüssig. Jemand hat sie denunziert. Und vermutlich nur aus einem Grund.«

»Um von sich selbst abzulenken.«

Bob sprang auf und ging nervös durchs Zimmer. »Du hast vollkommen recht, Rachel. Der Denunziant ist der wahre Spion! Er hat irgendetwas an die Russen verraten, und als das Ganze drohte aufzufliegen, hat er die Caines und die Barans ans offene Messer geliefert.«

»Dafür ist er später strafversetzt worden. Genau wie …«

»Stan Bedford.«

Rachel und Bob sahen sich an, und ihr wurde schlagartig bewusst, in welcher Gefahr Bedford immer noch schwebte.

»Er hat sich Bedford bis zum Schluss aufgehoben«, sagte sie atemlos. »John Caine hat alle umgebracht, die damals bei dem Einsatz dabei waren beziehungsweise ihn zu verantworten hatten. Bis auf Bedford. Vielleicht wusste er nicht, dass er derjenige war, der den Stein ins Rollen gebracht hat.«

»Vielleicht ist er erst durch die Akte darauf gekommen, die Robert Boulton dir mitbringen wollte.«

»Ich will mehr Männer bei Bedford haben«, sagte Rachel. »Ein Kollege im Haus reicht nicht. Da müssen mindestens drei hin. Wir haben es hier mit einer perfekt ausgebildeten Tötungsmaschine zu tun, die nur noch einen Job zu erledigen hat. Das müssen wir verhindern!«

»Wir gehen in die Offensive«, sagte Bob. »Du besuchst Featherstone und gibst ihm ein Interview, das Caine zum Handeln zwingt. Du musst ihn so unter Druck setzen, dass er möglichst bald zuschlagen wird. Rund ums Cottage werden wir unsere Leute verteilen, sodass Caine gar nicht anders kann, als uns in die Arme zu laufen.«

Bobs Wangen, die nur ein kleines Stückchen über den dichten Vollbart hervorlugten, leuchteten rot. Dass sie endlich nicht mehr dem Mörder hinterherjagten, sondern ihm vielleicht mal einen Schritt voraus waren, erfüllte ihn sichtbar mit Aufregung.

Sie waren John Caine auf den Fersen. Ganz dicht. Es konnte nicht mehr lange dauern, bis sie ihn hatten.

39

Er hatte das Chop Suey gerade fertig, als Carole Spitman bei ihm klingelte. Da war es doch nur ein Akt der Höflichkeit, der blonden Polizistin etwas anzubieten, auch wenn er sich eingestehen musste, dass er es wegen ihres Aussehens umso lieber tat. Er wusste, dass er ein guter Koch war. Wenn seine asiatischen Wurzeln für etwas gut waren, dann für seine Kochkünste, fand Marc Lin und stellte noch eine Schüssel Reis auf den Tisch.

Die Polizistin schien ausgesprochen hungrig zu sein, jedenfalls lud sie sich eine ordentliche Portion auf den Teller. Während sie mit großem Appetit aß, fragte sie ihn nach seiner Zeit bei Ann und Simon Grocer und wollte allerhand über John wissen.

Insgesamt hatte er elf Jahre bei den Grocers verbracht, allerdings immer wieder mit Unterbrechungen. Kein Wunder, er hatte ja schließlich noch eine eigene Familie, während John Vollwaise war. Das war bei Marc anders. Seine Eltern waren zur See gefahren, wie viele Asiaten waren sie in der Wäscherei eines großen Kreuzfahrtschiffes angestellt. Und während Dad den ganzen Tag riesige Waschmaschinen gefüllt hatte, hatte Mum die Hemden der reichen Passagiere gebügelt. Von zwölf Monaten im Jahr waren seine Eltern zehn Monate auf See gewesen. In dieser Zeit hatte Marc bei den Grocers gelebt, die viel mehr von seiner Entwicklung mitbekommen hatten als seine leiblichen Eltern. Auch heute machte es ihn manchmal noch wütend, dass sie keinen anderen Job angenommen hatten. Hätten sie nicht auch irgendetwas auf dem Land machen können? Hatten sie wirklich unbedingt zur See fahren und ihn allein lassen müssen?

»John war genauso alt wie ich«, erinnerte sich Marc Lin. »Trotzdem hatten wir nie viel miteinander zu tun. Schlitzi nannte er mich, was aber weniger rassistisch als lustig gemeint war. Glaubte ich damals jedenfalls. Da er selbst nicht gerade wie ein waschechter Engländer aussah, kam mir das nie wie eine Beleidigung vor. Aber klar, wahrscheinlich war es das. Noch mehr Sojasoße?« Er reichte Carole Spitman die braune Flasche.

»Es schmeckt fantastisch«, sagte sie mit vollem Mund und gab noch ein wenig mehr Soße auf ihr Essen.

»Freunde waren wir keine«, erzählte er weiter. »Dafür war John viel zu introvertiert. Nach dem tragischen Tod der Grocers habe ich nie wieder etwas von ihm gehört.«

»Hatte er außerhalb der Familie Kontaktpersonen? Freunde aus der Schule oder so?«

»Nein, nicht dass ich wüsste. Er hat sich am liebsten in sein Zimmer zurückgezogen. Er wollte eigentlich nie etwas unternehmen.«

Marc Lin rieb sich den schlanken Bauch. Sein Magen schmerzte, mal wieder. Seit einiger Zeit vertrug er das scharfe Essen einfach nicht mehr. Er würde irgendwann zum Arzt gehen müssen, womöglich hatte er ein Magengeschwür. Und er wollte auf keinen Fall, dass es ihm so erging wie seinem Vater. Der hatte irgendwann Blut erbrochen und war mit einem Magendurchbruch ins Krankenhaus gekommen. Drei Wochen später war er tot gewesen und hatte der Familie Tausende Pfund Schulden hinterlassen. Denn eine Krankenversicherung hatte er nie gehabt, und drei Wochen Krankenhaus inklusive Operation und Intensivstation reichten aus, um seine Frau und seinen Sohn in den finanziellen Abgrund zu ziehen.

»Haben Sie ein Foto oder Briefe von John Caine? Irgendetwas, das uns weitere Informationen über seine Persönlichkeit liefern könnte?«

Marc schüttelte den Kopf. »Nein. Ich weiß, das klingt merkwürdig, aber für mich war die Zeit bei den Grocers keine schöne. Nichts gegen Ann und Simon, sie haben sich wirklich um uns bemüht. Aber wissen Sie, meine Eltern waren ja nicht tot. Abigail oder John konnten mit ihrem alten Leben abschließen, sie wussten, dass sie ihre Eltern verloren hatten, und sie versuchten, sich irgendwie ein neues Leben aufzubauen. Aber ich? Ich wurde immer hin und her geschoben. Mal zu den Grocers, dann wieder zu meinen Eltern. Das war schlimm für mich. Natürlich wollte ich lieber bei Mum und Dad sein, aber es ging nun mal nicht. Und als Kind denkst du dann leider, dass es deine Schuld ist. Dass deine Eltern lieber zur See fahren, als sich um dich zu kümmern. Natürlich weiß ich heute, dass das Quatsch ist, aber als Kind hat man so merkwürdige Gedanken. Deshalb war ich froh, als ich von den Grocers wegkam. Ich wollte nichts behalten, was mich an diese Jahre erinnert.«

Er wollte sich gerade einen Löffel Reis in den Mund stecken, als ihm etwas einfiel.

»Moment. Doch, ich habe doch etwas von ihm. Warten Sie.«

Marc ließ die Polizistin allein in der Küche und ging in sein Arbeitszimmer. Wo hatte er das Ding nur aufbewahrt? Es musste in dem Rollcontainer unter seinem Schreibtisch sein, in einer der zahlreichen Schubladen. Eine nach der anderen sah er durch. Dann hatte er es gefunden.

Als er wieder bei Carole Spitman in der Küche war, reichte er ihr das Medaillon.

»Nach Anns und Simons Tod war John spurlos verschwunden. Ich war das letzte Pflegekind und musste natürlich auch das Haus verlassen. Als ich meine Sachen zusammengepackt habe, fehlte mein Lieblingsshirt. Auf der Suche danach bin ich auch in Johns Zimmer gegangen. Oh Mann, ich kann Ihnen sagen, das war ganz schön gruselig.«

»Warum?«

»An den Wänden hingen lauter düstere Zeichnungen. Ständig malte er irgendwelche Horrorbilder, ohne klar erkennbares Motiv, aber manche sahen so aus, als wären es tatsächlich Blutspritzer. Ich weiß nicht, ob er einen Zombie-Fetisch hatte oder einfach nur seine Erlebnisse verarbeiten musste, jedenfalls waren diese Bilder echt übel. Und über einem hing dieses Medaillon.«

Carole Spitman öffnete das kleine Schmuckstück. Marc wusste genau, was sie jetzt sah. Das Foto einer jungen, schönen Frau. Sie trug einen Sari und hatte lange dunkle Haare. Wie eine Prinzessin aus Tausendundeiner Nacht sah sie aus.

»Was ist das für ein Name, der unter dem Foto eingraviert ist?«, fragte sie ihn.

»Nida«, sagte Marc. »Das Foto ist von seiner Tante Nida. Er hat mir einmal von ihr erzählt. Er war noch sehr klein, als sie starb, aber er hatte wohl ein sehr inniges Verhältnis zu ihr. Seine Eltern mussten viel arbeiten, und so hat er eine Menge Zeit mit seiner schönen jungen Tante verbracht, die wohl ganz vernarrt in ihn war. Dieses Medaillon muss sie ihm kurz vor ihrem Tod gegeben haben. Es war ihm heilig, wir anderen durften es nie anfassen. Umso mehr hat es mich gewundert, dass er es bei den Grocers zurückgelassen hat. Er hat nichts mitgenommen, gar nichts, noch nicht mal dieses Medaillon. Ich habe es dann eingesteckt, damit ich es ihm irgendwann wiedergeben kann. Es war wirklich sehr wichtig für ihn.«

»Ich muss es leider an mich nehmen«, sagte Carole Spitman.

»Ja, das verstehe ich. Können Sie es John geben, wenn Sie ihn finden?«

»Vielleicht«, sagte Miss Spitman und sah ihn nachdenklich an. »Ja, vielleicht ist das eine gute Idee.«

40

Sandman hatte ihm die Adresse gesagt. Das Geld lag wie immer in einem Schließfach im Bahnhof Kings Cross, er würde es direkt auf dem Rückweg abholen.

Abgesehen von der Waffe würde er so vorgehen, wie er es immer tat, wenn er einen Zuhälter auf dem Programm hatte. Zuhälter tötete man am besten tagsüber. Die Dunkelheit war ihr Terrain, da kannten sie sich aus, da hatten sie ihre Freunde, da waren sie zu Hause. Da mussten sie nur einmal pfeifen und waren umgeben von anderen finsteren Typen, die bereit waren, sich für diese Penner zu prügeln. Tagsüber sah das anders aus. Da schliefen sie, lagen in der Regel bis nachmittags im Bett und verließen nur selten vor fünf Uhr die Wohnung.

Bei vielen seiner Jobs war es nötig, die Leute vorher gründlich zu beobachten. Wenn er sich einen Mafiaboss vornahm, musste er genau wissen, wie viele Leibwächter er hatte und wie die Sicherheitsvorkehrungen aussahen.

Bei einem Zuhälter war das nicht nötig. Vor allem nicht bei so einem. Der Typ war keine große Nummer, ohne Leibwächter, ohne große Gang. Eigentlich ein harmloser Kerl, der wahrscheinlich irgendwann auf die schiefe Bahn geraten war. Jetzt hatte er sich mit dem Falschen angelegt, und deshalb würde er die nächste halbe Stunde nicht überleben. Tja, Pech gehabt.

Das einzige Problem könnte sein, wenn der Typ nicht allein in der Wohnung war. Was, wenn er ein paar Nutten bei sich hatte? John wollte kein Massaker anrichten, das würde zu viel Aufmerksamkeit auf sich ziehen. Ein toter Zuhälter interessierte keinen, aber drei abgeschlachtete Nutten würden die Boulevardpresse wieder mal in Wallung bringen.

Er hatte die Harpune in seinem Rucksack, von außen war nicht zu erkennen, was er da bei sich trug. Sein Messer hatte er trotzdem eingesteckt, sicherheitshalber. Schließlich hatte er die Harpune ja noch nie ausprobiert.

Als ein Bewohner des schäbigen Mehrfamilienhauses aus der Haustür kam, glitt John lautlos hindurch, bevor die Tür ins Schloss fiel.

Im Haus stank es nach Essen und abgestandener Luft, nach Pisse und Alkohol. Er ging in den dritten Stock, und als er vor der Tür mit der Nummer 317 c stand, sah er sich noch mal in dem menschenleeren Flur um.

Dann klingelte er.

Kurz darauf öffnete ihm ein dicker Kerl verschlafen die Tür. Er war riesig, bestimmt zwei Köpfe größer als John. Der Mann trug nur eine Unterhose, sein Oberkörper war über und über mit hässlichen Tätowierungen verunstaltet. Mitten auf seinem dicken Bauch prangte eine nackte Schönheit mit vulgär gespreizten Beinen. Sein Bauchnabel verschwand in ihrem Schoß. Ekelhaft.

Nein, um den ist es nicht schade, dachte John.

»Sind Sie Edgar May?«

Der Typ gähnte und kratzte sich am Sack. »Ja. Und? Wer will das wis...«

Bevor der Fettwanst den Satz zu Ende sprechen konnte, hatte ihm John mit einem gezielten Schlag das Nasenbein von unten in den Schädel getrieben. Direkt ins Gehirn, ein Schlag, der praktisch immer tödlich endete.

Afghanistan war halt doch zu was gut.

Der Fettwanst fiel röchelnd nach hinten, ein paar Minuten hatte er vielleicht noch, wenn überhaupt. Bewusstlos war er schon.

John stieg über ihn hinweg in die Wohnung, schloss die Tür und horchte in die Stille. Es schien keine andere Person in den heruntergekommenen Räumen zu sein. Sicherheitshalber ging er leise und vorsichtig von Zimmer zu Zimmer. Nichts. Gut.

Er nahm die Harpune aus dem Rucksack und legte an. Am besten würde er aus einem gewissen Abstand auf ihn zielen, überlegte er, schließlich würde er bei Bedford vermutlich auch etwas weiter entfernt sein. Vielleicht hier aus dem Wohnzimmer? Oder lieber aus der Küche? Ach nein, in der Küche stank es unerträglich. Dann lieber das verrauchte Wohnzimmer.

John stellte sich in etwa fünf Metern Entfernung in die offene Wohnzimmertür und zielte auf den dicken Bauch des Zuhälters, direkt zwischen die Beine der tätowierten Frau. Dann feuerte er die Harpune ab, die zischend durch die Luft flog und mit einem schmatzenden Geräusch im dicken Wanst des Mannes steckenblieb. Der zuckte noch einmal und regte sich dann nicht mehr.

John kam näher und betrachtete sein Werk. Er betätigte den Rückholmechanismus am Bolzen und riss dem Fettwanst die Harpune aus dem Bauch. Zufrieden betrachtete er sein neues Spielzeug. Kein Krümelchen hing an den Widerhaken. Etwas Blut tropfte zwar herunter, aber es klebte kein Fleisch daran. Dafür war auf dem Bauch des Zuhälters ein großes Loch zu sehen. Zwischen dem, was von der Tattoolady übrig war, konnte man nun auf die Gedärme des Mannes blicken.

Schön, dachte John. Das funktioniert ja einwandfrei.

41

Als sie durch den Krankenhausflur ging, merkte sie, wie sich ihre Schritte automatisch verlangsamten. Neben einer müden Zimmerpalme blieb sie unwillkürlich stehen und starrte auf den grauen Linoleumboden. Tat sie das Richtige? Einen Typen wie Chris Featherstone zum Komplizen zu machen war ein enormes Risiko. Sie konnte nicht ausschließen, dass er jedes Detail in die Öffentlichkeit tragen würde, was ermittlungstechnisch einem Super-GAU gleichkäme. Wie konnte sie das verhindern?

Er war sehr eitel, hatte Bob betont. Sie musste versuchen, ihm das Gefühl zu vermitteln, dass er die wichtigste Figur in dem Spiel war. Aber wie funktionierten solche Typen? Diese Sensationsreporter waren doch ein ganz eigener Schlag.

Rachel erinnerte sich, dass einer von Featherstones Kollegen auf einer Pressekonferenz mal gestöhnt hatte, dass er jetzt wieder zum Witwenschütteln gehen müsse. Der ganze Saal hatte gelacht, als Rachel nachfragte, was er damit meinte, und ihr selbst war ein Schauer den Rücken hinuntergelaufen, als er ihr zynisch grinsend erklärt hatte, beim Witwenschütteln gehe es darum, die Witwe eines Verbrechensopfers so lange mit den schrecklichen Tatsachen zu konfrontieren, bis sie von Weinkrämpfen geschüttelt zusammenbreche und ein ordentliches Fotomotiv abgebe.

Hielten sich so abgebrühte Leute an Absprachen mit der Polizei? Was würde passieren, wenn Featherstone auf eigene

Faust nach Caine suchen würde, um so an ein Exklusivinterview zu kommen? Zum Glück war seine Verletzung so schwer, dass er das Krankenhaus erst mal nicht verlassen konnte.

Seufzend ging sie weiter und klopfte schließlich an die Tür von Zimmer 122. Featherstones unsympathische Stimme bat sie herein. Er saß aufrecht in seinem Krankenbett, die Schulter in einen dicken Verband eingewickelt. Ansonsten war sein Oberkörper nackt, und Rachel fiel seine muskulöse Figur auf. Sie erwischte sich bei dem Gedanken, dass er eigentlich ein attraktiver Mann war. Sein dunkler Dreitagebart und die durchtrainierten Arme ließen ihn sehr maskulin wirken. Aber wie eine kleine Rauchwolke löste sich der flüchtige Eindruck in Luft auf, als Featherstone den Mund aufmachte.

»Die hübsche Psychotante, endlich! Was für eine Ehre.« Er klopfte mit seiner Hand auf den Rand des Bettes und warf ihr einen anzüglichen Blick zu. »Mein rechter, rechter Platz ist frei, ich wünsche mir ...«

»Schon gut, Featherstone. Lassen Sie das.«

Nur weil du nett sein musst, heißt das noch lange nicht, dass du dir alles gefallen lässt, dachte Rachel und bemühte sich um einen einigermaßen freundlichen Gesichtsausdruck.

Sie nahm sich einen Stuhl und setzte sich in angemessenem Abstand neben das Bett, was Featherstone mit einem gespielt bedauernden Blick kommentierte. Er hatte Oberwasser, das war nicht zu übersehen. Er sah sie an wie jemand, der wusste, dass er die Trümpfe in der Hand hielt.

Rachel zog das Phantombild aus der Tasche. »Ist das der Mann, von dem Sie Ihre Informationen bekommen haben?«

Featherstone warf einen kurzen Blick auf die Zeichnung. In seinem Gesicht war keine Regung zu erkennen. Dann grinste er sie breit an.

»Vielleicht. Vielleicht auch nicht. Warum?«

Geh in die Offensive! Mit Nettigkeiten und Schmeicheleien kriegst du den nie.

»Mr. Featherstone, ich will ehrlich zu Ihnen sein: Wir brauchen Ihre Hilfe.«

Mit einem zufriedenen Lächeln lehnte sich Featherstone im Bett zurück. Rachel beschloss, ihn gar nicht erst zu Wort kommen zu lassen. Sie erläuterte ihm, dass der Mörder sehr wahrscheinlich Kontakt zu Featherstone aufgenommen und sich als MI6-Mitarbeiter ausgegeben habe. Deshalb gehe sie davon aus, dass er einen Artikel über den Fall, der von Featherstone geschrieben und auf die Titelseite platziert würde, bestimmt lese. Sie erklärte ihm, wie sie sich den Artikel vorstelle und was unbedingt drinstehen müsse, und begann, an die Eitelkeit des Reporters zu appellieren.

»Sie werden dadurch zur zentralen Figur in dem Fall. Sie sind dann der Mann, der dem Killer eine Falle gestellt hat. Ein Held Englands.«

Rachel konnte selbst nicht fassen, wie viel Honig sie diesem Skandalreporter um den Mund schmierte. Das war ja widerwärtig.

»Und Sie glauben, ich schreibe den Artikel einfach so?«, fragte Featherstone, als sie ihren Monolog beendet hatte.

Natürlich, dachte Rachel. Der machte doch nichts umsonst. Ob er Geld wollte? Nein, das konnte sie sich nicht vorstellen.

»Wenn wir ihn haben, bekommen Sie ein Exklusivinterview mit ihm.«

Chris Featherstone lachte laut auf. »Ja, natürlich! Das ist ja wohl das Mindeste. Aber das reicht nicht.« Er machte eine bedeutungsvolle Pause, bevor er weitersprach: »Ich will den Order of the British Empire.«

Sie bemühte sich um einen neutralen Gesichtsausdruck. Der Typ war größenwahnsinnig, so viel stand fest.

»Ich bin nicht die Queen«, sagte Rachel trocken. »Ich kann Ihnen keinen Verdienstorden verleihen.«

»Aber Sie können dafür sorgen, dass ich einen kriege.« Featherstone grinste frech.

Rachel unterdrückte ein Seufzen. »Ich kann Sie vorschlagen, Featherstone, und mich für Sie einsetzen. Aber ob Sie den Orden kriegen, kann ich Ihnen nicht versprechen. Wie gesagt, ich bin nicht die Lady mit der Krone auf dem Kopf.«

Sein Grinsen wirkte nun wie eingefroren. Er beugte sich vor und sah Rachel mit einem gefährlichen Blitzen in den Augen an.

»Pass mal auf«, zischte er. »Du besorgst mir diesen Orden, oder ich schreibe eine Geschichte über dich, den Fall, Scotland Yard und den MI6, die sich gewaschen hat. Du wirst in diesem verdammten Land nie wieder einen Fuß auf die Erde setzen, ohne dass dich jemand erkennt und dir ins Gesicht spuckt. Darauf kannst du Gift nehmen.«

Rachel wusste, dass er das konnte. Ein Mann wie Featherstone hatte die Macht, Menschen kaputt zu machen. Es hatte in der Vergangenheit genug Beispiele gegeben, in denen sich die Zeitungen auf jemanden gestürzt, ihn in Grund und Boden geschrieben und sein Leben zerstört hatten. Es hatte Prominente gegeben, die heimlich abgehört worden und dagegen vor Gericht gezogen waren, ohne dass viel passierte; es hatte Unschuldige gegeben, die fälschlicherweise als Pädophile bezeichnet worden waren und sich einer so starken Rufmordkampagne ausgesetzt sahen, dass sie sich das Leben genommen hatten; es hatte sechzehnjährige Mädchen gegeben, die als Hure von nebenan betitelt worden waren und sich seitdem nicht mehr vor die Tür wagten. Nein, Featherstone hatte recht. Wer die Yellow Press zum Feind hatte, der hatte in diesem Land nicht viel zu lachen.

»Okay«, sagte sie. »Sie kriegen den Orden.«

Sie wusste, dass das gelogen war. Sie hatte gar nicht die Macht, ihm einen solchen Orden zu besorgen, und sie war sich sicher, dass die Queen einen mehrfach wegen falscher Berichterstattung angezeigten Reporter niemals auszeichnen würde. Aber in diesem Moment war das egal. Sie brauchte, Featherstone, und sie brauchte seine Story. Wenn er in ein paar Monaten über sie herfallen würde, konnte sie das nicht ändern. Jetzt hatte sie andere Prioritäten.

»Gut, Hyatt. Ich will eine Kopie des Schreibens, in dem Sie mich vorschlagen.«

»Kriegen Sie. Ich werde Ihre Verdienste ausführlich würdigen. Bringen Sie die Story morgen aufs Titelblatt?«

»Sie können sich auf mich verlassen.«

42

Sein Motorrad hatte er in dem kaputten Schuppen der alten Ziegelei versteckt. Er wollte nicht, dass es einfach so am Waldrand herumstand – ein einsames Motorrad zog schnell die Aufmerksamkeit auf sich. Es gab so viele übereifrige Bürger, die glaubten, jemand hätte im Wald sein Fahrzeug entsorgt, und die deshalb die Polizei riefen. Von der alten Ziegelei musste man zwar ein ganzes Stückchen gehen, aber sicher war sicher.

Nach dem schmierigen Zuhälter hatte er sich umgezogen und frisch gemacht. Jetzt trug er Wanderkleidung, hatte ein Fernglas um den Hals und ein Vogelkundebuch in der Hand. Er fühlte sich überzeugend in seiner Verkleidung.

Schnell hatte er den Public Footpath erreicht, der sich durch das gesamte Waldgebiet bis hin zum See zog. John liebte das britische Wegerecht. Seit dem tiefsten Mittelalter war es praktisch unverändert und erlaubte den Menschen, auch über Privatgrundstücke zu spazieren, wenn dort ein solcher Weg entlanglief. Selbst einem Popstar wie Madonna war es nicht gelungen, die Spaziergänger von dem Public Footpath zu vertreiben, der über ihr Anwesen führte. John hatte aufgrund dieses alten Wegerechts nicht nur einmal unauffällig ein Ziel ausspionieren können. Ein Spaziergänger war in England die unauffälligste Tarnung, die man sich nur vorstellen konnte.

Ein älterer Mann mit einem braunen Dackel an der Leine kam ihm entgegen und grüßte freundlich. John nickte ihm zu und musste grinsen, weil er automatisch nach seinem Messer gegriffen hatte, das in der Jackentasche steckte. Macht der Gewohnheit, dachte er und konzentrierte sich wieder auf die Umgebung.

Obwohl die meisten Bäume ihre Blätter bereits verloren hatten, ließ der dichte Mischwald kaum Sonnenlicht durch, das an diesem Tag aber ohnehin Mangelware war. Es war recht dunkel auf dem Weg, der feucht und matschig vor ihm lag und von zahlreichen Pfützen durchzogen war. Und es war frisch geworden – aber Kälte hatte ihm zum Glück noch nie etwas ausgemacht. In den Bergen rund um Kabul konnte es nachts bitterkalt werden, spätestens seit damals war er ziemlich abgehärtet.

Alles eine Frage des Willens, dachte John. Er war davon überzeugt, dass man mit mentaler Stärke fast alles beeinflussen konnte. Allein seinem Willen hatte er es zu verdanken, dass er niemals psychische Probleme bekommen hatte. Auch wenn ihm natürlich klar war, dass die meisten Menschen einen Mehrfachmörder wie ihn für hochgradig gestört hielten. Aber er wusste, dass das nicht stimmte. Er war bei klarem Verstand, seine Gedanken waren immer logisch und sachlich, er ließ sich nie von irgendwelchen Gefühlen aus dem Konzept bringen. Er war nur auf einer Mission, die viele nicht nachvollziehen konnten. Na und? Er konnte es auch nicht nachvollziehen, wie man jeden Tag von neun bis siebzehn Uhr die gleiche Arbeit machen konnte, um sich danach noch fünf Stunden vor die Glotze zu setzen und dann ins Bett zu gehen. Das Leben, das andere normal fanden, war für ihn unvorstellbar.

Nach einer guten Viertelstunde hatte er den See erreicht. Er sah sich um, kein Spaziergänger war weit und breit zu sehen. John suchte sich einen geschützten Platz. Für den Fall, dass doch noch ein Wanderer auftauchen sollte, musste seine Ornithologen-Tarnung glaubhaft sein. Er legte sein Vogelkundebuch neben sich und suchte mit seinem Fernglas das Wasser ab.

Das Haus am gegenüberliegenden Ufer lag unmittelbar am See. Es würde zwar schneller gehen, den See zu umrunden und so zu dem Haus zu kommen, aber er konnte auf Anhieb die Sicherheitsvorkehrungen sehen, die diese Strecke höchstens als Rückweg infrage kommen ließen. Die Wiese, die er hätte überqueren müssen, wurde von zwei – oder waren es drei? – Kameras überwacht, die relativ auffällig an den Bäumen befestigt worden waren.

Wie sah es mit dem Wasserweg aus? Er konnte einen kleinen Steg erkennen, an dessen Ende ein mittelgroßer Mast stand. War das auch eine Kamera, die da hing? Ja, eindeutig. Es blieb die Frage, wie groß ihr Radius war, wie viel vom Ufer und vom See sie einfangen konnte. Der Steg war für John tabu, so viel war klar. Er wurde von der Kamera vollständig erfasst. Auch mit einem Boot würde er sich dem Haus nicht nähern können, aber das hatte er auch nicht vorgehabt. Gab es einen Bereich am Ufer, den er unbemerkt betreten konnte? Er war ein guter Schwimmer und konnte die letzten zwanzig, bestimmt auch dreißig Meter ohne Probleme tauchen. Er brauchte nur eine kleine Stelle, um unauffällig an Land zu kommen.

Systematisch suchte er mit dem Fernglas das Ufer ab. Dann bemerkte er etwas. Die Kamera, hatte die sich bewegt? Verdammt, ja, sie bewegte sich. Das bedeutete mehr Arbeit für ihn. Jetzt würde er den Rhythmus der Kamera auswerten müssen. Wurde sie im Haus von jemandem bedient, oder lief sie automatisch? Wie lange verharrte sie in welcher Position? Es würde mindestens zwei Stunden dauern, bis er sich ein umfassendes Bild gemacht hatte.

Plötzlich änderte sich die Situation. John konnte erkennen,

dass mehrere Autos auf den Hof fuhren, direkt neben dem Haus, darunter ein Kastenwagen, aus dem kurz darauf zwei Polizisten mit jeweils einem Schäferhund heraussprangen. Aus den beiden anderen Wagen stiegen mehrere Männer.

Und Rachel Hyatt.

Er hatte sie auf den ersten Blick erkannt. Sie war wirklich groß für eine Frau, bestimmt über eins achtzig. Jedenfalls war sie fast so groß wie die meisten Männer neben ihr. Wie immer trug sie einen Pferdeschwanz und war sportlich gekleidet. Hatte sie dasselbe an wie heute Morgen? Er glaubte schon. Und ihr dicker, haariger Kollege war auch dabei.

Was wollte sie hier? Hatte sie die Überwachung von Stan Bedford jetzt selbst übernommen? Das konnte ja wohl kaum sein. Hatte er etwa irgendwelche Spuren hinterlassen? Waren sie ihm gefolgt? Nein, das konnte er ausschließen. Dann hätten sie ihn doch sofort festgenommen. John wusste, in welcher Liga er spielte. Er gehörte eindeutig zu den Verbrechern, bei denen man mit einer Festnahme nicht wartete.

Aber Hyatt und die anderen Bullen waren nicht das größte Problem. Viel schlimmer waren die verdammten Köter. Die konnten problematisch werden. Seit seiner Ausbildung in Afghanistan wusste er, wie diese Mantrailer funktionierten und dass es fast aussichtslos war, ihrer Nase zu entkommen. John war sich darüber im Klaren, dass er, wie jeder andere Mensch auch, ständig Hautschuppen verlor, in jeder Minute Hunderte. Die Hautpartikel wurden in der Luft verwirbelt und überall verstreut, während er sich bewegte. Durch das Einwirken von Bakterien auf die menschlichen Zellen entstand der Geruch, dem der Hund dann folgte. Die Biester würden ihn sofort entdecken, sobald er das Ufer betreten hätte. Wenn sie gut ausgebildet waren, würden sie ihn sogar schon im Wasser erschnüffeln können.

Es wird also schwieriger, als du gedacht hast.

John seufzte. Er wusste zwar, wie er die Hunde ausschalten konnte, aber das würde sein Vorhaben nicht erleichtern. Im Prinzip gab es nur zwei Methoden, einen Mantrailer unschädlich zu machen. Eine läufige Hündin war ein sehr sicheres Mittel. Selbst wenn ein Köter noch so gut ausgebildet war, würde er dieser Versuchung nicht widerstehen können und sich sofort auf sie stürzen.

Aber diese Methode kam für John nicht infrage. Einen nicht registrierten Hund ausfindig zu machen war schon schwierig genug. Wenn er Pech hatte, würde das Vieh erst in drei oder vier Monaten läufig werden, so lange konnte er nicht warten. Und was war, wenn die Biester da drüben selbst Weibchen waren? Dann nützte ihm das ganze Theater gar nichts. Außerdem war es viel zu gefährlich, mit einem potenziellen Kläffer im Gepäck anzugreifen.

Nein, er musste auf die zweite Methode zurückgreifen, wie so oft. Er konnte es nicht leiden Hunde umzubringen. Anders als bei Menschen fiel bei ihnen das Überraschungsmoment fast weg. Und wenn er ihnen nicht sofort eine Kugel zwischen die Augen jagte, war die Gefahr groß, dass sie ihn selbst verletzten.

Dann dachte er an den Zuhälter und die Harpune. Fast lautlos konnte sie eine gewisse Strecke zurücklegen. Ja, so könnte er das Hundeproblem in den Griff bekommen.

43

Im Inneren erinnerte das Cottage an einen alten Miss-Marple-Film. Das Fachwerk war etwas verwittert, die Sprossenfenster waren klein und die Decken niedrig. Im Wohnraum, in den man durch einen kleinen Flur kam, stand ein massiver Holztisch mit vier verschnörkelten Stühlen. Über dem Kamin hing ein Porträt der Queen aus den Fünfzigerjahren, und in einem Regal an der Wand standen Bierkrüge und Trinkpokale, die mit einer dicken Staubschicht überzogen waren. Eigentlich sah alles so aus, als stammte es aus einer anderen Zeit. Was ja auch der Fall war.

Einen krassen Gegensatz stellten die elektronischen Geräte dar, die Rachels Kollegen auf einem weißen Campingtisch neben dem Fenster aufgebaut hatten. Ein großer Bildschirm stand darauf, an den die Überwachungskameras ihre Aufnahmen sendeten. Vier Ausschnitte wurden gleichzeitig dargestellt. Neben dem Monitor stand ein kleinerer Bildschirm, auf dem nur eine Grafik zu sehen war. Sie zeigte, wie die Bewegungsmelder angeordnet waren, und signalisierte, falls einer von ihnen Alarm schlagen sollte.

Neben den technischen Sicherheitsstandards war das Haus aber auch sonst zu einer kleinen Festung umgebaut worden. Die alte, massive Holztür war mit einem dicken Eisenriegel verstärkt worden, und auch die kleinen Sprossenfenster ließen sich nicht so einfach hochschieben, wie das ansonsten in so alten Häusern der Fall war. Alle waren einzeln abgeschlossen.

Es schien unmöglich, das Haus zu betreten, ohne dass Alarm ausgelöst wurde.

Rachel fand Stan Bedford in der Küche, die man in einem Museum der Fünfziger hätte ausstellen können. Die blauweißen Fliesen zeigten Motive von arbeitenden Bauern und fischenden Anglern, und der gusseiserne Gasherd sah aus, als käme er aus dem vorletzten Jahrhundert.

Bedford versuchte gerade, sich ein Spiegelei zu braten, hatte aber sichtbar Probleme mit dem Gasregler am Herd. Er zuckte erschrocken zusammen, als Rachel ihn ansprach.

»Mein Kollege kommt auch gleich dazu«, sagte sie, nachdem sie Bedford erklärt hatte, dass sie noch mal mit ihm reden müssten. »Er checkt gerade die Sicherheitsvorkehrungen am Haus. Wir werden noch ein paar Männer mehr abstellen.«

»Halten Sie die Gefahr wirklich für so groß?«

»Ja. Vorsicht, das Ei ...« Rachel deutete auf die Pfanne, in der das Spiegelei inzwischen schwarze Ränder bekommen hatte.

»Fuck!« Hektisch zog Bedford die Pfanne vom Herd und warf sie in die Spüle. Es zischte laut, als er den Hahn aufdrehte und das Wasser auf das heiße Fett spritzte.

»Können Sie nicht auch einen Koch abstellen? Normalerweise esse ich nur im Pub. Ich verhungere hier noch.«

»Wir haben Proviant mitgebracht. Sie können sich nachher ein Brot machen.«

»Na toll.« Seufzend ließ er sich auf einen Hocker fallen.

In dem Moment kam auch Bob in die Küche. »Sie sind hier ziemlich sicher«, sagte er.

»Ziemlich?«

»Ja. Ziemlich. Hundertprozentige Sicherheit gibt es nicht. Aber es sind jetzt vier Männer vor Ort. Dazu das ganze technische Equipment. Und die Hunde. Das ist schon ein sehr hoher Sicherheitsstandard.«

»Und wie lange soll ich hierbleiben?«

»Die Fahndung läuft auf Hochtouren. Wir haben ihn bald«, beruhigte ihn Bob.

»Mr. Bedford, wir glauben zu wissen, warum John Caine es auf Sie abgesehen hat.«

Rachel hatte keine Lust mehr, um den heißen Brei herumzureden. Es war an der Zeit, dass Stan Bedford auspackte. Wurde er blass? Sie hatte den Eindruck. Schweißperlen bildeten sich auf seiner Stirn, und er wirkte urplötzlich nervös.

»Ich glaube auch, dass ich es weiß«, sagte er zu ihrer Überraschung.

Sie nahm sich ebenfalls einen Hocker und setzte sich neben ihn. »Erzählen Sie.«

Er fuhr sich mit den Händen durchs Gesicht und holte tief Luft. »Es waren damals andere Zeiten«, begann er. »Das kann man sich heute gar nicht mehr so vorstellen. Ich meine, wir haben die Mudschahedin mit Waffen unterstützt, das muss man sich mal auf der Zunge zergehen lassen! Wir und unsere amerikanischen Freunde, wir waren es, die die Mudschahedin zu dem gemacht haben, was sie heute sind. Die Taliban.«

»Sie brauchen sich nicht zu rechtfertigen«, sagte Rachel. »Wir wissen, dass im Kalten Krieg einiges anders war als heute. Was hatten Sie mit den Caines und den Barans zu tun?«

»Tja, wo soll ich anfangen ...«

Dann erzählte Stan Bedford ihnen, wie er Nida Baran kennengelernt hatte. Ein wunderschönes junges Mädchen, keine zwanzig Jahre alt, das sich sofort unsterblich in ihn verliebt hatte. Ihm hatte ihre Schwärmerei geschmeichelt. Hatte auch er sich verliebt? Vielleicht ein bisschen.

»Aber eigentlich hatte ich damals keine Zeit für eine Liebschaft. Es gab noch andere Agenten, die an ihr herumbaggerten, Cedric hatte eindeutig mehr Interesse. Trotzdem. Ich … Wir begannen dann doch eine Affäre, und dann … nun, wie soll ich es ausdrücken …«

»Kommen Sie einfach auf den Punkt.«

»Nidas Schwester …«

»Samia Caine, die Mutter von John Caine?«

»Ja, genau. Nida half ihrer Schwester häufig. Meistens passte sie auf den Jungen auf, wenn die Schwester und ihr Mann für den Botschafter im Einsatz waren. Oft genug kamen Nida und Amir aber auch mit, wenn es in den Botschaften einen Empfang oder eine Party gab. Während Samia auf der Feier übersetzte, saß Nida meist mit dem Kleinen beim Personal und spielte.«

Auf einem dieser Feste hatte sich Nida Baran dann mit der Tochter eines russischen Botschaftsangestellten angefreundet. Mit der Zeit hatte sie immer mehr russische Freunde bekommen.

»Es war fast so, als wenn die weltweiten antisowjetischen Kundgebungen völlig an ihnen vorbeigegangen wären«, erinnerte sich Bedford. »Nach dem Einmarsch der Sowjets in Afghanistan flohen viele. Das Leben änderte sich von einem Tag auf den anderen. Aber viele junge Leute interessierten sich nicht für Politik und lebten einfach ihr Leben. So wie Nida.«

Rachel nickte und dachte, dass das heute in einigen Krisengebieten nicht anders war. Sie konnte das durchaus verstehen. Gerade die jungen Leute wollten sich ihre Jugend nicht von politischen Auseinandersetzungen verderben lassen.

Irgendwann lernte auch Stan Bedford über seine Geliebte einige Russen kennen. Und ihm wurde ein Angebot unterbreitet.

»Es war nicht viel, was die von mir wissen wollten. Das

Wort Spionage fiel kein einziges Mal. Es ging eher um Banalitäten, dachte ich damals jedenfalls.«

Bedford saß mit eingefallenen Schultern vor ihnen. Während er erzählte, knetete er unaufhörlich seine Hände.

»Doch dann wollten sie mehr. Natürlich zögerte ich, aber ich war jung, und ich wollte mir ein Leben aufbauen, dafür brauchte ich Geld.«

»Sie haben geheime Informationen an die Sowjets verkauft?« Bob brachte es auf den Punkt.

»Ich habe Geld von denen genommen, ja. Und dafür vielleicht ein bisschen was erzählt ... Wahrscheinlich war ich damals einfach naiv.«

Rachel zog die Augenbrauen hoch und sah ihn skeptisch an. »Naiv? Als Mitglied des MI6? Das kann ich mir kaum vorstellen. Wie kam es zur Verhaftung der Caines und der Familie Baran?«

Bedford seufzte hörbar. »Ich habe einen Fehler gemacht«, sagte er dann leise. »Ich muss in einem meiner Gespräche mit den Russen eine Waffenlieferung erwähnt haben, die von uns und den USA an die Mudschahedin gehen sollte. Die Russen verhinderten die Lieferung, und dabei kam es zu einer Auseinandersetzung, bei der mehr als fünfzig Menschen starben, Kämpfer der Mudschahedin, aber auch Zivilisten. Ich hatte damals echt Muffensausen. Die hätten mich wegen Hochverrat drankriegen können.«

»Ich verstehe.« Rachel sah ihn nachdenklich an. »Und dann haben Sie den Barans die Schuld in die Schuhe geschoben.«

»So einfach können Sie sich das nicht machen«, sagte Bedford, und Rachel hörte deutlich die Verzweiflung in seiner Stimme. »Der Konflikt drohte damals zu eskalieren. Wenn rausgekommen wäre, dass ein Mitarbeiter des MI6 eine solche Auseinandersetzung zu verantworten hat, hätte das nicht nur politisch hohe Wellen geschlagen. Womöglich hätte der Krieg dann die Grenzen Afghanistans gesprengt! Das konnten wir nicht zulassen.«

»Was haben Sie getan?«

Bedford erzählte ihnen, wie er zunächst auf Nida eingeredet habe, sie möge sich von ihren russischen Freunden zurückziehen. Es sei heikel, in jenen Zeiten so freundschaftlich mit den Sowjets umzugehen, wie sie es tat, sagte er ihr. Doch die lebenslustige junge Frau hatte seine Einwände nicht ernst genommen.

»Ich habe in dieser Zeit ein paarmal mit Turpin telefoniert und ihm von der ganzen Geschichte berichtet.«

»Steve Turpin?«

»Ja. Er arbeitete damals unter Sir Ian, und ich hatte immer einen guten Draht zu ihm. Turpin sagte mir, dass er sich um die Sache kümmern würde. Uns war allen klar, dass wir den MI6 und das Königreich da raushalten mussten.«

»Und dafür opferten sie die Baran-Schwestern und ihre Angehörigen.«

Bedford schwieg.

Rachel atmete tief durch. »Lassen Sie mich mal zusammenfassen«, sagte sie dann. »Die Russen hatten damals zehntausende Soldaten in Afghanistan. Der Westen war schlecht auf die Sowjets zu sprechen und unterstützte die Mudschahedin. Ist das so weit richtig?«

»Ja. Das ist richtig.«

»Eine junge afghanische Frau hat nun eine Affäre mit dem Mann, der den Russen geheime Waffenlieferungen geflüstert hat ...«

»So war es nicht!«, unterbrach er sie laut.

»Okay. Vereinfacht gesagt. Die Afghanen wussten nicht, wer Sie sind. Aber sie erhielten einen Hinweis, dass für den

Verrat und das daraus resultierende Massaker Nida und ihre Familie verantwortlich waren.« Rachel versuchte, die aufkommende Verachtung in ihrer Stimme zu unterdrücken. »Der Hinweis kam von Ihnen, weil Sie Schiss bekommen haben. Ihr mächtiger Freund Steve Turpin versprach Ihnen zu helfen, und dann dauerte es nicht mehr lange, und die gesamte Familie Baran wurde verhaftet und kurz darauf ermordet.«

Bedford schwieg wieder.

»Vielleicht haben die anderen erst später erkannt, dass sie Unschuldige ans Messer liefern«, überlegte Bob. »Das könnte erklären, warum Sir Ian noch ein Team schickte, um wenigstens die britischen Staatsbürger rauszuholen.«

»Keiner konnte damals ahnen, dass der afghanische Geheimdienst ein Exempel statuieren wollte«, sagte Bedford tonlos. »Zu dem Verhör kamen nur die größten Moralisten. Denen war doch schon ein Dorn im Auge, wie Nida lebte. Für die war sie eine Nutte. Ich habe später gehört, dass ihr Todesurteil in dem Moment besiegelt war, als sie in westlicher Kleidung zum Verhör erschien.«

»Und später wurde alles vertuscht.«

»Ja, natürlich. Es änderte sich doch damals alles. Plötzlich gehörten die Russen zu den Guten und die Mudschahedin zu den Bösen. Wir hatten die Falschen unterstützt. Das durfte natürlich nicht rauskommen.«

»Für Ihren Verrat hat man Sie dann strafversetzt?«

Bedford nickte. »Ich weiß, dass ich mich damals nicht mit Ruhm bekleckert habe. Aber die Zeiten waren …«

»Auch wenn die Zeiten damals anders waren, rechtfertigt das keinen Hochverrat. Das wissen Sie ganz genau, Bedford!«

Rachel hatte die Nase voll von seinen mickrigen Entschuldigungsversuchen. Stan Bedford hatte nicht nur ein Menschenleben auf dem Gewissen.

»Okay, wenigstens kennen wir jetzt die Zusammenhänge«, versuchte Bob zu beschwichtigen. »Wir wissen jetzt, in welcher Verbindung Sir Ian, Steve Turpin, Catherine Bailey und die anderen zum Täter stehen.«

»Cedric Montgomery und Frank Waldmann«, ergänzte Rachel.

»Genau. War sonst noch jemand in den Einsatz involviert?«

»Nein.«

»Gut. Wir gehen davon aus, dass heute alles ruhig sein wird«, sagte Rachel.

Der Artikel würde erst morgen erscheinen. Vorher würde Caine vermutlich nicht zuschlagen.

»Verlassen Sie bitte trotzdem nicht das Haus.«

»Wie? Ich darf gar nicht raus?«

»Am besten nicht. In regelmäßigen Abständen wird einer der Kollegen mit einem Hund das Gelände begehen. Die Hunde sind speziell ausgebildet, sie riechen einen Menschen auf große Entfernung. Ich gebe Ihnen trotzdem meine Handynummer. Sie können mich vierundzwanzig Stunden am Tag erreichen.«

»Und wann kann ich nach Hause?«

»Bald.«

44

Am nächsten Morgen regnete es. Er war Hyatt von ihrem Haus bis zum Präsidium gefolgt und hatte dabei einige Probleme, sie im dichten Regen nicht zu verlieren. Als er sicher sein konnte, dass sie erst mal im Büro war, wollte er zum Cottage fahren, um seine Observierung fortzusetzen. Doch inzwischen regnete es so stark, dass er zu einer Pause gezwungen wurde.

Vor dem nächstbesten Pub hielt er an und parkte sein Motorrad. Feuchtwarme Kneipenluft schlug ihm entgegen, als er den Laden betrat, in den sich mehrere Regenopfer geflüchtet hatten. John setzte sich an einen Tisch und bestellte einen Kaffee.

Ein älterer Mann am Nebentisch nippte an einem Guinness und las dabei den *Mirror*. »Staatsfeind Nummer eins … Die übertreiben doch mal wieder maßlos«, murmelte der Alte. »Und dieses Foto! Das könnte doch wirklich jeder sein.« Er schüttelte den Kopf. Dann musterte er John von der Seite und grinste breit. »Sogar Sie haben Ähnlichkeit mit dem Bengel.«

John lachte. »Zeigen Sie mal her!«, sagte er betont locker.

Der alte Mann reichte ihm die Zeitung. Für einen winzigen Moment stockte John der Atem, als er sein Foto sah. Dann hatte er sich wieder gefangen.

»Wer soll der Kerl sein?«, fragte er und war sich im selben Augenblick sicher, dass er nicht mehr allzu viel Ähnlichkeit mit dem jungen Mann auf dem Foto hatte. Das Bild durfte fast fünfzehn Jahre alt sein. Sein Kopf war damals fast kahl rasiert gewesen und sein ganzer Körperbau ein anderer. Viel kindlicher und schmächtiger hatte er damals ausgesehen, die Muskelmasse, die er sich in den letzten Jahren antrainiert hatte, fehlte völlig.

»Na, dieser irre Attentäter! Lesen Sie keine Zeitung?«

»Ach so. Doch, doch.«

Schnell überflog er den Artikel. Zunächst drehte sich alles um den Mord an Sir Ian, der dann in Zusammenhang mit weiteren Todesfällen gesetzt wurde.

Scotland Yard geht davon aus, dass die Serie mit der bestialischen Ermordung von Sir Ian beendet ist. Nach Recherchen dieser Zeitung standen diese grausamen Morde im Zusammenhang mit einer Jahrzehnte zurückliegenden Tragödie, bei der der brutale Killer von heute der einzige Überlebende war. Ein Überlebender, der zur Bestie wurde. Die Verantwortlichen für diese Tragödie sind nun alle tot. Nur ein unbedeutender Augenzeuge von damals lebt heute noch. Obwohl Scotland Yard ihn nicht als potenzielles Ziel des Killers einstuft, wurde er vorsorglich an einen geheimen Ort gebracht, bis man den Täter dingfest gemacht hat.

Der äußerst gefährliche Täter hält sich zurzeit vermutlich in der Nähe von Southampton auf, um England auf dem Seeweg zu verlassen. Der Hafen von Southampton wird intensiv überwacht. Nach vereinzelten Hinweisen aus der Bevölkerung wurden bereits mehrere Schiffe kontrolliert. Urlauber und Reisende müssen sich auf Kontrollen und Verzögerungen im Schiffsverkehr einstellen.

Tragödie, dachte John verachtend. Dieser verdammte Chris Featherstone nannte die Auslöschung seiner Familie eine Tragödie. Das war ja fast schon zynisch.

Er spürte, wie Wut in ihm aufstieg. Es war ein Massenmord gewesen, nicht mehr und nicht weniger. Die Auslöschung seiner Familie im Auftrag des MI6. Man hatte Nida zuerst ausgepeitscht, dann hatte man sie bis zur Brust in die Erde eingegraben und gesteinigt. Seine Eltern waren zu Tode gefoltert worden, die Großeltern erschossen. Das war keine Tragödie gewesen! Eine Tragödie war ein schwerer Autounfall oder eine Naturkatastrophe mit vielen Toten. Aber das? Das war gezielter Mord.

John versuchte, sich zu beruhigen. Lächelnd gab er dem alten Mann die Zeitung zurück. Wenigstens schien von dem toten Zuhälter noch nichts bekannt geworden zu sein. Wahrscheinlich lag der immer noch im Flur seiner stinkenden Wohnung. Wer vermisste schon einen Widerling wie den?

»Scheint so, als wenn der Typ bereits über alle Berge ist«, sagte er, und der Alte nickte.

»Ja, natürlich. Das würde doch jeder so machen. Der ist weg, den kriegen sie nicht mehr.«

»Vermutlich nicht.«

»Mann, das hat sich richtig eingeregnet. Das bleibt jetzt so bis Februar.« Der Alte sah deprimiert aus dem Fenster. »Bei so einem Wetter kriegen die den eh nicht. Da sind doch sofort alle Spuren hin!«

Stimmt, dachte John. Und die blöden Hunde hatten im Dauerregen auch Probleme. Vielleicht sollte er die Gunst der Stunde nutzen? Die Bullen dachten, er hätte London verlassen. Und Bedfords Aufpasser würden bei dem Wetter sicher auch nicht so oft Patrouille laufen wie gestern. Ganze fünfmal war ein Polizist mit Hund am Nachmittag ums Haus marschiert. Das war viel und minimierte Johns Möglichkeiten. Aber wenn es so schüttete und sie ohnehin davon ausgingen, dass er nicht mehr in der Stadt war, sollte er es schnell über die Bühne bringen.

Er hatte das Haus und die Sicherheitsmaßnahmen ausführlich studiert. Gut, bei seinen anderen Einsätzen hatte er sich mehr Zeit genommen, aber da war die Situation auch eine andere gewesen. Bei Sir Ian hatte er genau darauf achten müssen, dass ihn keine der CCTV-Kameras erwischte. Das brauchte er jetzt nicht mehr. Sie wussten, wie er aussah, auch wenn die Fotos alt waren. John war sich sicher, dass es bald ein gemorphtes Foto von ihm geben würde, dass ihn in seinem jetzigen Alter zeigte. Und wenn es gut gemacht war, könnte das durchaus gefährlich für ihn werden.

Er würde es also heute zu Ende bringen.

Während John seinen Kaffee bezahlte und in den Regen hinausging, überdachte er noch mal seinen Plan. Er musste nach Hause, um seinen Neoprenanzug und die Harpune zu holen. Seine Desert Eagle würde er in der Küchenschublade lassen müssen. Nachdem er durch den See geschwommen war, wäre es ohnehin zu riskant, sie zu benutzen. Pistolen mochten kein Wasser. Aber an seinem Messerblock würde er sich großzügig bedienen. Zwei bis drei dieser hübschen Waffen konnte er locker in seinem Neoprenanzug unterbringen. Er konnte Messer über weite Strecken zielsicher werfen, und er war außerordentlich geübt im Umgang mit der Klinge.

John startete sein Motorrad und fuhr los. Reichte das? Harpune und drei Messer? Vier Polizisten hatte er gestern beobachtet, plus zwei Hunde. Auch wenn er extrem treffsicher war und seine Waffen mehrfach benutzen konnte, war sein Arsenal knapp bemessen. Bedford war schließlich auch noch da. Aber er musste eine ziemlich lange Strecke schwimmen, dafür durfte er nicht so viel Ballast am Körper haben. Nein, die Harpune und die Messer mussten reichen.

John spürte eine freudige Erwartung in sich aufkeimen. Endlich kam er zu seinem Filetstück: dem niederträchtigen Verräter.

Der Mann, der am allermeisten für den Tod seiner Familie verantwortlich war, würde noch heute sterben.

45

»Sagen Sie Agent Billings, ich bin in einer Besprechung.«

Juanita Sanchez sah Bob tadelnd an. »Das habe ich ihm heute Morgen auch schon gesagt.«

»Ist mir egal, Juanita. Ich habe weder Zeit noch Lust, mich von ihm runtermachen zu lassen.«

»Aber der ruft jetzt schon zum vierten Mal an!«

»Juanita …«

»Okay, okay. Ich sag's ihm.« Schwungvoll warf sie ihre lange schwarze Mähne nach hinten und verließ kopfschüttelnd den Raum.

»Ganz Southampton steht Kopf nach dem Artikel«, sagte Bob.

Rachel nickte. Sie wusste selbst, welche Aufregung der Bericht von Chris Featherstone verursacht hatte. Und wie riskant es gewesen war zu behaupten, Caine habe sich in Southampton versteckt. Rund um die Uhr klingelte in der dortigen Polizeistation jetzt das Telefon, ständig wollte ihn irgendjemand irgendwo in der Hafengegend gesehen haben.

»Sogar im Titanic Museum soll er gewesen sein«, stöhnte Bob. »Als wenn sich ein Mehrfachmörder in so eine Touristenhochburg wagen würde. Mann, Mann, Mann!«

Rachel merkte, dass sie sich nur schwer konzentrieren konnte. Immer wieder gingen ihr die Bilder vom heutigen Morgen durch den Kopf. Wie üblich hatte sie in Eile das Haus verlassen, Noah an der Hand. »Batman ist wieder da!«, hatte er fröhlich gerufen, als sie den Wagen aus der Parklücke gefahren hatte.

Auf Nachfrage erzählte ihr Sohn dann, dass der Mann mit dem schwarzen Motorrad und dem schwarzen Helm fast jeden Morgen hinter ihnen herfahre.

»Hast du den nicht gesehen, Mama?«

Nein, es war ihr bisher nicht aufgefallen, und sie fragte sich, wie ihr das passieren konnte. Nach der Sache mit der Katze und der Geschichte im Friedhofswald – wie zur Hölle hatte ihr das entgehen können?

Noah schwärmte von dem Motorrad und forderte sie auf, langsamer zu fahren, damit Batman sie überholen und er einen Blick auf das tolle Batmobil werfen könne. Als Rachel tatsächlich das Tempo drosselte, wurde aber auch der Motorradfahrer langsamer. Irritiert beobachtete sie ihn im Rückspiegel, und ihr fiel auf, dass er offenbar einen bestimmten Abstand zu ihr halten wollte. Ohne zu blinken, bog sie spontan in eine Gasse ab. Wenig später tauchte der Motorradfahrer wieder im Rückspiegel auf.

Nachdem sie Noah zum Kindergarten gebracht hatte, fuhr sie einen anderen Weg ins Büro als sonst. Und trotzdem sah sie das schwarze Motorrad immer wieder im Rückspiegel. Als sie schließlich auf den Parkplatz vor Scotland Yard fuhr, war sie sich fast sicher, dass sie verfolgt wurde – auch wenn sie in diesem Moment niemanden mehr gesehen hatte.

Jeden Morgen war der Motorradfahrer da, hatte Noah gesagt. Natürlich konnte es einfach jemand aus der Nachbarschaft sein, der zufällig den gleichen Weg zur Arbeit hatte. Aber Rachel glaubte das nicht. Dann wäre er ihr doch nicht durch die kleinen Gassen gefolgt, immer im gleichen Abstand. Oder hatte sie sich getäuscht? Der Regen war so stark, dass ein Motorradfahrer schnell wie der andere aussah.

Nein, dachte sie. Sie hatte sich nicht getäuscht. Er war hinter ihr hergefahren, da war sie sich sicher. Ob es Caine war, der sie verfolgte? Rachel musste schlucken, als ihr die Möglichkeiten klar wurden, warum er so etwas tun könnte. Sie war eine der Hauptermittlerinnen in dem Fall. Falls sie ihm zu nahe kam, könnte er sie leicht ausschalten. Außerdem hatte sie eine Achillessehne: Noah. Würde Caine ihn in seine Gewalt bringen, würde sie alles tun, um ihren Sohn wiederzubekommen. Auch einen gefährlichen Mehrfachmörder wie ihn würde sie im Zweifelsfall laufen lassen, wenn sie dadurch das Leben ihres Kindes retten könnte.

Carole Spitman riss sie aus den Gedanken. Sie hielt ihr eine Kette vor die Nase. »Guck mal!«

»Was ist das?«

Rachel nahm die Kette in die Hand und betrachtete sie. Sie war aus schwerem Silber, das fast überall angelaufen war. Ein ebenfalls schon dunkel verfärbtes Medaillon hing an der Kette.

»Das hat ein ehemaliges Pflegekind von den Grocers aus John Caines Zimmer mitgenommen.«

Rachel öffnete das Medaillon und sah das Bild einer hübschen dunkelhaarigen Frau.

»Nida Baran. Die Tante von John Caine.«

»Interessant.« Das Telefon klingelte. »Sorry, Carole, lass uns gleich weiter ... Hyatt?«, sagte sie in den Hörer.

»Haben Sie noch alle Tassen im Schrank?«

Stan Bedfords Stimme überschlug sich fast, und sie hatte Mühe, ihn zu verstehen.

»Ich habe gerade den verdammten Artikel gelesen!«

Natürlich, er konnte sich die aktuellen Nachrichten auf sein Handy runterladen. Daran hatte sie nicht gedacht.

»Was soll der Schwachsinn, dass der Kerl nicht mehr in London ist?«

»Ich …«

»Ich kann Ihnen genau sagen, was das soll!« Bedford ließ sie nicht zu Wort kommen. »Sie wollen, dass der Scheißkiller denkt, er hätte freie Bahn. Sie wollen, dass er loslegt, um ihn dann auf frischer Tat zu ertappen, und ich bin der verdammte Lockvogel!«

Rachel versuchte, die Wogen zu glätten. »Mr. Bedford, selbstverständlich sind Sie kein Lockvogel. Wir wollen Caine aus der Reserve locken, das ist richtig, aber wir würden uns niemals anmaßen …«

»Wollen Sie mich *verarschen*?« Jetzt klang er richtig sauer. »Ich bin länger in diesem Job als Sie, ich kenne alle Methoden! Deshalb haben Sie auch die Sicherheitsstandards hier so massiv erhöht. Sie wollen, dass der Scheißkerl hierherkommt und Jagd auf mich macht! Und dabei wollen Sie ihn dann abknallen!«

»Nein, das wollen wir nicht. Wir werden auch kein Sicherheitsrisiko …«

Das laute Bellen eines Hundes am anderen Ende der Leitung brachte sie aus dem Konzept.

»Was ist da los bei Ihnen, Bedford?«

»Keine Ahnung. Einer von den Kötern kläfft wie verrückt. Was ist denn da …?«

»Bedford? Hören Sie mich?«

Keine Antwort. Die Verbindung war unterbrochen.

»Alles in Ordnung?« Bob sah sie fragend an.

Rachel antwortete nicht und drückte auf die Rückruftaste. Sofort sprang Bedfords Mailbox an.

»Ich weiß nicht, ob alles in Ordnung ist«, sagte Rachel. »Ich habe irgendwie kein gutes Gefühl.«

Sie suchte die Nummern der Kollegen heraus, die im Cottage bei Bedford waren.

Sie erreichte niemanden. Nicht einen. Von vieren.

Draußen wurde es langsam dunkel, obwohl es gerade erst vier Uhr war. Carole Spitman sah sie fragend an.

»Wir verschieben das, Carole«, sagte Rachel kurzatmig. »Bob, wir sollten zum Cottage fahren.« Sie stand auf.

»Es sind vier unserer besten Männer ...«

»Ich kann keinen mehr erreichen, Bob!« Rachel spürte Panik in sich aufziehen.

»Rachel, wenn Caine durch den Artikel glaubt, er könnte sich jetzt an Bedford ranmachen, dann wird er seine Tat doch erst mal genau planen. Bei allen Morden ist er sehr gut organisiert vorgegangen. Er wird nicht einfach so Hals über Kopf zuschlagen. Vielleicht ist das Wetter daran schuld, dass du keine Verbindung hast, es schüttet doch schon den ganzen Tag.«

»Und was ist, wenn Caine mich beobachtet hat?«

Batman, dachte Rachel.

»Vielleicht war er doch in meinem Garten, womöglich hat er mich die ganze Zeit im Auge gehabt. Vielleicht hat er seine Tat schon längst geplant und nur auf den richtigen Zeitpunkt gewartet, um loszulegen!«

Sie steckte das Medaillon in die Tasche und verließ entschlossen den Raum. Wenn den Jungs im Cottage etwas passieren würde, könnte sie sich das niemals verzeihen.

46

Der Neoprenanzug war sein Geld wert. Obwohl das Wasser in dem See höchstens zehn Grad hatte, fror er nicht. Auch den Störsender hatte er trocken an Land bringen können. John war froh, dass er ihn damals mitgenommen hatte, als er den kleinen Ganoven aus der Walterstreet ausgeschaltet hatte. Wie hatte der noch geheißen? Peter? Er wusste es nicht mehr. Der Kerl war einfach zu unwichtig gewesen.

Aber dieser kleine Kasten ... Es war nicht einfach, an einen Handyblocker dieser Generation zu kommen. Die Dinger waren aus verständlichen Gründen für den freien Verkauf verboten, wurden aber immer wieder von Justizbeamten verwendet, um im Knast für Funkstille zu sorgen. Und genau da hatte Peter, oder wie er auch geheißen hatte, ihn auch hergehabt. John durfte ihn auf keinen Fall vergessen mitzunehmen, wenn er hier fertig war.

Er zog die Harpune aus dem Bauch des Hundes, der dadurch noch weiter aufgerissen wurde. Der Darm des Tieres fiel fast vollständig heraus und lag braun und matschig im Morast. Es gab noch mindestens einen weiteren Hund, und John wusste, dass er die Tiere zuerst ausschalten musste. So ein verdammter Köter konnte richtig unangenehm werden, während er mit Menschen eigentlich nie Probleme hatte. Denen war er haushoch überlegen.

Er sah den zweiten Hund mit seinem Herrchen auf dem Weg, der zum Haus führte. Mist. Eigentlich war seine Position hier am See zu gut, um sie für die beiden aufzugeben. Andererseits musste er sich so oder so um alle kümmern.

Wieder erwies sich der Neoprenanzug als verdammt gute Investition. Es regnete inzwischen stark, und der Boden war eine einzige Schlammlandschaft, aber in seinem schwarzen Anzug konnte er perfekt durch den Matsch robben, ohne auszukühlen oder aufzufallen. In Afghanistan hatte er gelernt, sich unsichtbar zu machen. Lautlos pirschte er sich durch das Unterholz an, lief zwischendurch immer wieder kleine Stücke von Strauch zu Strauch, um dann auf dem Boden vorwärtszurobben.

Schließlich war er nah genug dran, um zielen zu können. Der Scheißköter schien ihn schon gewittert zu haben, jedenfalls zog er an der Leine und bellte, was aber durch den Sturm kaum zu hören war. Was der Bulle sagte, konnte John erst recht nicht verstehen. Aber er sah, wie er irritiert an seinem Handy herumfummelte. John war klar, wenn er die Harpune auf den Hund abfeuerte, musste er den Polizisten so schnell wie möglich hinterherschicken. Er durfte auf keinen Fall seine Waffe ziehen, das war viel zu gefährlich. Aber würde John sein Messer bei diesem Wind richtig werfen können? War die Gefahr nicht viel zu groß, dass er wegen des Sturms sein Ziel verfehlte? Die Rückreißleine bei der Harpune funktionierte einwandfrei. Er könnte auch zuerst den Bullen abschießen, die Harpune zurückholen und anschließend auf den Hund zielen.

Jetzt denk nicht so viel nach, mach was!

Der Köter zog immer stärker, er musste handeln, und zwar sofort.

Durch den Wind konnte man das Zischen der Harpune nicht hören, als sie pfeilschnell durch die Luft sauste und im Brustkorb des Tieres steckenblieb. In dem Moment, in dem

John sie abgefeuert hatte, sprang er aus seinem Versteck und rannte mit gezogenem Messer auf den Bullen zu. Der war vom Anblick des aufgespießten Hundes so überrascht, dass er zunächst gar nicht zu merken schien, wie das Messer von hinten sein Herz traf. John mochte den rückwärtigen Herzstich. Er war schnell, sauber und überraschte jeden. Und er war absolut tödlich, wenn man genau traf und sich nicht von Rippen oder Schulterblättern ablenken ließ.

John traf immer genau. Die Sache auf dem Friedhof war eine Ausnahme gewesen. Sie würde sich nicht wiederholen.

Er zog die Harpune aus dem Hund, die sich im Brustkorb des Tieres verhakt hatte, sodass er ihm den halben Bauch aufriss. Mit etwas Laub deckte er den Kadaver zu, damit er von Weitem nicht auffiel. Die Leiche des Polizisten musste er vom Weg schaffen, sonst würden die anderen sie schnell vom Haus aus sehen. Keine fünf Minuten später hatte er einen idealen Ort gefunden und den Körper dort versteckt.

Zwei Hunde, ein Bulle. Blieben noch drei weitere Bullen und Bedford. Er musste ein bisschen auf die Tube drücken, sonst dauerte das alles zu lange. Schließlich wollte er ja möglichst viel Zeit für Bedford haben.

Den zweiten Polizisten sah er an der linken Hauswand stehen. Er versuchte offenbar, irgendetwas an der Überwachungskamera zu reparieren. Wahrscheinlich dachte er, dass der Regen der Technik zugesetzt hatte.

Habt ihr blöden Vollidioten wirklich gedacht, ich würde mich durch so eine beschissene Kamera aufhalten lassen? Noch nie hatte er sich von den Dingern beeindrucken lassen, vielleicht machten sie das ein oder andere etwas komplizierter, mehr aber auch nicht.

Harpune oder Messer, überlegte er, als er sich dem Mann von hinten näherte. Eigentlich war das ganz egal.

47

Klatschnass saßen sie in Bobs Auto. Ihre Jacken hatten den Wassermassen nichts entgegenzusetzen gehabt, und der Weg über den Parkplatz hatte gereicht, um sie völlig zu durchnässen.

»Irgendwann wandere ich doch aus«, schimpfte Bob, als er den Wagen startete. »Der englische Winter ist wirklich das Allerletzte.«

Rachel spürte die Nässe auf ihrer Haut nicht. Sie war unruhig, fast nervös, was sie sonst nie war.

Batman, verdammt! War er auch in ihrem Garten gewesen? Hatte er sie durchs Fenster beobachtet? Und hatte er auch über ihre Ermittlungen Bescheid gewusst? Unmöglich, dass er alles wusste. Er konnte schließlich nicht das Gebäude von Scotland Yard verwanzt haben. Aber wenn er sich an ihre Fersen geheftet hatte, wusste er wahrscheinlich, mit wie vielen Leuten sie auf Sir Ians Beerdigung gewesen waren. Vermutlich hatte er ihre Vorbereitungen beobachtet, hatte gesehen, wo welche Polizisten platziert waren. Er hatte genau gewusst, wie er ihnen entkommen konnte. Tatsächlich war er ihnen die ganze Zeit einen Schritt voraus gewesen.

Wie jetzt.

Rachel zog ihre Waffe und überprüfte, ob sie schussbereit war. Ihre Hände zitterten leicht, was auch Bob bemerkte.

»Hey, Rachel! Jetzt atme mal tief durch. Auch wenn du mit deiner Einschätzung richtigliegst, sind da immer noch vier unserer besten Männer vor Ort.«

»Bob, der Typ ist ein ausgebildeter Killer. Hast du in seiner Militärakte gelesen, was er einmal in Afghanistan gemacht hat?« Sie wartete seine Antwort nicht ab. »Innerhalb von zwei Stunden hat er neunzehn Talibankämpfer ausgeschaltet. Neunzehn! Und das ohne eine Schusswaffe zu benutzen. Er hat sich lautlos angeschlichen und ihnen das Genick gebrochen oder die Kehle aufgeschlitzt. Neunzehn Männer in zwei Stunden! Das heißt«, sie rechnete kurz, »er hat praktisch alle sechs Minuten einen Menschen getötet!«

Mit nachdenklicher Miene starrte Bob auf die regennasse Fahrbahn. »Du hast recht, er ist ein ernst zu nehmender Gegner. Trotzdem müssen wir Ruhe bewahren«, sagte er nach einer Weile. »Wenn wir in Panik geraten, machen wir uns nur angreifbar. Vielleicht ist er der perfekte Killer, aber wir werden ihm schon zeigen, wo seine Grenzen sind.«

Langsam ließen sie die City hinter sich, die Gegend wurde ländlicher. Bob hatte den Scheibenwischer auf die höchste Stufe gestellt, und trotzdem konnte man keine fünfzig Meter weit sehen. Es goss wie aus Kübeln.

Rachel versuchte erneut, ihre Kollegen im Cottage zu erreichen. Es war hoffnungslos.

»Das liegt am verdammten Wetter«, sagte Bob, der Mühe hatte, den Wagen dank der Wassermassen auf der Straße in der Spur zu halten. »Wann wird es in diesem Land mal eine anständige Kanalisation geben? Das ist ja ein einziges Gerutsche hier.«

Sie standen an der Kreuzung, an der es rechts Richtung Oxford und links zum Cottage ging. Der unbefestigte Weg zum Haus sah furchtbar aus. Er schien nur noch aus Schlamm und tiefen Regenlöchern zu bestehen. Bob murmelte etwas über sein armes Auto und lenkte den Wagen vorsichtig auf den matschigen Weg. Nach gut zwanzig Metern steckten sie fest.

»Ich wusste es«, stöhnte Bob. »Wären wir besser mit deinem gefahren. So 'n Land Rover käme hier vielleicht noch durch. Scheiße, verdammte!«

»Vielleicht ist es gar nicht so schlecht, wenn wir zu Fuß weitergehen. Dann haben wir eine größere Chance, dass man uns vom Haus aus nicht sieht. Mit dem Auto wären wir jedenfalls sofort aufgefallen. Also los!«

Rachel stieg aus. Jetzt spürte sie die Kälte doch, und sie versuchte, nicht zu zittern, was schwierig war. Immer noch war sie klatschnass, daran hatte auch Bobs bis zum Anschlag aufgedrehte Heizung nichts geändert. Der kalte Wind peitschte ihr den Regen ins Gesicht. Wahrscheinlich bin ich morgen krank, dachte sie kurz. Dann war sie wieder voll konzentriert.

»Ich kann mir nicht vorstellen, dass die Bewegungsmelder bei dem Wetter noch funktionieren!« Bob schrie fast. Wind und Regen waren so laut, dass eine normale Unterhaltung unmöglich war.

Rachel nickte, und gemeinsam kämpften sie sich durch den Schlamm. Sie versuchte sich, so weit es ging, am Wegesrand zu halten, der von Büschen und Bäumen gesäumt wurde, die ihr etwas Tarnung gaben. Bob tat es ihr auf der anderen Seite des Weges gleich.

Schon von Weitem sahen sie die offene Tür, die immer wieder vom Wind gegen die Hauswand geknallt wurde. Rachel warf Bob einen bedeutungsvollen Blick zu, und er schien sofort zu verstehen, was sie ihm sagen wollte. Sie zogen die Waffen, und Bob gab ihr ein Zeichen, dass sie sich in der Böschung halten sollte. Geduckt näherten sie sich dem Haus, ihre Pistolen zielsicher auf die offene Eingangstür gerichtet.

Gut dreihundert Meter vor dem Haus stolperte Rachel über etwas und fiel in den Schlamm.

»Alles okay?«, rief Bob und half ihr wieder auf die Beine.

Rachel antwortete nicht. Sie rappelte sich hoch und starrte auf das, worüber sie gefallen war.

Vor ihnen lag ein Schäferhund – oder vielmehr das, was von ihm übrig geblieben war. Sein Bauch war aufgerissen, geradezu zerfetzt, als hätte man ihm mit einer Axt oder einem Beil in den Leib geschlagen. Die Gedärme quollen heraus und lagen regennass auf dem Weg. Das Blut des Tieres hatte sich mit Wasser und Schlamm zu einer merkwürdigen trüben Brühe vermischt.

»Er ist da«, sagte Rachel tonlos, und obwohl sie nicht besonders laut gesprochen hatte, hatte Bob sie offenbar genau verstanden.

John Caine war hier irgendwo. Und er würde sich bestimmt nicht mit einem toten Hund zufriedengeben.

Vorsichtig und bereit, sofort zu schießen, gingen sie weiter.

48

Aus seinem Versteck heraus konnte er Rachel Hyatt und ihren glatzköpfigen Kollegen gut sehen. Er hatte nicht erwartet, dass sie so schnell hier sein würden. Konnte ihm das Probleme bereiten? Nein, er glaubte nicht. Nur seine Unterhaltung mit Bedford könnte dadurch ein wenig verkürzt werden.

Gut dreihundert Meter mussten die Polizisten noch zurücklegen, bevor sie am Haus waren. Dreihundert gut präparierte Meter. Wenn alles planmäßig verlief, waren sie da draußen noch ein Weilchen beschäftigt. Falls sie es überhaupt bis zum Haus schaffen sollten.

John Caine drehte sich um und betrachtete Bedford, der vor ihm auf dem Boden lag, mit Handschellen an einen alten Heizkörper gefesselt. Wahrscheinlich waren die Handschellen für ihn gedacht gewesen. Tja.

»Zu dumm. Ich wollte mir eigentlich Zeit lassen mit dir«, sagte er.

Für einen Moment überlegte er, Bedford mit fiesem Lächeln und bösen Sprüchen mehr Angst einzujagen. Sollte er ihn psychisch noch ein bisschen quälen, so wie er es in unzähligen Horrorfilmen gesehen hatte? Nein. Das war weder notwendig, noch war es sein Stil. Bedford stand die Todesangst ins Gesicht geschrieben. Er hatte Schweißperlen auf der Stirn, weit aufgerissene Augen, und er zitterte am ganzen Körper. Seine Stimme war so belegt, dass John Mühe hatte, ihn zu verstehen.

»Ich … habe … nichts getan«, stotterte er. »Wirklich nicht … Sie haben … den … Falschen.«

»Ja, klar.«

John schaute zum Fenster hinaus. Es konnte nicht mehr lange dauern, bis Hyatt und der Glatzkopf wieder stehen bleiben würden. Gut so, er wollte ein paar Sachen mit Bedford klären, bevor er es zu Ende brachte. John wusste, warum seine Eltern hatten sterben müssen, warum Nida und alle anderen aus der Familie nicht hatten weiterleben dürfen. Und er wusste, dass er dabei gewesen war, als seine Eltern gestorben waren. Doch warum zur Hölle konnte er sich nicht mehr an diesen Moment erinnern? Er wollte sich endlich wieder erinnern. Er *musste* sich erinnern!

»Wie sind meine Eltern gestorben?«

»Ich weiß es nicht! Ich sage doch, Sie haben den Falschen.«

»Wenn du mir sagst, wie ihre letzten Minuten waren, dann lasse ich dich laufen.«

Er wusste, dass es ein billiger Trick war. Und eigentlich hätte Bedford auch klar sein müssen, dass John ihn niemals laufen lassen würde. Kein Mensch würde vier Bullen und zwei Hunde abschlachten, um dann das eigentliche Ziel nach einem netten Gespräch einfach gehen zu lassen. Aber Hoffnung war ein Mechanismus, den John schon oft bei Menschen beobachtet hatte, die dem Tod ins Auge blickten. Sie klammerten sich an jeden Strohhalm, und sei er noch so klein. Die Leute wollten die Lüge einfach glauben. Vielleicht mussten sie es auch, um die letzten Minuten in ihrem Leben überhaupt aushalten zu können und nicht vor Angst zusammenzubrechen.

»Wirklich?« Bedfords Stimme zitterte.

»Ja. Wirklich.« John hatte noch nie Probleme gehabt zu lügen.

»Ich ... Okay, also vielleicht war ich dabei, aber ich habe mit der ganzen Sache nichts zu tun!«

»Gut. Ich will nur wissen, was genau passiert ist.«

»Und Sie lassen mich danach wirklich laufen?«

»Versprochen.«

Und dann erzählte Bedford. Zögernd und stockend, aber er erzählte.

»Sie saßen bei der Nanny auf dem Schoß, ganz hinten in der Ecke ... Man glaubte, dass Ihre Eltern eher reden würden, wenn sie ihren kleinen Sohn sehen ... wenn sie sehen würden, wie er leidet ...«

Ohne eine Miene zu verziehen, hörte John ihm zu. »Weiter.«

»Man hat zunächst mit einfachen Schlägen versucht, Informationen aus Ihren Eltern herauszukriegen. Aber das brachte nichts. Dann wurden die Elektroschocker geholt. Ich glaube nicht, dass sie Ihre Eltern wirklich damit töten wollten, aber dann ...«

Bedfords Stimme wurde von einer Bilderflut überdeckt, die plötzlich durch Johns Gehirn rauschte. Er wusste nicht, ob er sich wirklich erinnerte oder ob es an Bedfords Erzählung lag, dass er die Szene nun so klar vor sich sah. Eine unwirkliche Kulisse, wie aus einem Film ...

Ein kleiner Junge auf dem Schoß einer Frau, die versucht, ihn festzuhalten, die versucht, ihn mit einem Kinderlied zu beruhigen.

The wheels on the bus ...

Der Junge weint, er schreit und schlägt wild um sich, und die Frau hat immer größere Probleme, ihn auf ihrem Schoß zu halten. Endlich kann er sich losreißen, er springt herunter und läuft auf die andere Frau zu. Nackt hängt sie, an den Händen zusammengebunden, an einer Kette, die von der Decke baumelt. Ihr Körper ist über und über mit Striemen und Flecken übersät, über ihrem Steiß prangt eine riesige offene Wunde. Blut läuft zwischen ihren Oberschenkeln nach unten, es kommt aus ihrem Schoß.

Ein dunkler Kerl mit schwarzem Vollbart und finsteren Augen steht neben ihr, einen langen Stab in der Hand. Durch ein langes Kabel ist der Stab mit einem Stromgenerator verbunden.

»Amir, nein …« Sie spricht leise, aber mit fester Stimme.

Der Kerl will gerade ihren Kopf nach hinten reißen und ihr den langen Stab in den Rachen rammen, als der kleine Junge bei seiner Mutter ankommt. Ein stechender Schmerz durchfährt seinen kleinen Körper, er fliegt durch den Raum und wird gegen die Wand geschleudert.

Schreie.

Dunkelheit.

Als er wieder zu sich kommt, blutet seine rechte Hand stark. Seine Mutter liegt auf dem Boden, die Kette hat man abgenommen, sie bewegt sich nicht mehr …

»Ich bin mir sicher, dass man Ihre Mutter nicht töten wollte«, jammerte Bedford. »Aber durch das ganze Durcheinander … Der Elektroschocker blieb zu lange in ihrem Rachen und muss dort eine Arterie verletzt haben, sodass sie leider verblutet ist.«

John sagte nichts.

Mummy, dachte er und fühlte zum ersten Mal seit vielen Jahren ein warmes Gefühl in sich aufsteigen.

Mummy. Was haben sie dir angetan.

Trotz des Sturms konnte er den lauten Schrei von draußen hören, der ihn aus seinen Erinnerungen riss und dafür sorgte, dass er sich wieder konzentrierte.

Scheint, als wären Hyatt und der Glatzkopf in die Falle getappt, dachte er und widmete sich wieder Bedford.

49

Rachel stand unter Schock. Sie brauchte einen Moment, um sich zu fassen und die Situation zu begreifen.

Was war passiert? Bob war über irgendetwas gestolpert – war es ein Seil? Hatte jemand ein Seil über den Weg gespannt? Was immer es gewesen war, es hatte einen Mechanismus ausgelöst, und wie aus dem Nichts war ein Speer oder ein Pfeil durch die Luft geschossen und hatte sich in Bobs Schulter gebohrt.

»Fuck!«, brüllte er, und Rachel war froh, dass er noch schreien konnte.

Er lag blutend im Schlamm, und es sah fast so aus, als hätte ihn der Speer an den Boden genagelt. Zum Glück konnte sich Bob aber bewegen.

Rachel warf sich auf die Knie. »Bob! Himmelherrgott! Bist du in Ordnung?«

»Scheiße, ich weiß es nicht – es tut höllisch weh!«

»Bleib ganz ruhig liegen. Lass mal sehen …«

Vorsichtig öffnete Rachel sein Hemd, um die Wunde genauer betrachten zu können. Der Regen prasselte auf sie herunter, und ihr wurde bewusst, dass Bob schnell auskühlen würde.

In diesem Augenblick erkannte sie, dass es kein Speer, sondern eine Harpune war, die in Bobs Schulter eingedrungen war. Hätte sie ihn ein bisschen weiter unterhalb der Schulter getroffen, wäre sein Herz durchbohrt worden. Zum Glück blutete die Wunde nur wenig. Rachel wusste, was das bedeutete.

»Wir müssen das Ding drinlassen«, sagte sie. »Es verschließt die Wunde. Wenn ich es rausziehe, verblutest du womöglich.«

»Na großartig ... Das ist ja fast so schlimm wie beim Zahnarzt«, stöhnte er mit schmerzverzerrtem Gesicht und lachte verzweifelt auf.

Sie war froh, dass er vergleichsweise munter war. Hätte er seinen Humor verloren, hätte sie sich noch mehr Sorgen gemacht.

Rachel sah sich suchend um. Sie konnte ihn unmöglich hier im Schlamm liegen lassen. Wenige Meter von ihnen entfernt stand eine große Fichte, unter deren dichten Ästen es einigermaßen trocken aussah. Jedenfalls trockener als hier auf dem Weg, wo der Regen direkt auf sie niederrauschte.

»Schaffst du es bis zu dem Baum da?«

»Rachel, ich bin aufgespießt wie ein Spanferkel!«

»Ich helfe dir. Ganz vorsichtig, halt die Schulter so ruhig wie möglich.«

Sie wollte auf jeden Fall vermeiden, dass er die Harpune in seiner Schulter unnötig bewegte. Aber sie musste ihn an einen geschützteren Ort bringen. Wenn er in seinem Zustand auskühlte, konnte das gefährliche Folgen haben.

Vorsichtig und vor Schmerzen stöhnend, stand er auf, die Harpune ragte aus seiner Schulter, und er musste sie mit einer Hand festhalten, damit sie nicht abknickte und die Wunde noch mehr aufriss. Bob war sehr wackelig auf den Beinen, und Rachel musste ihn stützen.

Wie ungewohnt, dachte sie. Eigentlich war Bob immer der Fels in der Brandung, der Kerl, der anpacken konnte, häufig erst handelte und dann nachdachte, ein Mann, für den es selbstverständlich war, dass er seiner Partnerin half und auf sie aufpasste, während sie doch eher der Kopfmensch war. Bei allen Gegensätzen, die sie unterschieden, waren sie doch ein gutes Team.

»Jetzt vorsichtig runter«, sagte sie und half ihm auf den Boden. »Kannst du dich am Baum anlehnen? Es ist besser, wenn du sitzt. Im Liegen kühlst du noch schneller aus.«

Bob nickte und verzog das Gesicht, als er mühsam auf dem verwurzelten Boden ankam.

Rachel griff nach dem Handy, steckte es nach einem Moment aber wieder frustriert in die Tasche. Immer noch kein Empfang. Sie konnte keinen Krankenwagen rufen. Und keine Verstärkung.

»Es ist nicht so schlimm, Rachel«, sagte Bob. »Echt nicht. Es tut höllisch weh, aber ich habe nicht das Gefühl, als wenn ich unter dieser beschissenen Fichte sterben müsste.« Er grinste sie von unten schief an.

Sie nickte nachdenklich. Was sollte sie jetzt tun? Zurück zum Auto laufen und die Straßen abfahren, um die nächste Telefonzelle zu suchen? Nein, das war idiotisch. Auf dem Land hatte es schon immer nur wenige öffentliche Telefone gegeben, und seit dem Siegeszug des Handys waren sie fast vollständig verschwunden. Aber vielleicht funktionierte ihr Handy wieder, wenn sie ein Stück fahren würde? Caine wäre allerdings auf jeden Fall über alle Berge, wenn sie mit Verstärkung zurückkommen würde. Womöglich würde er sogar Bob vorher finden. Und mit Bob zurück zum Auto gehen? Nein. Er war unmöglich transportfähig, schon die fünf Meter bis unter den Baum hatten ihn sehr geschwächt. Mal davon abgesehen, dass der Wagen sowieso im Schlamm feststeckte.

Verdammt.

Sie musste Caine ausschalten. Sie ganz allein.

Rachel nahm Bobs Waffe, entsicherte sie und drückte sie ihm in die Hand.

»Kannst du damit noch schießen?«

»Glaub schon.«

»Okay. Wenn du den Mistkerl siehst, wenn er auf dich zukommt oder hier irgendwo auftaucht, dann erschießt du ihn, klar? Kein Verhandeln, kein Diskutieren, einfach schießen. Alles andere ist zu riskant. Verstanden?«

»Aye, aye, Captain.«

»Gut.« Rachel nahm ihre eigene Waffe wieder in die Hand. »Dann werde ich mal sehen, ob ich den Mistkerl nicht auch allein kriege.«

»Check jeden Quadratzentimeter vor deinen Füßen. Nicht dass das Schwein noch eine Falle gebaut hat.«

Sie nickte und trat vorsichtig auf den Weg. Es war schwierig, bei diesem Wetter auf alles zu achten, was potenziell gefährlich sein könnte. Sie durfte das Haus nicht aus den Augen lassen, musste gleichzeitig die Sträucher und Büsche am Wegesrand absuchen und den schlammigen Untergrund vor ihr überblicken. Theoretisch konnte er ihr überall auflauern und nur darauf warten, sich aus einem Hinterhalt auf sie zu stürzen. Wind und Regen taten ein Übriges, dass Rachel nur langsam vorankam und sich alles andere als sicher fühlte. Irgendetwas Schreckliches ging hier vor sich, das spürte sie ganz genau.

Keine dreißig Meter weiter wusste sie, dass ihr Gefühl sie nicht getäuscht hatte. Erneut ging sie auf die Knie und sackte geradezu in sich zusammen.

»Mein Gott«, flüsterte sie, als sie den Polizisten vor sich liegen sah. Er lag mit dem Gesicht im Schlamm, auf seinem Rücken war ein großer braunroter Fleck zu sehen. Sie drehte den Mann um. Seine Augen waren weit aufgerissen, der Mund wie zum Schrei geöffnet. Moder und Dreck hingen an seinen

Lippen. Das Blut musste ihm aus der Nase gelaufen sein, er war tot.

Wie alt mochte er gewesen sein? Höchstens dreißig, schätzte Rachel und spürte, wie eine gewaltige Wut in ihr hochkochte. Der Junge hatte sein ganzes Leben noch vor sich gehabt, hinterließ womöglich Frau und kleine Kinder. Caine hatte ihn feige angegriffen und hinterrücks umgebracht. Warum hatte er ihn nicht einfach k. o. geschlagen? Das wäre doch vollkommen ausreichend gewesen. Mit dem jungen Polizisten hatte er schließlich keine Rechnung zu begleichen gehabt. Er hätte ihn nicht auf diese bestialische Art abstechen müssen.

Ihr wurde bewusst, wie absurd diese Überlegungen waren. Natürlich brachte ein Mann wie Caine einen Polizisten um, der ihm irgendwie im Weg stand. Was kümmerte es ihn, ob der Junge Familie hatte oder nicht. Caine war ein Killer. Er würde den Tod immer als erste und einzige Option wählen. Für einen wie ihn gab es keine Alternative.

Wie Tränen liefen Rachel die Regentropfen über das Gesicht. Oder waren es doch Tränen? Sie konnte nicht unterscheiden, ob sie weinte oder ob es das Wasser war, das von oben auf sie herunterprasselte.

Als sie aufstand und weitergehen wollte, spürte sie den nächsten Stich in der Magengrube. Das, was unweit vor ihr lag, konnte nur eines sein: ein weiterer toter Körper.

50

Bedford hatte zu Ende erzählt. Er hatte John geschildert, wie sein Vater gestorben war, der ebenfalls gefoltert und schließlich mit einem Stich in die Halsschlagader regelrecht geschächtet worden war. Komischerweise hatte John während Bedfords Ausführungen keine Bilder vom Tod seines Vaters gesehen. Er hatte versucht sich vorzustellen, wie das Blut aus dem Hals geschossen war, aber er hatte nichts gesehen. Es gab nicht die geringste Erinnerung. Anders als bei den Beschreibungen von seiner Mutter hatte sich auch kein Gefühl in ihm geregt. Keine Liebe, kein Mitleid, nichts. Als hätte sein Vater nie existiert.

Ich habe ihn vollständig vergessen, dachte John und sah Bedford an, den Mann, der dafür die Hauptschuld trug.

Nun war es an der Zeit.

»Machen Sie mich endlich los! Sie haben versprochen, mich am Leben zu lassen«, flehte Bedford in Panik.

Offensichtlich erkannte er in diesem Moment in Johns Augen, dass er ihn belogen hatte.

»Bitte, Sie haben es doch versprochen!«

John zuckte nur mit den Schultern und kam langsam näher. Er zog sein Messer aus der Tasche und ging vor ihm in die Knie. Bedford lief der Schweiß über das Gesicht. Seine Unterlippe zitterte, und John bemerkte angeekelt, dass er sich einnässte.

»Ich habe Ihnen alles gesagt, was Sie wollten, und Sie haben mir Ihr Wort gegeben ...«

John schüttelte amüsiert den Kopf. »Herrje. Wissen Sie, wie viele Menschen ich schon umgebracht habe?«

Bedford antwortete nicht.

»Ich auch nicht. Aber fünfzig waren es mindestens. Ach was, wahrscheinlich hundert. Allein in Afghanistan waren es ja Dutzende. Was schätzen Sie, wie vielen von denen habe ich wohl vorher versprochen, dass ich sie am Leben lassen werde?«

Bedford war nun kalkweiß geworden. Er brachte kein Wort über die Lippen und zitterte am ganzen Leib.

»Genau kann ich Ihnen das natürlich auch nicht sagen, aber es waren einige, soviel steht fest. So, und jetzt raten Sie mal, wie viele von denen ich tatsächlich habe laufen lassen.«

Erwartungsgemäß schwieg sein Gegenüber.

John formte mit Daumen und Zeigefinger seiner rechten Hand eine Null. »Zero.«

Er grinste Bedford an und kam dann ganz nah an sein Ohr. »Fürs nächste Mal: Traue niemals einem Serienmörder«, flüsterte er und stach ihm im selben Moment das Messer in die Leber.

Bedford wollte aufschreien, aber der Schrei blieb ihm im Halse stecken. Mit weit aufgerissenen Augen starrte er ihn an.

John drehte das Messer mehrmals hin und her, um sicherzugehen, dass es von dem Organ auch wirklich nichts übrig lassen würde, dann zog er es aus dem Bauch heraus und wischte die blutige Klinge an Bedfords Hosenbein ab.

»Das dauert jetzt ein bisschen«, sagte John. »Du kannst in Ruhe warten, bis du tot bist. Vielleicht geht es noch eine halbe Stunde. Na ja, so lange wie bei meinen Eltern wird es wohl nicht dauern.«

Er blickte auf und sah Rachel Hyatt auf das Haus zukommen.

»Ich muss los. Übrigens, selbst wenn jetzt ein OP-Team hier hereinplatzen würde, ließe sich nichts mehr machen. Eine pürierte Leber ist eine eindeutige Sache.«

John stand auf und öffnete ein Fenster. Der Sturm hatte sich immer noch nicht beruhigt. Das konnte ihm jetzte auch egal sein.

»Viel Spaß in der Hölle«, sagte er und sprang genau in dem Moment aus dem Fenster, als Hyatt in den Raum trat.

51

Es musste das frühere Dienstbotenzimmer gewesen sein, in dem sie Stan Bedford fand. Er lag auf dem Boden, die Hände an einen Heizkörper gefesselt. Kurzatmig und mit schmerzverzerrtem Gesicht sah er sie an. Das Fenster stand offen, und sie war sich sicher, einen dunklen Schatten gesehen zu haben, der just in der Sekunde ins Freie gesprungen war, als sie den Raum betreten hatte.

Aber sie war noch nicht wieder ganz bei sich. Die Spuren des Massakers, das Caine draußen veranstaltet hatte, hatten ihr sehr zugesetzt. Alle vier Kollegen waren tot. Sie hatte sie nacheinander gefunden, und als sie über den letzten gestolpert war, hatte sie gedacht, sie würde es nicht mehr aushalten. Der Anblick war einfach zu schrecklich gewesen.

Caine hatte den Mann förmlich abgeschlachtet. Es sah so aus, als wenn sein letztes Opfer das einzige gewesen war, das den Angreifer bemerkt und sich gegen ihn zur Wehr gesetzt hatte. Die Abwehrverletzungen waren jedenfalls nicht zu übersehen. Mehrere Finger lagen abgetrennt im Schlamm, vermutlich, weil sich der Mann mit den Händen gegen die Klinge hatte schützen wollen. Ein langer Schnitt durchzog sein Gesicht und spaltete es fast in zwei Hälften. Rachel vermutete, dass sich der Polizist vor dem Angriff auf den Hals hatte wehren wollen, indem er sich gebückt hatte – dann war er im Gesicht getroffen worden. Einmal am Boden liegend, hatte er keine Chance mehr gehabt. Und Caine hatte keine Gnade gekannt. Rachel hatte die Stiche nicht gezählt, aber der malträtierte Körper des armen Mannes sah so aus, als wäre Dutzende Male auf ihn eingestochen worden.

Als sie neben dem derart hingerichteten Kollegen hockte, dachte Rachel für einen Moment darüber nach, die ganze Aktion abzubrechen. Sie hatte das Gefühl, nicht mehr weiterzukönnen, es einfach nicht mehr zu schaffen. So viele Tote, so viel Unglück. Sie glaubte, es nicht mehr aushalten zu können, einfach nur noch wegzumüssen, fort von diesem Ort des Grauens, von dieser Hölle, in der ein Mensch nach dem anderen sterben musste, ausgelöscht von einem Mann, der völlig emotionslos töten konnte, als wäre das Leben eines Menschen so viel wert wie das einer Mücke.

Doch dann wich dieses Gefühl dem Zorn, der immer stärker in ihr aufflammte.

Du primitiver Killer, dachte sie. Zu Beginn ihrer Ermittlungen hatte sie noch geglaubt, Caines Motive verstehen und nachvollziehen zu können. Schließlich hatte er selbst Schlimmstes erlebt und war vermutlich schwerstens traumatisiert. Aber mit ihrem Verständnis war jetzt Schluss. Nein, für dieses Massaker konnte kein Mensch der Welt Verständnis aufbringen, auch wenn er noch so Schlimmes erlebt hatte.

Sie hatte versucht, die toten Kollegen aus ihrem Kopf zu verdrängen und sich wieder auf ihren Fall zu konzentrieren. Die Gefühle unter Kontrolle zu halten und das Chaos zu sortieren, das hatte sie von Kindesbeinen an getan. Zum Glück, denn diese Kontrollmechanismen griffen nun fast automatisch und sorgten dafür, dass sie sich wieder auf ihre Arbeit fokussieren konnte.

Jetzt stand sie in dem alten Dienstbotenzimmer und erkannte auf den ersten Blick, dass Bedford nicht mehr zu retten war. Unmengen an Blut strömten aus seinem Körper.

Trotzdem ist es deine Pflicht, dich um ihn zu kümmern.

Rachel eilte zum Fenster und sah die Umrisse eines Mannes, der Richtung Wald lief. Das musste Caine sein. Schnell zog sie ihre Waffe und versuchte, ihn ins Visier zu nehmen, aber da war er schon zwischen den Bäumen verschwunden.

Sie fand ein Handtuch und hockte sich neben Bedford auf den Boden. Zuerst schloss sie die Handschellen auf und legte den Mann auf den Rücken. Dann drückte sie vorsichtig das Tuch auf die tiefe Wunde.

»Haben Sie Schmerzen?«

Er war schon sehr schwach und konnte nur noch leise sprechen. »Ja ... Werde ich es schaffen?« Hoffnungsvoll sah er sie an.

Für einen Moment überlegte sie. Er war in wenigen Minuten tot, so viel war sicher. Er hatte bestimmt schon zwei Liter Blut verloren, und die dunkelrote Pfütze um ihn herum wurde immer noch größer. Rachels Schuhe waren inzwischen blutgetränkt.

In ihrem Studium hatte sie gelernt, dass es das Beste war, sterbenden Menschen die Wahrheit zu sagen. Früher war das anders gewesen, da hatte man geglaubt, es sei humaner, einem Sterbenden die Zuversicht zu lassen. Ein Irrtum, der dafür sorgte, dass der Tod für den Betroffenen und auch für die Angehörigen häufig mit brutaler Plötzlichkeit kam. Deshalb klärte man die Menschen heute auf. Sie konnten sich dann besser mit der Situation abfinden und bewusst Abschied von der Welt nehmen und wurden nicht durch falsche Hoffnung in einen unnötig langen und grausamen Todeskampf hineingezogen. Nur wer loslassen kann, kann in Frieden gehen, erinnerte sich Rachel an die Worte ihres alten Professors.

Sie schüttelte den Kopf. »Es tut mir leid«, sagte sie leise, und Bedford seufzte.

Sie war hin- und hergerissen. Da draußen lief ein brutaler Serienkiller herum, und noch nie war sie so dicht an ihm dran gewesen wie jetzt. Eigentlich müsste sie losstürmen, hinter ihm herrennen und alles dafür tun, um ihn möglichst schnell zu stellen. Aber konnte sie einen Sterbenden allein lassen? War es nicht ihre gottverdammte Pflicht, diesem Mann in den letzten Minuten seines Lebens die Hand zu halten? Sie hatte ihn in diese Situation gebracht, sie hatte ihm versprochen, dass er hier in Sicherheit war, und jetzt rang er mit dem Tod. Tief in ihrem Inneren wusste sie, dass es ganz egal gewesen wäre, wo sie Bedford versteckt hätten – Caine hätte ihn so lange gejagt, bis er ihn gekriegt hätte. Trotzdem fühlte sie sich für Bedfords Schicksal mitverantwortlich.

»Was ... machen Sie ... noch hier?«, flüsterte Bedford. »Holen Sie sich ... das Schwein! Sterben kann ich auch ... alleine ...«

Er versuchte sie anzugrinsen, aber es gelang ihm nur halb. Er schloss die Augen, und seine Atmung wurde noch flacher. Ein leichtes Röcheln war zu hören. Der Tod streckte bereits seine Finger nach ihm aus.

»Los!«, flüsterte Bedford noch einmal, dann sprang Rachel auf, kletterte aus dem Fenster und stürmte nach draußen.

Caine war nirgends zu sehen. Es wurde langsam dunkel, und sie rannte in die Richtung, in die sie ihn hatte weglaufen sehen. Obwohl das Gras auf der Wiese, über die sie hastete, vom Regen niedergedrückt war, reichte es ihr immer noch bis über die Knöchel. Trotz der einsetzenden Dämmerung konnte sie die Spuren genau sehen, die Caine hinterlassen hatte, und folgte ihnen.

Die Wiese endete an einem angrenzenden Waldstück. Rachel versuchte, sich zu orientieren. In welche Richtung war Caine gelaufen? Richtung Osten käme er zur Straße. Hatte er da womöglich sein Motorrad geparkt? Nein, dann hätten sie es sehen müssen, als sie die Straßen entlanggefahren waren. Andererseits war der Regen so stark, vielleicht hatten sie es übersehen? Was lag im Westen? Rachel dachte nach. Um den See herum war nur Wald, dann kam irgendwann die alte Ziegelei, und dann wieder …

Rachel rannte los. Die alte Ziegelei. Sie lag seit Jahren brach und rottete langsam vor sich hin. Ein idealer Platz, um ein Fahrzeug zu verstecken. Die einzige Zufahrtsstraße war für den Verkehr gesperrt worden und verwilderte ebenfalls. Aber natürlich konnte man sie noch benutzen. Erst recht, wenn man ein geübter Motorradfahrer war.

Sie war eine gute Läuferin. Schnell und ausdauernd, wie sie war, konnte sie ihr hohes Tempo mindestens eine halbe Stunde halten, bevor ihr die Kräfte ausgingen. Das Lauftraining machte sich mal wieder bezahlt. Die Bedingungen waren zwar nicht ideal, der Untergrund matschig, und sie sackte bei jedem Schritt etwas ein, und auch der starke Wind machte das Laufen nicht leichter. Dennoch kam sie gut voran.

Kleine Zweige schlugen ihr ins Gesicht. Während sie durch den Wald rannte, über herumliegende Äste sprang und versuchte, dem Unterholz auszuweichen, rasten die Gedanken durch ihren Kopf. Welche Chance hatte sie gegen Caine? Es gab keinen Zweifel daran, dass er ihr körperlich haushoch überlegen war. Einem Nahkämpfer, ausgebildet in allen Tötungspraktiken, hatte sie nichts entgegenzusetzen. Sie musste auf das Überraschungsmoment hoffen, eine andere Chance hatte sie nicht. Rachel zählte zu den besten Schützen bei Scotland Yard, aber als sie an den Mordanschlag auf dem Friedhof dachte, wurde ihr klar, dass Caine auch als Scharfschütze ausgebildet worden war. Sein Ziel hatte er nur durch einen dummen Zufall verfehlt. Hätte sich der Pfarrer auch nur eine Sekunde später zur Seite gedreht, würde er heute noch leben und Bedford wäre schon längst tot.

Ob Bedford noch am Leben war? Auch wenn er ihr alles andere als sympathisch und das Denunzieren der Familie Baran mit all den furchtbaren Folgen ein verabscheuungswürdiges Verbrechen war, tat er ihr leid. Es war kein schöner Tod, den er da sterben musste. Sie erinnerte sich noch genau an einen Kollegen, dem sie nach einem Bauchschuss beigestanden hatte, bis der Notarzt eingetroffen war. Es war kaum Blut aus der Wunde gelaufen, und sie hatte sich gewundert, warum er trotzdem immer schwächer und schwächer geworden war, vor Schmerzen nur noch hatte wimmern können. Als der Arzt endlich am Einsatzort angekommen war, hatte ihr eigentlich sehr schlanker Kollege einen dicken, schwarzen Bauch bekommen und war wenige Minuten später an seinen inneren Blutungen gestorben. Ein langsamer und qualvoller Tod. Hoffentlich hatte Bedford es schon hinter sich.

Sie verlangsamte ihre Schritte, als sie den roten Klinkerbau am Ende des Waldes sehen konnte.

Du darfst jetzt keinen Fehler machen.

Konnte es um die Ziegelei herum auch Fallen geben? Nein, das war unwahrscheinlich. Er musste davon ausgegangen sein, dass er nach vollendeter Tat relativ ungestört an diesen Ort zurückkehren konnte. Wenn er wirklich hier war. Außerdem war es inzwischen so dunkel, dass sie eine versteckte Falle sowieso nicht mehr erkennen könnte. Sie musste darauf vertrauen, dass er nur hier war, um sein Motorrad zu holen und zu verschwinden.

Rachel blieb stehen, um ihre Atmung zu beruhigen. Dann zog sie ihre Waffe und entsicherte sie.

Verdammter Sturm. Die Bäume knackten und knarzten in allen Tonlagen, es war unmöglich, etwas anderes zu hören als das Rauschen des Waldes. Ihr Blick fiel auf die Ziegelei, glitt über die alten, größtenteils gesprungenen Fenster hin zu dem großen Fabriktor. Es stand offen.

Bewegte sich da etwas? Hinter dem mittleren Fenster? War er das?

Okay, dachte Rachel und atmete noch einmal ruhig ein und aus.

Wenn er da drin ist, gibt es dafür nur zwei Gründe. Entweder hat er dort sein Motorrad versteckt und es noch nicht geschafft, es rauszuholen, um damit zu fliehen, oder ...

Sie schluckte.

Oder er wartet auf dich.

Konnte er sie sehen? Nein, das glaubte sie nicht. Auch eine Maschine wie Caine war nicht in der Lage, in der Dunkelheit zu sehen, und sie konnte sich nicht vorstellen, dass er ein Nachtsichtgerät bei sich hatte. Warum eigentlich nicht? Bisher war er ihnen immer einen Schritt voraus gewesen, hatte sie in eine hinterhältige Falle gelockt und Bob beinahe getötet.

Du kannst nicht vorsichtig genug sein.

Im Schutz der Bäume schlich sie sich an die Ziegelei heran. Sie hielt ihre Waffe mit beiden Händen fest, jederzeit bereit zu schießen. Das alte Fabriktor klapperte im Sturm. Inzwischen konnte man kaum noch etwas sehen, der Mond wurde von den dicken Wolken verdeckt, und es war fast stockdunkel.

Obwohl ihr Herz raste, war sie hoch konzentriert. Das Adrenalin rauschte durch ihren Körper und ließ sie wachsam sein wie eine Raubkatze. Als der Wind das Tor ein weiteres Mal aufstieß, schlüpfte sie lautlos hindurch.

In der alten Fabrikhalle war es erstaunlich ruhig. Sie hatte erwartet, dass der Wind hier ähnlich laut pfiff wie draußen, aber trotz der kaputten Fenster schluckten die dicken Mauern so viel von dem Lärm der Naturgewalten, dass es überraschend leise war. Das hatte Vor- und Nachteile. Ein Vorteil war, dass sie nun eine Chance hatte, Caine zu hören. Der Nachteil lag auf der Hand: Caine konnte ihr genauso gut damit zuvorkommen.

Sie versuchte, etwas in der Dunkelheit zu erkennen. Zum Glück schob der Wind gerade die dicken Wolken ein wenig zur Seite, sodass der Mond wenigstens ein bisschen Licht in die Finsternis brachte. Irgendwelche Gerätschaften hingen baumelnd von der Decke. Wahrscheinlich waren es Überbleibsel der Lastenzüge, die in einer Ziegelei unverzichtbar waren. Was war das da hinten? Es sah aus wie ein großer Container, was es aber vermutlich nicht war. Einen Container hätte man bei den Preisen, die für Altmetall derzeit erzielt wurden, niemals hier zurückgelassen. Was war es dann? Alte, aufgestapelte Ziegel? Möglich. Aber sie konnte es nicht mit Sicherheit sagen.

In jedem Fall konnte man sich dahinter sehr gut verstecken.

Rachel zielte mit durchgestreckten Armen in den Raum. Sie merkte, wie schwer es ihr fiel, ruhig zu atmen. Mit dem Rücken zur Wand ging sie langsam Meter für Meter auf den Stapel zu. Sie wusste, dass sie jederzeit schießen würde, wenn sich irgendetwas vor ihr bewegen sollte. Sie würde nicht überlegen, nein, sie würde nicht eine Sekunde zögern, diesen Mann zu töten.

Wo steckte der Scheißkerl nur? Der Mann, der ihre Kollegen niedergemetzelt hatte? Der sie tagelang beobachtet und Bob fast umgebracht hatte? Ein skrupelloser Killer, auf dessen Konto zahllose brutale Morde gingen? Sie hatte es schon mit vielen Verbrechern aufgenommen, aber noch nie hatte sie einen so cleveren Gegner gehabt.

In diesem Augenblick blieb Rachel stehen. Sie hatte etwas gehört, ja, ganz sicher sogar. Sie konnte nicht genau einordnen, was es war, eine Art Klacken, als würde ... als würde eine Klinge aus dem Schaft eines Springmessers schnellen.

Er beobachtet dich, er sieht dich. Er ist dir schon wieder einen Schritt voraus.

Rachel kauerte sich hinter eine alte Kiste, die vor ihr auf dem Boden lag.

Er hat keine Schusswaffe, ging es ihr durch den Kopf. Wahrscheinlich war er auf dem Hinweg durch den See geschwommen, das hätte eine Schusswaffe nur schwerlich überstanden. Deshalb auch die Harpune.

Okay, okay. Denk nach! Du bist waffenmäßig im Vorteil, aber er sieht dich. Du musst bluffen, das ist deine einzige Chance.

Sie versuchte noch einmal zu rekapitulieren, aus welcher Richtung sie das Klacken gehört hatte. Dann tauchte sie kurz aus ihrem Versteck auf und feuerte einen gezielten Schuss in genau die Richtung ab.

52

Die Kugel schlug nur einen halben Meter neben ihm in die alten Ziegel ein. Umherfliegende Reste der zerschossenen Ziegel trafen ihn ins Gesicht.

John bewegte sich trotzdem nicht. Er war ganz ruhig, kannte keine Nervosität und analysierte klar die Situation.

Sie konnte ihn unmöglich gesehen haben. Das war ausgeschlossen. Er musste irgendein verräterisches Geräusch gemacht haben, sodass sie seine Position hatte lokalisieren können. Wenn sie sich da versteckt hielt, wo er sie zuletzt hatte ausmachen können, würde er aus der Ferne nicht viel mit seinen Messern anrichten. Er hatte drei verschiedene Klingen dabei und konnte es nicht riskieren, mehr als ein Messer durch einen verfehlten Wurf zu verlieren. Also musste er sie aus dem Versteck hervorlocken.

Prüfend fuhr er mit der Hand über die aufgestapelten Ziegel, hinter denen er sich versteckte. Sie standen locker aufeinander, waren alt und porös. Es wäre ein Leichtes sie umzuwerfen, was garantiert ein gewaltiges Getöse geben würde. Danach musste es dann schnell gehen.

John stand auf und ging leise zwei Schritte zurück. Dann nahm er Anlauf und stieß mit seiner Schulter gegen die Ziegel, die erwartungsgemäß laut krachend und in alle Einzelteile zerlegt zusammenbrachen. Er hörte einen Aufschrei, sprang aus seinem Versteck und war wenige Sekunden später bei Hyatt.

Draußen hatte sich der Sturm etwas gelegt. Es war beinahe ruhig in der Halle, als er Hyatt von hinten packte, ihr mit einem Arm die Waffe aus der Hand schlug und sie mit dem anderen in die Mangel nahm. Das Mondlicht schien ihr ins Gesicht, und er konnte sehen, wie sie um Luft rang. Für einen Moment überlegte er, sie gleich zu ersticken, aber er mochte es nicht, wenn jemand auf diese Art starb. Ein Erstickender entleerte sich grundsätzlich in alle Richtungen, und John hatte keine Lust, eine vollgepisste und eingeschissene Polizistin im Arm zu halten.

Er zog sein Messer hervor und lockerte den Griff um Hyatts Hals. Als er sie mit dem Kopf gegen die Wand stieß, spritzte Blut aus ihrer Stirn und lief ihr das Gesicht herunter. Während sie stöhnend eine Hand gegen die Platzwunde drückte, packte er sie am Kragen und hielt ihr die Klinge an den Hals. Er konnte ihren Atem auf seinem Gesicht spüren und war überrascht, wie ruhig die Frau war.

»Rachel Hyatt, nicht wahr?« Er lächelte sie an.

»Caine, auch wenn Sie mich jetzt umbringen, es ist aus. Die Kollegen wissen, wer Sie sind. Sie werden nie wieder eine ruhige Minute haben.«

Er lachte auf. »Und Sie glauben, das beeindruckt mich?«

»Ich weiß, was Sie durchgemacht haben, Caine. Ich kenne Ihre Geschichte. Ich weiß, dass Sie eigentlich Amir Caine heißen, und ich weiß auch, was Ihren Eltern und Ihrer Familie passiert ist.«

Er wurde ernst. Wussten sie wirklich *alles?* Alles, was damals passiert war?

»Selbst wenn, warum sollte das für mich relevant sein? Ist mir doch scheißegal, was Sie wissen.«

»Wenn Sie mich leben lassen, könnte die Vergangenheit endlich richtig aufgearbeitet und die Schuldigen zur Verantwortung gezogen werden.«

Er musste wieder lachen. »Welche Schuldigen? Es gibt keine Schuldigen mehr. Die schmoren jetzt alle in der Hölle.«

»Nein, Sie haben jemanden übersehen.«

John sah ihr intensiv in die Augen, als würde er hoffen, darin die Wahrheit zu erkennen. Er presste das Messer noch fester an ihren Hals.

Lass dich nicht aus dem Konzept bringen, dachte er, die erzählt dir nur Märchen.

Aber ihr Blick war klar und fest, sie sah nicht aus wie jemand, der log.

Er versuchte, sich nichts anmerken zu lassen. Die Gedanken rasten durch seinen Kopf. Die Scheißnanny und der Protokollant Montgomery, der deutsche Wachmann und der verdammte Schreibtischtäter Turpin, der adelige Greis und dann noch Bedford – wen zur Hölle sollte er vergessen haben? Hatte er bei seinen Recherchen irgendjemanden übersehen?

Er erinnerte sich noch genau, als er den ersten Hinweis bekommen hatte. Es war bei einem Einsatz in Afghanistan gewesen. Ein alter Mann, den er selbst angeschossen hatte, hatte ihn erkannt. Wer seine entstellte Hand einmal gesehen hatte, erkannte sie offenbar immer wieder. Im Angesicht des Todes hatte der Alte ihm von dem Mord an Johns Familie erzählt, und etwas später, als er wieder in Kabul gewesen war, hatten seine Recherchen die Aussagen des Mannes bestätigt. Punkt für Punkt hatte er dann die Liste abgearbeitet, hatte immer sorgfältig recherchiert und sich genau informiert. Nein, er hatte keinen übersehen.

Und wenn doch?

»Ich glaube nicht, dass ich jemanden übersehen habe. Sie lügen.«

»Ich kann es beweisen.«

»Ach ja? Und wie?«

»Darf ich kurz in meine Tasche greifen?«

»Willst du mich verarschen? Natürlich nicht.«

»Dann greifen Sie in meine Tasche. In die linke Hosentasche.«

John zögerte. Was sollte das? Wollte sie ihn aufs Kreuz legen? Andererseits: Was konnte sie schon in der Tasche haben, das ihm gefährlich werden könnte? Eigentlich nichts. Er hielt das Messer genau an ihre Halsschlagader. Selbst wenn sie eine Waffe oder irgendetwas Explosives in der Tasche hätte, wäre sie sofort tot.

»Ich habe einen Sohn, Amir …«

»Ich heiße John!«

»Sorry, John. Mein Sohn Noah ist ungefähr so alt, wie Sie damals waren, als das alles passiert ist. Glauben Sie mir, ich will Ihnen helfen, den letzten Verantwortlichen zu finden.«

»Warum sollten Sie das tun?«

»Weil ich leben will. Ich will für meinen Sohn da sein. Ich will nicht, dass er seine Mutter verliert, so wie Sie damals. Greifen Sie in meine Tasche. Dort finden Sie den Beweis.«

Es gab kein Risiko. Von der Frau ging keine Gefahr aus. John ließ sie nicht eine Sekunde aus den Augen, als er mit der Hand in ihre Hosentasche fasste. Während er versuchte, etwas Rundes, Glattes herauszuziehen, sprach Hyatt weiter.

»Ich habe es von dem Mann, der die Morde angeordnet hat. Er ist ebenfalls Engländer, ein ausgesprochen mächtiger Mann. Nach dem Tod Ihrer Pflegeeltern hat er alle persönlichen Sachen von Ihnen beschlagnahmen lassen, damit es keine Beweise mehr gibt.«

Jetzt hatte John das Medaillon in der Hand. Er erkannte es sofort. Wieder spürte er etwas Unbekanntes in sich aufsteigen. Es erinnerte ihn an das Gefühl, das er gehabt hatte, als Bedford ihm vom Tod seiner Mutter erzählt hatte. Aber es war doch anders, irgendwie noch intensiver und dominanter, ein alles übertönendes Gefühl, das er noch nie zuvor in sich wahrgenommen hatte.

Er ließ das Messer sinken und klappte das Medaillon auf.

Nida.

Als er das Foto seiner geliebten Tante sah, wusste er, was für ein Gefühl ihn durchströmte.

Tiefe Trauer.

53

Es war eine Frage von Sekundenbruchteilen. In dem Moment, in dem Caine das Medaillon öffnete und wie benommen das Foto betrachtete, schlug sie aus kurzer Distanz, schnell und heftig, gegen seinen Kehlkopf. Ein Schlag, den sie Tausende Male in der Selbstverteidigung geübt hatte.

Es war ein Volltreffer, der Caine sofort die Luft zum Atmen nahm. Sein Kehlkopf brach. Er griff sich an den Hals und sackte zu Boden. Im trüben Licht des Mondes konnte sie sehen, wie sein Gesicht anschwoll und sich dunkel verfärbte. Sie beugte sich zu ihm hinunter und riss ihm das Messer aus der Hand, das er immer noch umklammert hielt.

»Ja, ich habe geblufft«, sagte sie ruhig. »Aber als ich Ihnen sagte, dass das Spiel aus ist, habe ich nicht gelogen.«

Caine gab merkwürdige Geräusche von sich, eine Mischung aus Röcheln und Krächzen, undefinierbar und nicht zu verstehen. Es dauerte nicht lange, und er verlor das Bewusstsein.

Aber er lebte noch. In ungefähr einer Minute würde er irreparable Hirnschäden erleiden, und weitere zwei Minuten später wäre er tot. Spätestens.

Er hat den Tod verdient.

Während sie den sterbenden Mörder betrachtete, dachte Rachel an die vielen Männer, die heute ihr Leben gelassen hatten. So viele Tote, so viele Leichen. Wollte sie dafür verantwortlich sein, dass noch eine weitere dazukam? Sie lebten in einem Rechtsstaat. Auge um Auge, Zahn um Zahn – nein, so etwas gab es in England nicht. John Caine gehörte nicht in einen Sarg, er gehörte vor ein anständiges Gericht und dann für immer in ein Gefängnis geschlossen, lebendig begraben in einer Einzelzelle.

Der Tod ist viel zu gnädig für einen wie ihn.

Rachel zog Caines Kopf nach hinten in den Nacken. Dann nahm sie sein Messer und schnitt direkt unterhalb des gebrochenen Kehlkopfs in die Haut. Sie musste aufpassen, dass sie die Halsschlagader nicht erwischte, sonst hätte sie sein Sterben nur beschleunigt. Dann nahm sie einen Kugelschreiber aus der Tasche, schraubte ihn auf und steckte die leere Kugelschreiberhülle in das Loch in Caines Hals. Als sie die Beatmung durchführte, sah sie, wie sich sein Brustkorb regelmäßig hob und senkte.

Über eine Stunde hatte Rachel die Notbeatmung durchgeführt, als Carole Spitman zusammen mit Snyder, der einen laut kläffenden Spürhund an der Leine hielt, in die Ziegelei stürmte. Sie konnte froh sein, dass die beiden mit einem Hund zum Cottage gekommen waren, der eigentlich eines der abgeschlachteten Tiere hätte ablösen sollen. Sonst hätte man sie vermutlich noch viel später gefunden.

Weitere zwanzig Minuten brauchte der Notarzt, bis er endlich vor Ort war. John Caine wurde genau wie Bob ins Krankenhaus gebracht, allerdings unter schärfster Bewachung. Obwohl sein Zustand noch immer kritisch war, wollten die Polizisten kein Risiko eingehen. Einem Killer wie Caine war es zuzutrauen, noch auf der Intensivstation einen Fluchtversuch zu unternehmen.

»Wie geht es dir?«, fragte Rachel Bob, als er in den Operationssaal geschoben werden sollte. Die Harpune steckte immer noch in seiner Schulter und würde erst bei der Operation entfernt werden, damit die Chirurgen sofort alle Gefäße verschließen konnten und es zu keinem weiteren Blutverlust kam.

»Es geht. Dieses Ding in meiner Schulter fängt langsam, aber sicher an zu nerven.«

»Das glaube ich dir gern. Bald hast du es geschafft.«

Er nickte und sah sie für einen Moment an. »Well done, Rachel Hyatt«, sagte er dann und nickte anerkennend.

Sie schüttelte den Kopf. »Nein, Bob.«

»Doch. Du hast einen der schlimmsten Serienkiller Großbritanniens zur Strecke gebracht. Das war nicht schlecht.«

»Zu viele Menschen sind gestorben. Viel zu viele. Und ich frage mich, ob wir das hätten verhindern können. Ob wir es hätten verhindern *müssen*.«

Eine Krankenschwester kam und schob Bobs Bett Richtung OP-Saal. »Sie müssen sich jetzt von Ihrer Frau verabschieden«, sagte sie freundlich. »Es wird nicht lange dauern«, meinte sie dann zu Rachel. »Gleich haben Sie ihn wieder.«

Bob und Rachel grinsten sich traurig an, und jeder wusste, was der andere dachte. Dieser Fall würde sie für immer zusammenschweißen. Das Ausmaß der Verbrechen, die John Caine begangen hatte, war so groß, dass keiner von ihnen es je vergessen würde. Sie würden einander in der Zukunft brauchen, um ihre Erfahrungen zu verarbeiten.

Als Bob durch die weiße Tür verschwunden war, wurde Rachel bewusst, wie sie aussah. Klatschnass, blutverschmiert und mit triefenden Haaren stand sie auf dem Krankenhausflur. Es war Zeit, nach Hause zu gehen, eine heiße Dusche zu nehmen, Mike zu danken, dass er sich den ganzen Tag um Noah gekümmert hatte, und sich dann unter die Bettdecke ihres kleinen Sohnes zu legen, sich an ihn zu kuscheln und ihn fest an sich zu drücken. Ihren geliebten kleinen Sohn, der ungefähr so alt war wie der kleine Amir, als sein Leben zerstört worden war.

54

Beep. Beep. Beep.

Was war das für ein verfluchtes Piepen?

John öffnete die Augen und versuchte zu begreifen.

Wo war er? Was war passiert?

Sein Hals war ausgetrocknet, und er hatte einen widerlichen Geschmack im Mund. Wie Fäulnis, als hätte er sich seit Jahren nicht mehr die Zähne geputzt. Seine Mundwinkel waren eingerissen und wund, und wenn er mit der Zunge darüberfuhr, schmerzten sie. Sein Kinn juckte, aber als er sich daran kratzen wollte, merkte er, dass seine Hände an das Bett gefesselt waren. Er versuchte, seinen Kopf zu drehen, was vollkommen unmöglich war. Aus dem Augenwinkel erkannte er einen Monitor, der links neben seinem Bett stand. Daher also das Piepen. Langsam setzten sich die Puzzleteile vor seinem inneren Auge zusammen.

Hyatt. Wie hatte ihm das nur passieren können? Sie hatte ihn reingelegt, mit einem ganz billigen Trick. Ausgerechnet ihn! Bis dato hatte er in dem Bewusstsein gelebt, allen anderen überlegen zu sein. Wie ein Phantom hatte er in Londons Schattenwelt ein sicheres Dasein geführt. Jahrelang hatte er Menschen ermordet, zum einen, um Geld zu verdienen, zum anderen, weil es seine Bestimmung war. Und nie hatte man auch nur eine Ahnung von seiner Identität gehabt. Bis Rachel Hyatt sich eingemischt hatte.

John versuchte, etwas Spucke in seinem Mund zu sammeln,

um den fiesen Geschmack zu vertreiben. Aber er konnte nicht schlucken, so sehr er sich auch bemühte – es ging einfach nicht. Er brauchte einen weiteren Moment, bis er merkte, dass ein Schlauch in seinem bandagierten Hals steckte. Und erst jetzt registrierte er, dass er durch Mund und Nase keine Luft einatmen konnte.

Okay, künstliche Beatmung. Warum? Er erinnerte sich nur bruchstückhaft. Sie hatte ihm einen Schlag versetzt, oder? Ja, als er sich das Bild angesehen hatte. Das Bild von Tante Nida. Ihr Foto hatte ihn vollkommen aus dem Konzept gebracht. Wahrscheinlich war sein Hals durch den Schlag verletzt worden.

John versuchte, sich zu räuspern. Unmöglich. Er versuchte, einen Laut von sich zu geben. Genauso unmöglich. Der Kehlkopf ist im Arsch, dachte er. Konnten sie ihn wieder flicken? Er war noch in seinem Hals, das glaubte er jedenfalls zu spüren. Wenn er völlig zertrümmert und irreparabel zerstört gewesen wäre, hätten sie ihn entfernt. Vielleicht hatte er also eine Chance, irgendwann wieder sprechen zu können. Und was viel wichtiger war: wieder normal atmen zu können.

Die Tür öffnete sich. Ein junger Mann im weißen Kittel betrat den Raum. Direkt hinter ihm – Hyatt.

Der Mann ging zum Monitor, während die Polizistin John ansah. Keiner der beiden sprach ein Wort mit ihm.

»Die Werte sind stabil. Ich nehme an, er hat das Gröbste überstanden.«

»Wird er von dem Koma Hirnschäden zurückbehalten?«

Koma? Er hatte im Koma gelegen? Wie lange? Warum redete keiner mit ihm, verdammt!

»Kann ich Ihnen noch nicht mit Sicherheit sagen«, antwortete der Kittelträger. »Er war gut vier Wochen weg, da kann natürlich so einiges kaputt gehen.«

Der Arzt leuchtete ihm mit einem grellen Licht mitten in die Augen. Es brannte höllisch.

»Die Reflexe sind schon mal gut.«

Jetzt sprach er doch direkt mit ihm.

»Wenn Sie mich verstehen können, dann kneifen Sie zweimal die Augen zu.«

Den Teufel werde ich tun.

John konzentrierte sich darauf, nicht zu blinzeln, und starrte den Mann mit weit aufgerissenen Augen an.

Der zuckte mit den Achseln. »Tja, schwer zu sagen. Kann sein, dass er jetzt noch zu schwach ist, kann aber auch sein, dass sein Gehirn zu lange mit Sauerstoff unterversorgt war.«

Hyatt nickte, und John sah ihr an, dass sie genau wusste, dass er jedes einzelne Wort verstanden hatte.

»Wann wird er wieder sprechen können?«

»Nun, wenn der Kehlkopf ohne Komplikationen verheilt, sollte das in ein paar Wochen langsam wieder gehen. Vorausgesetzt natürlich, sein Gehirn spielt mit. Sonst kann da für immer Schicht im Schacht sein.« Der Arzt räusperte sich und sah John an, als würde er sich vor ihm gruseln. »Stimmt es, was man sich über ihn erzählt?«, fragte er leise.

»Was erzählt man sich denn über ihn?«

»Dass er einer der schlimmsten Verbrecher des Landes ist. Schlimmer als Jack the Ripper.«

Hyatt nickte. »Ja, das stimmt.« Ihre Stimme klang ganz ruhig.

»Ist er ein Mörder?«

»Einer der brutalsten, die das Land je gesehen hat. Aber keine Sorge. Der wird nie wieder einen Schritt in Freiheit machen.«

Rachel kam näher an ihn heran und blickte ihm intensiv in die Augen. Er musste sich konzentrieren, um seinen starren Blick zu halten und durch sie hindurchzuschauen.

»Du wirst bis an dein Lebensende in Einzelhaft hocken, John Caine«, flüsterte sie. »Du weißt doch, was Rockall ist, oder?« Sie wartete einen Moment. »Dein neues Zuhause.«

Sie lächelte ihm gefährlich zu und verließ dann den Raum, gefolgt von dem Arzt, der sichtlich irritiert war.

Rockall. Verdammt.

Wenn Rockall wirklich existierte, dann hatte er ein gewaltiges Problem.

55

Elendige Sauerei.

Philip Sandman stieg von der blutenden Nutte herunter. Atmete die Schlampe noch? Er kam ganz nah an ihr Gesicht heran, das er kurz zuvor wie im Rausch geschlagen hatte. Doch, sie atmete noch. Na bitte, alles halb so wild.

In der Ecke des kleinen schäbigen Zimmers, in dem sie anschaffte und wohnte, hing ein schmutziges Waschbecken. Er wusch sich das Blut von seinen Händen und von seinem Oberkörper und fragte sich, ob es überhaupt etwas Geileres geben konnte, als eine Frau zu ficken, während man ihr gleichzeitig das Jochbein zertrümmerte. Klar, noch schöner wäre es, wenn er genau in dem Moment kommen könnte, wenn sie ihren letzten Atemzug tat. Aber tote Nutten machten einfach zu viele Probleme. Dabei sehnte er sich so sehr danach. Und es wurde immer schwieriger für ihn, sich zusammenzureißen und zurückzunehmen, wenn er bei einer Nutte war. Er wusste, dass es heute knapp gewesen war. Zwei, drei Schläge mehr, und sie wäre tot gewesen.

Er zog sich die maßgeschneiderte Hose und das gestreifte Hemd wieder an, strich sich durch die perfekt geschnittenen blonden Haare und blickte zufrieden in den Spiegel. Er sah wirklich super aus. Attraktiv und vertrauenerweckend. Die Nutten freuten sich über Kunden wie ihn, wohlriechend und gepflegt, wie Richard Gere in *Pretty Woman*. Oberflächliche Weiber. Gingen nur nach dem Äußeren und wunderten sich dann, wenn sie ein paar in die Fresse kriegten.

Er nahm sein Portemonnaie aus der Tasche, suchte tausend Pfund heraus und warf sie der Nutte ins blutende Gesicht. Damit würde sie die Arztkosten bezahlen können, und vielleicht hatte er Glück, und sie rannte nicht direkt zu den Bullen. Aber so wie die Kleine aussah, würde sie sich vermutlich eh nicht mehr besonders gut an ihn erinnern können.

Trotzdem hatte er ein mulmiges Gefühl. Seitdem sie Caine geschnappt hatten, konnte er sich nicht mehr darauf verlassen, dass es jemanden gab, der ihm aus der Patsche half. Vor gut zwei Monaten hatten sie ihn festgenommen, morgen würde sein Prozess beginnen. Wenn Philip so weitermachen wollte wie bisher, musste er dafür sorgen, dass Caine nicht in den Knast kam.

Sein Alter hatte ihm sowieso schon ins Gewissen geredet. »Sieh zu, dass Caine rauskommt! Wenn der gegen uns aussagt, ist die Kacke so richtig am Dampfen«, hatte er geschimpft, und natürlich hatte er recht. Aber er würde das regeln, das hatte er seinem Dad versprochen. Wenn er ihn vor dem Prozess nicht mehr rausholen konnte, dann nachher aus dem Knast. Er wollte seinem Vater endlich zeigen, dass er mehr war als ein notgeiler Sadist, dass man sich auf ihn verlassen konnte, dass er Dinge regelte. Außerdem konnte es nicht schaden, wenn Caine in seiner Schuld stand. Dann würde er nicht mehr Nein sagen können, wenn er mal bei einem Mord zuschauen wollte. Vielleicht würde er dann endlich sein eigenes Snuffvideo drehen können, er als Hauptdarsteller, Regisseur und Drehbuchautor. Er würde bestimmen, wann die Schlampe starb, wann und wie, und würde ihr genau in dem Moment …

Reiß dich zusammen. So weit ist es noch nicht.

Er stand auf der Straße und schlug den Kragen seines Trenchcoats hoch. Schnellen Schrittes ging er an den schäbigen Geschäften vorbei, in deren Schaufenstern zum Teil immer noch die Weihnachtsdekoration hing. Und das Mitte Januar. Wirklich eine Scheißgegend. Bei Harrods wurde schon die Osterdeko ausgepackt.

Zwei Blocks weiter stieg er in ein Taxi. Sollte die Nutte doch noch sterben, würde ihn kein Fahrer mit dem Tatort in Verbindung bringen.

Über seine Beziehungen war es ein Kinderspiel gewesen, einen Platz im Zuschauerraum des Gerichts zu bekommen. Er würde morgen dabei sein, wenn der Prozess eröffnet wurde, und er würde seinem Freund John Caine ein Zeichen geben, dass er ihn rausholen würde. Er kannte genug Kriminelle, hatte beste Beziehungen zur Mafia, und er würde das geregelt kriegen. Daddy und Caine konnten sich auf ihn verlassen.

Philip Sandman freute sich auf den Prozess. Vermutlich würden dort eine Menge Fotos von Leichen gezeigt werden. Hoffentlich musste er zwischendurch nicht zu oft zur Toilette, um sich einen runterzuholen.

EPILOG

Erschöpft ließ sich Rachel auf das Sofa fallen. In einer Stunde würde Mike Noah bringen, bis dahin wollte sie sich noch ein bisschen ausruhen. Die Tage wurden wieder länger, der Frühling war da, und sie merkte, wie sehr ihr die letzten Wochen zugesetzt hatten. Sie fühlte sich müde und kaputt, fast krank. Als wäre eine Erkältung im Anmarsch. Sogar auf ihr tägliches Lauftraining hatte sie heute verzichtet. Prüfend fühlte sie ihre Stirn. Nein, kein Fieber. Vermutlich brauchte sie einfach ein bisschen Ruhe.

Seit Beginn des Prozesses gegen John Caine hatte sie kaum geschlafen. Zum Glück war die Kehlkopfverletzung, die sie ihm zugefügt hatte, nicht inoperabel gewesen, sodass nach einer Weile auf die künstliche Beatmung verzichtet werden konnte und er wieder sprechen lernte. Auch sein Gehirn schien durch die Sauerstoffunterversorgung keinen großen Schaden genommen zu haben. Jedenfalls keinen, der auf Anhieb erkennbar gewesen wäre. Was seine Gedächtnisleistungen und seine emotionalen Fähigkeiten anging, konnte im Moment noch keiner verlässlich sagen, ob es Schäden gab oder nicht. Vermutlich scherte sich aber auch keiner richtig darum. Caines Gefühlsleben schien ohnehin sehr speziell zu sein – falls er überhaupt eines hatte.

Auch wenn er im Prozess nur das Nötigste aussagte, war die Beweislage erdrückend. Man hatte außer den vielen Toten, die man bereits gehabt hatte, einen toten Zuhälter gefunden, der eindeutig mit der Harpune umgebracht worden war, die auch in Bobs Schulter gesteckt hatte. Auf die Frage, was der Mann mit der Ermordung der Familie Baran zu tun habe, antwortete Caine: »Nichts.«

»Warum haben Sie ihn dann umgebracht?«, fragte der Richter, aber Caine verweigerte die Aussage. Obwohl sie ihm nicht lückenlos nachweisen konnten, dass er als Auftragskiller gearbeitet hatte, lag dieser Verdacht nahe. Woher sollte sonst das ganze Bargeld stammen, das sie in seiner Wohnung gefunden hatten?

Die ermordeten Polizisten mit eingerechnet, waren es zwölf Morde, die sie ihm anhand von Indizien und Zeugenaussagen nachweisen konnten.

»Aber es besteht der dringende Verdacht, dass Sie noch viel mehr Menschen ermordet haben. Wollen Sie nicht die Gelegenheit nutzen und Ihr Gewissen erleichtern?«, fragte der Richter, ein älterer Mann mit einem dicke runden Gesicht. Er wirkte gutmütig und nachsichtig, aber Rachel wusste, dass er zu den härtesten in Großbritannien zählte. Man merkte es ihm nicht an, sondern hatte eher den Eindruck, er hätte Verständnis für die Taten der Schwerverbrecher, über die er zu urteilen hatte. Das Gegenteil war in der Regel der Fall. Er galt als ein Hardliner, der für Männer wie Caine am liebsten die Todesstrafe verhängt hätte.

»Nein.« In Caines Stimme war keine Gefühlsregung zu erkennen.

»Aber Sie geben zu, dass Sie noch mehr Menschen getötet haben?«

»Selbstverständlich.«

Ein Raunen ging durch den Saal.

»Ich weiß nicht, ob Sie sich vorstellen können, welche Qualen Menschen durchleben, wenn Sie nicht wissen, was mit

Ihren Angehörigen passiert ist«, fuhr der Richter fort. »Sie können das hier und heute ändern.«

In dem Moment veränderte sich Caines Gesichtsausdruck zum ersten Mal. Er sah für wenige Sekunden erstaunt aus. Dann fing er sich wieder.

»Nein«, sagte er noch mal knapp, und Rachel ahnte, was in seinem Kopf vorging.

Natürlich wusste Caine, was diese Unwissenheit mit einem machte. Sie hatte ihn zu dem gemacht, der er heute war. Er hatte die Verantwortlichen für die Morde an seiner Familie zur Rechenschaft ziehen wollen und mit allen gesprochen, bevor er sie umgebracht hatte. Leider war er im Prozess nicht bereit, Details aus diesen Gesprächen preiszugeben, aber die Tatsache, dass er sie geführt hatte, war Beweis genug: Er hatte Klarheit über das Schicksal seiner Familie haben wollen. Für einen Killer wie Caine war das aber noch lange kein Grund, auch anderen Betroffenen diese Ungewissheit zu nehmen.

Rachel kuschelte sich unter die dicke Wolldecke und starrte auf die Terrassentür, die von dem immer noch neu glänzenden Eisenriegel verschlossen war. Er ist weg, dachte sie.

Du brauchst keine Angst mehr zu haben. Er wird nie wieder in deinem Garten lauern.

Sie hatte Caine während des Prozesses die ganze Zeit über beobachtet. Sie hatte seine Gefühlsregungen studiert, wollte genau wissen, wie er auf die Fotos von seinen Opfern reagierte. Es waren unglaublich brutale Bilder: der zerschmetterte Körper von Catherine Bailey, der ausgeblutete Sir Ian – jedes Mal ging ein Stöhnen durch den Gerichtssaal, wenn ein neues Foto gezeigt wurde. Viele Zuschauer mussten sich abwenden, eine Frau brach in Tränen aus, eine andere verließ totenbleich den Saal. Aber natürlich waren da auch die sensationsgeilen Zuschauer, die es bei jedem Prozess gab und die von den Grausamkeiten gar nicht genug kriegen konnten. Ein blonder Schönling in der ersten Reihe schien sich nicht sattsehen zu können an den furchtbaren Zeugnissen.

Nur Caine zeigte keine Regung. Dabei wirkte er nicht abwesend oder uninteressiert, nein, er betrachtete die Bilder eher gleichgültig, als gingen sie ihn nichts an, als hätte er nichts damit zu tun. Vielleicht ein Versuch, seine Seele vor der Erkenntnis zu schützen, dass er für dieses Elend verantwortlich war.

Nein. Rachel war sich ganz sicher, Caine brauchte seine Seele vor nichts mehr zu schützen. Wenn er überhaupt eine hatte, dann war sie schon vor vielen Jahren zerstört worden.

Was war in ihm vorgegangen, als der Gerichtsmediziner beschrieb, wie lange der Todeskampf von Stan Bedford gedauert hatte? Als er von den Schmerzen und Qualen sprach, die mit einer solchen Leberverletzung einhergingen? Rachel hatte den Eindruck gehabt, dass Caine in dem Moment konzentriert zuhörte. Es schien, als fixierte er einen Punkt im Zuschauerraum, so wie es manche Leute taten, die sich auf einen Vortrag konzentrierten. Oder hatte er jemand Bestimmten angestarrt? Rachel wusste es nicht.

Sie dachte an den Strafverteidiger, der Caine zur Seite stand. Es war einer der besten und teuersten Anwälte des ganzen Landes. Wie konnte sich Caine einen solchen Anwalt leisten? Seine Aufträge als Auftragskiller waren offenbar nicht schlecht bezahlt gewesen, aber ein so großes Vermögen hatte er sicher nicht. Es lag nahe, dass er einen finanzstarken Helfer im Hintergrund hatte, aber weder der Anwalt noch Caine waren bereit, sich dazu zu äußern. Rachel nahm sich vor, der Sache in den kommenden Wochen nachzugehen.

Das Urteil hatte der Staranwalt trotzdem nicht verhindern können. Zwölfmal lebenslänglich. Caine würde nie wieder in Freiheit kommen.

»Es ist mir klar, dass mein Mandant für den Rest seines Lebens hinter Gittern bleibt«, hatte der Anwalt nach der Urteilsverkündung gesagt. »Uns geht es aber auch um die Haftunterbringung. Es gibt das Gerücht, dass er nach Rockall gebracht werden soll.«

Wieder ging ein Raunen durch den Saal.

»Rockall gibt es nicht«, sagte der Richter. »Das ist eine Legende.«

»Ich will wissen, in welches Gefängnis er gebracht wird!«

»Das erfahren Sie, wenn es so weit ist. Die Sitzung ist geschlossen«, sagte der Richter energisch und ließ keinen Widerspruch mehr zu.

Der Anwalt hatte angekündigt, vor den Europäischen Gerichtshof für Menschenrechte zu ziehen, falls Caine wirklich nach Rockall gebracht werden sollte, aber da hatte der Richter den Saal schon verlassen.

Rachel setzte sich aufrecht hin und zog die Pantoffeln an, die vor dem Sofa standen.

Rockall. Vor zwei Stunden war der Hubschrauber vor dem Gelände von Scotland Yard gelandet, der sie und Bob zu diesem gottverlassenen Felsen gebracht hatte. Vier Länder stritten sich um die kleine Insel, die offiziell in britischem Besitz war. Klar, Island, Irland und Dänemark waren scharf auf die großen Erdölvorkommen, die unter dem Gelände lagen und bisher nicht ausgebeutet worden waren. Wenn sie wüssten, was sich noch auf der Insel befand, wären sie vielleicht nicht mehr so scharf darauf …

Offiziell existierte das unterirdische Gefängnis nicht. Die Öffentlichkeit wusste nichts davon und hielt es bestenfalls für ein Ammenmärchen. Tatsächlich war es aber der sicherste Knast der Welt. Schon lange war er nicht mehr im regulären Betrieb. Nur die schlimmsten Täter wurden hier untergebracht, Menschen, die so gefährlich waren, dass man alles tun musste, damit sie nie wieder etwas anstellen konnten. Verbrecher, die man in kein normales Gefängnis stecken konnte, da sie innerhalb kürzester Zeit Mitgefangene und Wärter umbrachten.

Der richtige Ort für einen Mann wie John Caine.

Während Bob, der sich zum Glück schnell von seiner Schulterverletzung erholt hatte, den ganzen Flug über aus dem Fenster gestarrt hatte, versuchte Rachel, mit Caine zu reden. Sie hatte ein besonderes Anliegen. Doch nachdem sie es Caine vorgetragen hatte, verweigerte er sich einer weiteren Unterhaltung, indem er einfach die Kopfhörer abnahm. Im Hubschrauber war ein Gespräch somit unmöglich.

Als sie gelandet waren, versuchte Rachel es noch einmal. Sie zeigte ihm eine schwarze Tasche. »Caine, hier ist ein Laptop drin. Sie können ihn haben, Sie können damit alles Mögliche machen. Man wird Ihnen sogar erlauben, damit ein paar Spiele zu spielen. Wenn Sie im Gegenzug detailliert aufschreiben, wie Sie die Morde begangen haben.«

Es war wichtig für sie. Einen Verbrecher wie Caine zu studieren war eine seltene Gelegenheit, die sie nicht verpassen durfte. Es war nicht nur wichtig für Rachel und ihre Forschungen, es war wichtig für die gesamte Polizeiarbeit, wenn sie herausfanden, wie Caine bei seinen Morden vorgegangen war. Wie hatte er die Opfer gefunden? Wie hatte er sie ausspioniert? Warum hatte er sich für die jeweilige Tötungsart entschieden und nicht für eine andere? Es gab so viele Fragen, die im Prozess ungeklärt geblieben waren. Wenn sie die Antworten bekäme, würde das ihrer Arbeit in Zukunft enorm helfen.

Caine sah sie lange an. Seine schwarzen Augen, die fast ausschließlich aus Pupille zu bestehen schienen, musterten sie so intensiv, dass ihr ganz anders wurde. Sie fühlte sich zurückversetzt an den Abend in der alten Ziegelei, als er ihr das Messer an den Hals gedrückt und sie fast umgebracht hatte. Die Narbe an der Stirn würde sie immer daran erinnern. Aber sie hatte gewonnen, sie war die Gewinnerin. In Momenten wie diesem musste sie sich das immer wieder sagen, damit ihre Knie nicht zu zittern begannen.

»Ich will einen Internetzugang.«

»Das ist unmöglich.«

»Dann stecken Sie sich Ihren Laptop sonst wohin.«

Immer noch sah er ihr direkt in die Augen, ohne eine Gefühlsregung in seinem Gesicht zu zeigen. Fieberhaft dachte sie darüber nach, wie sie ihn doch noch überreden könnte.

»Caine, Sie stecken hier in strenger Einzelhaft. Es gibt nichts, aber auch rein gar nichts für Sie zu tun. Die Aufseher sind angewiesen, nicht mit Ihnen zu sprechen. Haben Sie eigentlich eine Vorstellung davon, wie das sein wird?«

Er antwortete nicht.

»Wenn Sie aufschreiben, wie Sie bei Ihren Taten vorgegangen sind, wenn Sie uns vielleicht sogar Fälle schildern, die im Prozess nicht zur Sprache gekommen sind, verspreche ich Ihnen, dass ich an Ihren Haftbedingungen etwas ändern werde.«

Caine zog die Augenbrauen hoch. Eine erste Gefühlsregung.

»Was können Sie denn schon ändern? Soviel ich weiß, kommt die Anordnung für Rockall doch von ganz oben. Ich konnte noch nicht mal meinen Anwalt darüber informieren. Und jetzt wollen Sie mich hier wegbringen?«

»Nein, ich kann und will Sie nicht von hier wegbringen. Aber ich kann dafür sorgen, dass Sie nicht vollkommen isoliert in einem unterirdischen Loch verrotten. Ich kann dafür sorgen, dass das Sprechverbot mit den Aufsehern gelockert wird.

Und ich kann Ihnen Hofgang besorgen. Dann kommen Sie mal an die frische Luft und können sich wenigstens kurz mit den anderen Gefangenen unterhalten.«

Wieder sagte er nichts. Er schien nachzudenken.

»Im Moment kommt Ihnen das vielleicht nicht viel vor«, fuhr Rachel fort. »Aber ich kann Ihnen versichern, nach den ersten paar Wochen in kompletter Isolationshaft sind Sie froh, wenn Sie mit jemand sprechen können oder mal rauskommen. Auch wenn es nur der Gefängnishof ist.«

Er schwieg weiter, sah sie dabei aber immer noch an.

»Außerdem wird Sie das Schreiben ablenken. Dabei vergeht die Zeit wie im Flug. Glauben Sie mir, ich weiß, wovon ich spreche. Ich habe schon viele Aufsätze und Artikel geschrieben.«

Immer noch keine Reaktion. Sie beschloss, an seine Eitelkeit zu appellieren.

»Sie wissen, dass Serienmörder mein Spezialgebiet sind. Und Sie wissen auch, wie außergewöhnlich Ihr Fall ist. Wenn Sie mir Ihre Taten schildern, werden Sie in die Geschichtsbücher eingehen. Studenten werden über Ihre Verbrechen lesen, irgendwann wird es bestimmt einen Film über Sie geben.«

»Interessiert mich nicht.«

Verdammt. Sie hatte es befürchtet. Jetzt war sie mit ihrem Latein am Ende. Wie sollte sie ihn noch ködern?

»Ich mache es«, sagte er da zu ihrer Überraschung. »Ich will die Hafterleichterungen. Geben Sie her!«

Sie gab ihm den Laptop und versprach ihm, sich sofort darum zu kümmern.

Als Caine in das in den Felsen geschlagene Gefängnisgebäude ging, drehte er sich noch einmal zu ihr um. »Ich werde dich umbringen, Rachel Hyatt«, sagte er mit klarer, ruhiger Stimme.

Fast freundlich klang er, aber auch so überzeugt von dem, was er sagte, dass Rachel ein Schauer den Rücken hinunterlief.

»Das wirst du nicht«, rief Bob. »Du wirst diesen beschissenen Felsen nämlich nie mehr verlassen, John-fucking-Killer-Caine! Niemals.«

Doch Caine reagierte auf Bobs Ausruf nicht. Er sah Rachel an, und schließlich verzogen sich seine Lippen zu einem kleinen Lächeln. »Ich werde dich umbringen«, sagte er noch einmal. Dann war er ins Gebäude gegangen.

Rachel stand auf und ging zur Terrassentür. Sie öffnete sie und schaute in den Garten. Die dicke Katze versuchte gerade, den Stamm des Apfelbaums zu erklimmen. Rachel beobachtete sie einen Moment, dann scheuchte sie das Tier davon. Sie wollte die Katze nicht mehr im Garten haben.

Als sie laut miauend aus dem Gartentörchen Richtung Straße rannte, ging Rachel zurück ins Haus. Sie schloss die Tür und achtete darauf, dass der dicke Eisenriegel auch richtig vorgeschoben war.

Ursprünglich hatte sie vorgehabt, einmal im Jahr nach Rockall zu fliegen und Caines schriftliche Ergüsse persönlich abzuholen. Sie hatte die Gelegenheit nutzen wollen, um weitere Gespräche mit ihm zu führen und so möglichst viel von ihm zu erfahren. Aber vielleicht würde sie das lassen. Die Gefängniswärter von Rockall wurden regelmäßig ausgetauscht, keiner hielt es länger als ein paar Monate da oben aus. Sie würde die Aufseher bitten, ihr die Aufzeichnungen von Caine mitzubringen. Ja, das würde das Beste sein.

Rachel ging in die Küche und setzte Teewasser auf. Draußen vor dem Haus hörte sie ein Auto vorfahren. Mike. Wie schön, Noah kam nach Hause.

Sie strich sich die Haare glatt und atmete tief durch, bevor sie die Haustür öffnete, um ihren Sohn in die Arme zu schließen.

Nein, John Caine würde ihr nichts mehr antun können. Ganz bestimmt nicht.

DANKSAGUNG

Mein Dank gilt Helmut Pesch von Bastei Lübbe, der mit seinen Ideen das Projekt »Killerjagd« auf den Weg gebracht hat, sowie Bettina Steinhage, die mir wie immer äußerst kompetent und hilfreich beim Schreiben zur Seite stand. Außerdem möchte ich meiner Lektorin Lisa Bitzer danken, deren letzter Blick auf den Text unverzichtbar ist. Ich danke Lars Kröner, der erneut sein forensisches Fachwissen mit mir geteilt hat, und meinen zuverlässigen und kritischen Erstlesern, Anke Hilbrenner und Peter Käfferlein – und natürlich meinem Mann Axel, der sich in jedem Urlaub bereitwillig durch meine Manuskripte liest.